Muriel Spark

»Ich bin Mrs. Hawkins«

Roman

Aus dem Englischen von Otto Bayer

Diogenes

Titel der 1988 in London
erschienenen Originalausgabe:
›A Far Cry from Kensington‹

Umschlagillustration:
Pierre Bonnard, ›La lettre‹, 1906

100/89/8/1
ISBN 3 257 01813 4

Erstes Kapitel

So groß war der Lärm am Tag, daß ich bei Nacht oft wach dalag und der Stille lauschte. Endlich schlief ich, von Lautlosigkeit erfüllt, zufrieden ein, doch solange ich wach war, genoß ich es, die Dunkelheit zu erleben, die Gedanken und Erinnerungen, die süßen Vorfreuden. Ich konnte die Stille hören. Schon damals, zu Beginn der fünfziger Jahre dieses Jahrhunderts, war mir die Schlaflosigkeit zur Gewohnheit geworden. Schlaflosigkeit ist nichts Schlechtes an sich. Man kann in der Nacht wach liegen und denken; die Qualität der Schlaflosigkeit hängt ganz davon ab, woran man zu denken beschließt. Kann man Denken beschließen? Ja, man kann. Meist kann man sein Denken richten, worauf man will. Man setzt sich etwa friedlich vor den dunklen Fernseher und schaut sich einfach gar nichts an; und früher oder später macht man sich sein eigenes Programm, viel besser als die Massenproduktionen. Das macht Spaß, Sie sollten es versuchen. Sie können sich dann auf die Mattscheibe holen, wen Sie wollen, allein oder in Gesellschaft, ihn sagen und tun lassen, was Sie möchten, und selbst mitten dazwischen sein, wenn es Ihnen so lieber ist.

Bei Nacht lag ich wach und betrachtete die Dunkelheit, lauschte der Stille, malte mir die Zukunft aus, pflückte mir aus der Vergangenheit die Stückchen heraus, die ich übersehen hatte, jene verschmähten Ereignisse, die jetzt in den Vordergrund traten, groß und wichtig, so daß die Schwere des Schicksals nicht mehr auf den derzeitigen Problemen meines Lebens lastete, worin sie auch immer bestanden (denn wer lebt schon alle Tage ohne Probleme? Warum die Nächte auf sie verschwenden?).

Oft ist es ein weiter Weg von Kensington und den frühen Fünfzigern, diesem Schauplatz meiner Wachträume. Doch selbst wenn ich jetzt nach London, nach Kensington, zurückkehre und das Taxi bezahlt habe und von den Menschen, die dort warten, begrüßt worden bin und Freunde angerufen und die Post geöffnet habe, finde ich in dieser Nacht wieder meine Stunden süßer Schlaflosigkeit und weiß, daß es ein weiter Weg von jenem Kensington der Vergangenheit ist, jener Old Brompton Road, jener Brompton Road, jenem Brompton Oratory; ein weiter Weg. Meine Nachtgedanken verweilen oft bei jenen Nachtgedanken der Vergangenheit, wie ja auch mein damaliger Alltag eine Beziehung zu meinem Tun von heute hat.

Es war 1954. Ich wohnte möbliert in einem hohen Haus in South Kensington. Vor ein paar Jahren erschrak ich einmal, als ein Freund von »dieser Pension unweit der U-Bahn-Station South Kensington, wo du früher gewohnt hast« sprach. Milly, die Hausbesitzerin, hätte die Bezeichnung »Pension« empört zurückgewiesen, aber es wird wohl doch eine gewesen sein.

Milly war sechzig Jahre alt und Witwe. Jetzt ist sie schon weit über neunzig und immer noch die alte Milly.

Das Haus war eine Doppelhaushälfte, und nur ein Meter trennte die freistehende Seite vom Nachbarhaus. Es standen je achtzehn Häuser gleicher Art auf beiden Straßenseiten. Hinter schmiedeeisernen Törchen führte jeweils ein kurzer Weg zwischen Kiesstreifen und Blumenbeeten, von fleckigen Rhododendren gesäumt, zu einer Haustür mit zwei Scheiben aus gemustertem Glas. Milly Sanders' Mieter hatten alle einen Schlüssel zu dieser Haustür, die in eine kleine Eingangsdiele führte. Milly selbst bewohnte das Erdgeschoß. Wenn man hereinkam, war rechts eine Flurgarderobe mit Spiegel, Kleiderhaken und Schirmständer; auf einer ihrer Ablageflächen stand das Telefon. Links war Millys gute Stube mit Erkerfenster, die nur für Besuch da war. Weiter hinten begann die Treppe, die zu den Mieteretagen führte, und links von dieser Treppe führte ein kurzer Gang in Millys Wohnzimmer, Küche, Schlafzimmer mit angrenzendem Wintergarten und in den Garten hinterm Haus, der für Londoner Verhältnisse recht schön und groß war. Diese Straßen waren für Kaufmannsfamilien des vorigen Jahrhunderts angelegt worden.

Im ersten Stock waren ein Bad und möblierte Zimmer, vermietet an zwei Alleinstehende und ein Ehepaar. Im vorderen Wohnschlafzimmer, das auch ein Erkerfenster und eine angebaute Küche hatte, wohnte das Ehepaar, Basil Carlin und seine Frau Eva, beide auf die Vierzig zugehend und kinderlos. Eva arbeitete halbtags als Kindergärtnerin. Basil war nach eigener Definition technischer Buchhalter. Die Carlins waren außergewöhnlich stille Leute. Kaum hatten sie die Tür hinter sich zu, drang von dort nie ein Laut heraus, selbst nicht nach Mitternacht, wenn die natürlichen Geräusche des Hauses bis zum Morgen verstummt waren.

Neben den Carlins kam ein großes Zimmer mit Blick auf den Garten. Es hatte ein Waschbecken und einen Gaskocher mit dem üblichen schwarzen Blechkasten daneben, mit Schlitzen für Shillings und Pennies. Hier wohnte und arbeitete Wanda, die polnische Schneiderin, deren Leidensfähigkeit an Gier grenzte. Aber Wanda Podolak war eine großmütige Seele, obwohl sie sich nie zu einem Augenblick des Glücks bekennen konnte. Sie hatte viel Besuch, teils Kundinnen – ihre Damen, wie sie sagte –, die sich redselig ihre Kleider anmessen ließen, teils Landsleute, darunter einige, die sie als Feinde bezeichnete. Die meisten Besucher kamen ab sechs Uhr abends, wobei nach Feierabend die Kunden den Vorzug vor Freunden und Feinden bekamen, die auf dem Flur warten mußten, bis die Anproben vorbei waren. Wenn Wanda Gäste hatte, blieb ihre Arbeit nicht liegen; immer wieder summte ihre Nähmaschine in die volltönenden polnischen Männerstimmen hinein, das Kreischen der Frauen und das Klappern der Tassen und Untertassen, wenn Tee gemacht wurde. Auf Polnisch klang die Unterhaltung um so lauter, als niemand, der an Wandas Tür vorbeikam, ein Wort verstehen konnte.

Nach hinten hinaus befand sich in diesem ersten Stock noch ein kleineres Zimmer, in dem Kate Parker wohnte, die fünfundzwanzigjährige Bezirksschwester, klein, dunkel, dicklich, mit runden schwarzen Vogelaugen und blitzenden weißen Zähnen. Sie war eine echte Cockney. Sie vibrierte förmlich vor Energie, und sicher war sie sehr couragiert. Kate war häufig abends dienstlich unterwegs, aber an den wenigen Abenden, die sie zu Hause war, putzte sie ihr Zimmer. Sie nahm es sehr gründlich und genau mit dem Putzen, nicht nur dem eigenen; wenn sie zu jemandem ins Zimmer kam, egal ob zum Fiebermessen oder nur zum Tee, sagte sie oft höflich: »Sie haben ein hübsches, sauberes Zimmer.« Sagte sie das nicht, dann war das Zimmer eben nicht sauber. Kate haßte Bakterien, sie waren Teufelswerk. Wenn sie also abends zu Hause war, schleifte sie ihre Möbel auf den Flur und schrubbte ihr Linoleum mit Dettol. Sie hätte auch die Möbel desinfiziert, wären sie nicht Eigentum unserer Wirtin gewesen. Bei aller Langmut hatte Milly sich denn doch dagegen aufgelehnt, daß ihr Tisch, Stühle und Bett auch nur mit einem Lappen abgewischt wurden, der mit diesem Zeug getränkt war; es reiche ja wohl, meinte sie, wenn nach Kates Geschrubbe jedesmal das ganze Haus nach Klinik rieche. Zum Reinigen der Möbel gab sie Kate Lavendelöl. Am Rumpeln und Schleifen des Mobiliars und den gemischten Desinfektions- und Lavendeldüften erkannte man jedenfalls unfehlbar, an welchen Abenden Kate zu Hause war. Wenn sie erst das Geld zusammengespart und eine eigene Wohnung habe, schwor Kate, so komme ihr da nur weißlackiertes, abwaschbares Holz hinein. Kate war eisern mit ihren Spargroschen und sehr stolz darauf; sie brachte alles auf die Post. In ihrem Zimmer hatte sie etliche Schächtelchen im Regal stehen, die das benötigte Kleingeld enthielten. »Strom« stand darauf, und »Gas« und »Bus« und »Essen«, »Telefon« und »Sonstiges«. Nach dem Putzen und Möbelrücken manikürte Kate sich, bevor sie zu Bett ging, sehr sorgfältig die Fingernägel. Dann legte sie mit besonderer Akkuratesse ihre Kleider für den nächsten Morgen zurecht. Manchmal ließ sie sich vor dem Zubettgehen noch zu einem Sherry oder Whisky überreden, doch stets mit einem ernsten Seufzer, als wollte sie zu verstehen geben, daß sie dieses Zeug ja eigentlich nicht trinken dürfe, es könne einen Menschen ruinieren.

In dem Stockwerk darüber wohnte ich in einem Dachzimmer mit schräger Decke. Es hatte einen Herd und ein Spülbecken; in einer Ecke war eine Einbaudusche; unter die schräge Wand war ein niedriger, tiefer Geschirrschrank eingebaut.

Auf dieser Etage befanden sich noch ein Gemeinschaftsbad und zwei weitere Zimmer, und in einem von ihnen wohnte Jung Isobel, die ein eigenes Telefon im Zimmer hatte, damit sie allabendlich ihren Daddy in Sussex anrufen konnte; nur unter dieser Bedingung hatte Isobel nach London kommen und hier als Sekretärin arbeiten dürfen. Manchmal telefonierte Isobel einen ganzen Abend lang, nicht nur mit ihrem Daddy, auch mit ihrem großen Bekanntenkreis, und ihre Stimme sang und trällerte durch die dünnen Wände die Rezitative und Arien ihrer Tageswerke.

Das andere, noch kleinere Zimmer im Dachgeschoß hatte ein Fenster zum Garten. Ein Medizinstudent wohnte darin, William Todd, dessen akustische Daseinsäußerungen aus seinem Radio stammten, das oft auf die klassische Musik des Dritten Programms eingestellt war. So könne er besser lernen, behauptete er.

Manchmal gab ich eine Party, und das legte dann wohl Zeugnis für mein Dasein ab. Davon abgesehen war ich ziemlich ruhig, sofern ich nicht überhaupt den Abend außer Haus verbrachte. Im allgemeinen aber ging ich, wenn ich zu Hause war, nach unten und unterhielt mich mit Milly. Sogar in Millys Erdgeschoßwohnung ging es oft sehr laut zu, denn Reparaturen und sonstige Arbeiten am Haus wurden abends von einem Mr. Twinny erledigt, der ein paar Häuser weiter wohnte. Daß Mr. Twinny nach getaner Tagesarbeit zum Hämmern und Schaben hierherkam, hatte seinen Grund darin, daß reguläre Firmen und Handwerker in Millys Etat nicht drin waren. Wenn Mr. Twinny tapezierte, breitete er die Tapeten auf einer aufgebockten Arbeitsplatte aus, und Milly rührte derweil mit Mehl und Wasser den Kleister an und brachte ihn zu Mr. Twinny, der ihn dann auf das Papier schmierte. Oder er machte mit viel Getöse einen Abfluß frei, während Millys Fernseher dröhnte und ich mit einer Tasse Tee dabeisaß und zuschaute.

Wie alle im Haus oder auch im Verlag, nannte Milly mich nie beim Vornamen. Obwohl ich mit achtundzwanzig noch eine junge Frau war, kannte man mich überall nur als Mrs. Hawkins. Es schien mir so natürlich und war auch meiner Umgebung offenbar so natürlich, daß ich damals gar nicht auf die Idee kam, es anders zu wollen. Ich war Mrs. Hawkins, eine Kriegswitwe. Als Mrs. Hawkins hatte ich etwas an mir, was Zutraulichkeit weckte. Ich war mir dessen im Übermaß bewußt, und Übermaß bestimmte auch den Eindruck, den ich allenthalben machte. Ich hatte einen gewaltigen Umfang, mächtige Muskeln, einen Riesenbusen, breite Hüften, stämmige lange Beine, einen ballonförmigen Bauch und ein ausladendes Hinterteil; ich schleppte mit meinen einsachtundsechzig ein enormes Gewicht herum und war dabei kerngesund. Natürlich lag es zum Teil an dieser äußeren Erscheinung, daß Leute sich mir anvertrauten. Ich wirkte so beruhigend. Auf Fotos aus dieser Zeit sieht man mich mit Mondgesicht, üppigem Doppelkinn und verschlafenen Augen. Es sind Schwarzweißbilder. Als Farbfotos würden sie zeigen, daß meine Formen, Augen und Teint eines Rubens würdig gewesen wären. Und ich war Mrs. Hawkins. Erst später, als ich abzunehmen beschloß, bekam ich sofort zu spüren, daß mir die Leute, Männer wie Frauen, nicht mehr so ohne weiteres ihre Gedanken anvertrauten. Bei der Gelegenheit will ich Ihnen verraten, daß Abnehmen ganz leicht ist, wenn man außer dem Fett nicht noch andere Probleme hat. Essen und trinken Sie, was Sie immer essen und trinken, aber nur halb soviel. Stellt man Ihnen einen vollen Teller hin, so lassen Sie die Hälfte darauf; wenn Sie sich selbst auftun, nehmen Sie gleich nur die Hälfte. Sind Sie ein Perfektionist, so können Sie nach einiger Zeit auch davon wieder nur die Hälfte nehmen. Die Willenskraft, sofern sie eine Rolle spielt, sollten Sie sich als etwas vorstellen, was nie in der Gegenwart, nur in Zukunft und Vergangenheit existiert. Eben noch haben Sie beschlossen, etwas zu tun oder zu lassen, und im nächsten Augenblick haben Sie es schon getan oder gelassen; einzig so geht man mit Willenskraft um. (Nur unter unmenschlichem Streß existiert Willenskraft auch in der Gegenwart, aber das ist ein anderes Thema.) Ich gebe Ihnen diesen Rat gratis; er ist im Preis für dieses Buch mit inbegriffen.

Wie dem auch sei, ich fühlte mich im Jahre 1954 jedenfalls wohl in meinem Fett und galt allgemein als »wunderbare Frau«, obwohl ich noch niemals irgend etwas Wunderbares getan hatte. Man verehrte mich ob meiner Fülle und der rundum mütterlichen Erscheinung. Einmal stand eine junge Frau, die vermutlich älter war als ich, im Bus auf und bot mir ihren Platz an. Sie bestand darauf. Ich merkte, daß sie mich für schwanger hielt, und nahm huldvoll an. Ich erfreute mich allseitiger Zuneigung. Ich war Mrs. Hawkins.

Zwischen elf und zwölf Uhr nachts wurde das Haus allmählich stiller und verstummte schließlich ganz. Hin und wieder gefiel es den Leuten von nebenan, einem jungen Zyprioten, der sich als »Händler« bezeichnete, und seiner englischen Frau nebst Schwägerin, in ihren Garten hinauszugehen und einen Familienkrach zu veranstalten, oder wie sie selbst es nannten, wenn sie sich anderntags entschuldigten, eine kleine Meinungsverschiedenheit auszutragen. Das ging dann immer die ganze Nacht, aber es kam selten vor. Im allgemeinen wurde um Mitternacht zum letztenmal die Toilettenspülung betätigt – »Das war Basil«, sagte Milly –, dann schlief das Haus.

Ich lag im Bett und sog die Stille in mich hinein. Das Schweigen war wirklich, es tat meinen Ohren wohl, zumal ich in meinem inneren Ohr noch einmal die Geräusche des vergangenen Tages vernahm. Nun, da sie verstummt waren, konnte ich mir ihren Sinn zusammenreimen. Und so begann einer dieser vielen Nachtgedanken, an die ich mich jetzt erinnere, damit, daß ich aufwachte und diese Stille, mit der ich meine Erzählung begonnen habe, richtiggehend genoß, sie geradezu hören konnte. Meine Arbeitsstelle war die lauteste, die ich je gekannt habe, und ich werde sie zu gegebener Zeit beschreiben. Jetzt will ich nur sagen, daß die Stille, die mir beim Aufwachen ins Bewußtsein drang, mir eine andere Stille aus meiner Kindheit in Erinnerung rief, als ich bei Verwandten in Afrika zu Besuch war: Wir waren mit dem Auto von Bulawayo zu den Victoria-Fällen gefahren. Die Natur lag stumm in der Hitze des Tages. Als wir uns dem wuchernden Wald am Sambesi näherten, senkte sich an einem bestimmten Punkt eine noch tiefere Stille herab und machte mir bewußt, daß die bisherige Stille nur Illusion gewesen war.

Milly hatte John Sanders, ihren Mann, Anfang des zwanzigsten Jahrhunderts in ihrem heimischen Cork kennengelernt, wo er als Soldat stationiert war. Millys Mutter war Witwe und hatte einen Kramladen mit zwei Marmortischen, an denen auch Ginger Ale und Limonade serviert wurden. Hierher kam der junge Sergeant John Sanders oft, um Zigaretten zu kaufen und ein Schwätzchen zu halten. Eines Tages lud er Milly zum Tanz ein. Milly hinterm Ladentisch sah ihre Mutter an, die nickte. »Ja, du darfst«, hieß dieses Nicken, wie Milly mir erklärte.

Milly hatte eine große Erzählgabe. Einmal sagte ich ihr das; da sah sie mich so bestürzt, so zweifelnd an, ob ich das wohl ernst meinte oder nur sagen wollte, ihre Geschichten seien gewiß nicht wahr, daß ich nie mehr ihre Erzählkunst lobte. Ich hörte nur noch zu und registrierte, wie sie mit einer kleinen, am rechten Platz eingefügten Nebensächlichkeit und durch die bildhafte, treffende Wortwahl, in der fast alle Iren Meister sind, eine Szene lebendig machen konnte. Sie verzichtete auf irische Flunkerei, sie übertrieb nie. Ich konnte Milly stundenlang zuhören.

Als ich sie kennenlernte, war sie eine bildhübsche Frau von sechzig und hatte dichtes, schimmerndes Silberhaar und ein feines Gesicht. Sie war bestimmt einmal eine Schönheit gewesen, aber jedes Kompliment wegen ihres Aussehens machte sie verlegen.

Ihr Schlafzimmer war ungeheizt, weshalb sie sich gern

vor dem Feuer in ihrem Wohnzimmer, einem abgetrennten Teil der Küche, auszog und fürs Zubettgehen fertig machte; dazu schaltete sie jedoch stets den Fernseher ab; um nichts in der Welt hätte sie sich vor einem Schauspieler, Ansager oder einem jener Geistlichen, die zum Tagesausklang immer ein paar ermutigende Worte sprachen, ausgezogen.

Und man sah Milly auch nie in Begleitung eines Mannes gehen. Zwar blieb sie wohl einmal auf der Straße stehen, um sich mit einem Nachbarn zu unterhalten, auch wenn es ein Mann war, und sie mochte einen Mann, den sie kannte, auch von der Haustür zu seinem Wagen begleiten und ihm nachwinken. Nie aber würde sie mit ihm auch nur ein Stück über die Straße gehen. Sie war seit zehn Jahren Witwe. Ich denke mir, daß sie da irgendeiner Regel aus Kindertagen gehorchte.

Einmal ging mir während eines Gesprächs auf, daß Milly, die drei Kinder geboren hatte, fest davon überzeugt war, man könne kein Kind empfangen, wenn man keinen Orgasmus gehabt habe – »dieses Gefühl«, sagte sie dazu. Ich widersprach nicht. Ich zog nicht einmal Schlüsse auf Millys Eheleben und mochte an die Frage, ob Milly umgekehrt auch glaubte, ein Orgasmus führe unweigerlich zu einem Kind, lieber nicht rühren.

Der Verlag, in dem ich arbeitete, befand sich in einem umgebauten Queen-Anne-Gebäude, das mittlerweile abgerissen wurde, um einem kahlen Betonklotz abseits der St. James's Street Platz zu machen. Es war die Ullswater and York Press, gemeinhin Ullswater Press genannt, einer dieser kleinen Verlage, die sich über die Widernisse des

Krieges, namentlich Papierrationierung, Mangel an englischen Druckereien, fehlende Transportmöglichkeiten, um die Bücher von Druckereien im Ausland abzuholen, nur knapp hinweggerettet hatten; der Verlag hatte sich nur deshalb über Wasser gehalten, weil die Öffentlichkeit ganz versessen auf Bücher war, besonders jene ernsthaften Bücher, die man bei Ullswater Press feilbot. Damals wie heute waren Stellen in Verlagen sehr begehrt und, vielleicht eben deshalb, schlecht bezahlt. Dort also, im Parterre, wo sich das Gemeinschaftsbüro befand, lief aller Lärm des Tages ab. Dieser Raum, von dem ich mir vorstellen könnte, daß es früher zwei ineinander übergehende Salons gewesen sein müssen, beherbergte am einen Ende das Lektorat und am anderen eine Sortier-, Pack- und Versandabteilung. Dazwischen standen drei Schreibtische und eine Reihe Aktenschränke, und dort wurde getippt und abgelegt; die beiden jungen Mädchen, die das besorgten, bekamen manchmal Gesellschaft von Cathy, der Buchhalterin, die mit ihren Rechnungsstapeln von oben aus der Buchhaltung kam, wenn der Chefbuchhalter allein sein oder mit einem Besucher unter vier Augen reden wollte.

In diesen Monaten, den letzten vor dem Zusammenbruch des Verlages Ullswater and York, wollte der Chefbuchhalter oft ungestört sein. Wenn er Cathy zu uns herunterschickte, spekulierten wir unter uns, wer wohl der Besucher war. Jemand, der nichts Gutes verhieß. Cathy, die schon viel länger im Verlag war als wir alle, verriet es uns nicht. »Ist es endlich der Gerichtsvollzieher, Cathy?« Keine Antwort. Sie war irgendwo zwischen fünfzig und siebzig Jahre alt und hatte ein runzliges, rötliches Gesicht, schütteres Haar, was vielleicht vom dauernden Färben kam, und so dicke Brillengläser, wie ich sie davor und danach nie mehr gesehen habe. Cathy senkte den Kopf mit den spärlichen Haaren, die an den Wurzeln rötlich und grau, an den Spitzen schwarz waren, über ihre Rechnungen und murmelte vor sich hin, bis wir ihr eine Tasse Tee mit einem Keks auf der Untertasse brachten, worauf sie mit einem dankbaren Lächeln aufsah, das zum Anlaß in keinem Verhältnis stand. Wenn Cathy mit fremdländischem Akzent in den allgemeinen Lärm hinein sprach, krächzte ihre Stimme. Sie war in den dreißiger Jahren in einem deutschen Konzentrationslager gewesen und davongekommen.

Der Name des Verlags, Ullswater and York, hatte keine geographische Bedeutung. Die beiden Gesellschafter waren eben ein Mr. Ullswater und ein Mr. York. Zwei weitere Vorstandsmitglieder und Anteilseigner waren in das Unternehmen eingetreten. Mr. Ullswater, mit Abstand der ältere der beiden Gesellschafter, lebte mittlerweile fast im Ruhestand. Er verbrachte seine Zeit auf dem Lande und kam einmal monatlich zu einer Vorstandssitzung. Er trug Bowler und Tweedanzug, im Winter einen grauen Mantel. Dann kam er, groß und weißhaarig, mit breitem Gesicht und stets liebenswürdig, im Taxi vorgefahren und stieg gemächlich die Treppen empor. Nur wenn er wieder ging, hatte er es immer eilig und marschierte, so schnell er konnte, um die Ecke in seinen Club. Martin York war ein rundgesichtiger, vierschrötiger Mann um die Vierzig.

Mein letztes Wochengehalt habe ich nie bekommen. Die Firma schuldet mir sieben Pfund im Geldwert von 1954. Daß in unserem großen Gemeinschaftsbüro ein solcher

Lärm herrschte, konnte durchaus daher rühren, daß wir nach Art primitiver Stämme die bösen Geister fernhalten wollten. Sie kamen dann doch, und Martin York mußte wegen vielfacher Fälschungen und anderer Betrügereien ins Gefängnis, aber wir Angestellten sahen, obwohl wir wußten, daß die Firma wackelte, die nähere Zukunft noch nicht ganz so dramatisch. Wir dachten nur, daß wir uns wohl demnächst nach anderen Stellen umsehen müßten, und bis dahin machten wir eben unsere Arbeit weiter.

Unsere Stenotypistin hieß Ivy, ein hochgewachsenes Mädchen frisch von der Sekretärinnenschule. Mary, die Bürogehilfin, war sechzehn Jahre alt und von der Schule geradewegs zu uns gekommen. Packer und Sortierer war ein junger Mann namens Patrick, und ich war, wie üblich, Mrs. Hawkins: Mädchen für alles, Korrekturleserin, Gutachterin und Sekretärinnenersatz, als Mr. Yorks und Mr. Ullswaters jeweilige Sekretärinnen durch Heirat ausschieden und nie ersetzt wurden.

Zweites Kapitel

Der zypriotische Ehemann und seine englische Frau im Haus neben Millys hatten Streit. Es war zwei Uhr morgens. Sie hatten ihren Krach im Garten angefangen, waren dann aber, um ihn fortzusetzen, nach drinnen gegangen.

Nun führte die erste Halbtreppe in Millys Haus auf einen kleinen Treppenabsatz mit Fenster, durch das man über einen trennenden Meter hinweg in das gerade gegenüberliegende Fenster des Nachbarhauses sehen konnte; wenn man in Millys Haus auf der zweiten Halbtreppe saß, sah man im Haus nebenan das exakte Gegenstück der Halbtreppe samt Absatz.

Ich hatte schon im Bett gelegen, aber der Lärm war dieses Mal so furchterregend, daß ich zu Milly hinunterging, die auch schon aufgestanden war und ihren Morgenmantel anhatte. Nebenan schrie die Ehefrau. Sollten wir etwas unternehmen? Sollten wir die Polizei anrufen? Wir setzten uns auf die Treppe und sahen durchs Fenster zu. Unser Treppenlicht war aus, aber ihres war an. Außer dem leeren Stück Treppe sahen wir aber noch nichts. In unserem Haus war es ansonsten still, alle schliefen oder ignorierten schlicht den Lärm.

Im Haus nebenan war heute nachmittag Kindstaufe gewesen. Bei dem Krach ging es um die wahre Vaterschaft, nachdem ein Freund des Ehemannes diesen während der Party in einem Nebensatz auf das Thema angesprochen hatte. Ich glaube ja nicht, daß der Mann in Wirklichkeit bezweifelte, der Vater des Kleinen zu sein; es bot nur einen rationalen Anlaß für das beiderseitige Bedürfnis des Paares nach Streit, der dann lautstark in den Garten überquoll; die Gäste waren darauf alle nach Hause gegangen.

Das Baby verschlief anscheinend das Pandämonium, denn wir hörten nur das Gekreisch der Frau und die Wutschreie des Mannes: Lärm hinter der Szene.

Plötzlich erschienen sie auf der Treppe, der zweiten Halbtreppe, genau vor unseren Augen, wie auf einer Bühne. Milly, stets mit Sinn fürs Angemessene, rannte in ihr Schlafzimmer hinunter und kam mit einer noch fast vollen Schachtel Pralinen zurück. Wir saßen nebeneinander, aßen Pralinen und sahen das Stück. Bisher kein Schlag, kein Handgemenge; dafür viel Fuchteln und Drohen. Jetzt packte der Mann seine Frau bei den Haaren und zerrte sie ein paar Stufen höher, dieweil sie auf ihn einschlug und zeterte.

Zuletzt rief ich doch die Polizei an, denn die Prügelei wurde ernster. Zehn Minuten später stand ein Polizist vor unserer Tür. Er schien das Spektakel im Haus nebenan nicht ganz so dramatisch zu sehen und zögerte, einzuschreiten. Statt dessen setzte er sich zu uns auf die Treppe, von wo wir jetzt die Füße der Ringkämpfer sahen. Der Polizist mußte sich neben uns quetschen, denn ein bequemerer Sitzplatz für ihn war nicht vorhanden. Meine Hüften beanspruchten allen freien Raum. Endlich aber kamen unsere Nachbarn wieder die Treppe herunter, so daß wir sie ganz im Blick hatten.

»Können Sie das nicht abstellen?« fragte Milly, indem sie die Pralinen reichte.

Der Polizist bediente sich. »Man soll nicht zwischen Mann und Frau gehen«, meinte er. »Empfiehlt sich nicht. Man kriegt keinen Dank, und sie wenden sich nur beide gegen einen.«

Wir mußten seinen Einwand gelten lassen. Milly erbot sich, ein Täßchen Tee zu kochen, wozu sie ja stets bereit war. Endlich sagte der Polizist: »Ich gehe jetzt doch mal ein Wörtchen mit den beiden reden. Um diese nachtschlafende Zeit – das ist ja Ruhestörung.«

Wir hörten ihn an der Haustür klingeln. Es war ein langes Klingeln, und gleichzeitig löste sich die Szene vor unseren Augen auf. Das Ehepaar fuhr auseinander, sie ordnete ihre Frisur, er stopfte sich das Hemd in die Hose. Beide verschwanden aus dem Blickfeld. Jetzt hörte man von der Straßenseite her ihre Tür aufgehen, dann die sanft tadelnde Stimme des Polizisten. Die Stimme der Frau scholl hoch und klar durch die leere Nacht, bittend, entschuldigend, versöhnlich. »Wir hatten doch nur eine kleine Meinungsverschiedenheit, Herr Wachtmeister.«

Gegenüber ging das Treppenlicht aus. Ende der Vorstellung. Milly und ich tranken in der Küche noch eine Tasse Tee und redeten über etwas anderes.

Als ich am nächsten Morgen das Haus verließ, um zur Arbeit zu gehen, sah das lächelnde, haselnußbraune Gesicht unseres zypriotischen Nachbarn von dem Rad an seinem Wagen, an dem er gerade arbeitete, zu mir auf. »Guten Morgen, Mrs. Hawkins«, sagte er.

Woher kannte er meinen Namen? Ich kannte den seinen nicht. Immer wußten die Leute in jenen Tagen, wer ich war, noch ehe ich sie kannte. Als ich später schlank wurde, mußte ich es, wie alle anderen, darauf ankommen lassen; und das bestätigt meinen Eindruck, daß ein großes, stattliches Mädchen jemand ist, mag ihr an Romantik auch viel entgehen. »Guten Morgen«, sagte ich.

Im allgemeinen traf ich morgens zwischen halb und Viertel vor zehn im Verlag ein. Die Uhr im großen Gemeinschaftsbüro war unzuverlässig und würde es mangels flüssiger Mittel wohl auch bleiben. Ich finde ja, wenn eine Uhr nicht pünktlich ist, kann man von den Menschen, die mit ihr leben, auch keine Pünktlichkeit verlangen. Wir nahmen es alle immer weniger genau mit der Zeit, je mehr es mit dem Geschäft abwärtsging. Patrick, der Packer und Sortierer, war meist als erster da, und so nahm er dann auch die ersten Anrufe an. Ich weiß nicht, ob mein Gedächtnis übertreibt, aber im Rückblick will mir scheinen, daß ich Patrick fast jeden Morgen am Telefon antraf, mit lautem Brüllen seine Verlegenheit und ebenso sein Unvermögen überspielend, die Probleme des Anrufers zu lösen. Um diese Stunde war der Anrufer meist ein Autor, und sein Problem war Geld. Am späteren Vormittag, kurz vor Mittag, hatten dann die Drucker und Buchbinder ihre Stunde; auch ihr Problem war Geld, die unbezahlte Rechnung. Und ehe die Rechnungen bezahlt waren, bestand gewiß keine Hoffnung, weitere Bücher an den Drucker zu geben.

Telefon: »Würde es Ihnen etwas ausmachen, später noch einmal anzurufen? Mrs. Hawkins ist noch nicht hier.« Diesmal wimmelte Ivy einen ab. Wieder das Telefon: »Ullswater Press«, sagte Ivy.

Kaum ein Vormittag, an dem Patrick nicht Besuch von

seiner armen Frau Mabel bekam. Und sie ging unfehlbar mit dem Vorwurf auf mich los, daß ich ihren Mann verführe.

»Mabel! Mabel!« – Patrick, ein hochgewachsener junger Mann mit Brille und dünnem blondem Haar, hatte mit seinem frühreifen Ernst viel Ähnlichkeit mit einem Kaplan; er war etwas jünger als ich. Da Bücher und Lesen seine Leidenschaft waren, hoffte er im Verlagswesen Karriere zu machen. Es stimmte, daß er an mir hing, denn er glaubte sich mir anvertrauen zu können. Oft hörte ich ihm in der Mittagspause zu, wenn wir uns ein paar Sandwichs holen ließen und diese zum Bürokaffee verzehrten, weil es zu kalt und regnerisch war, um in den Park zu gehen. Soviel ich weiß, hatte er Mabel geheiratet, weil sie schwanger war. Nun verdiente Patrick sehr wenig, aber Mabel arbeitete ebenfalls, und um ihr Kindchen kümmerte sich tagsüber Mabels Mutter. Ob nun Patrick zu sehr in seine Bücher vertieft war, um sich mit seiner Frau zu befassen, oder ob er gut von mir gesprochen hatte oder beides, jedenfalls hatte Mabel sich in den Kopf gesetzt, ich wolle ihr Patrick ausspannen. Sie war furchtbar mit den Nerven herunter, und ich glaube, wenn wir nicht alle so nachsichtig gewesen wären, wenn sie auf dem Gang zur Arbeit mit ihren Vorwürfen in unser Büro gestürmt kam, hätte sie einfach nicht mehr den Weg in das nahe Malereigeschäft gefunden, wo sie im Büro arbeitete. So konnten wir sie immer beruhigen, und sie ging, nicht ohne ihr schmales, spitzes Gesicht noch ein paarmal vorwurfsvoll nach mir umzuwenden.

»Mabel! Mabel!« sagte ihr Mann.

Ivy, die Stenotypistin, hämmerte derweil ununterbrochen auf ihrer Schreibmaschine. Cathy, die Buchhalterin mit den vorquellenden Augen hinter dicken Brillengläsern, stand dann auf und krächzte, während sie mit den Händen fuchtelte: »Mrs. Hawkins ist unsere Cheflektorin und tut so etwas nicht.«

Patrick war immer ganz zerknirscht, nachdem seine Frau wieder fort war. »Es ist lieb von Ihnen, daß Sie es so aufnehmen, Mrs. Hawkins«, sagte er manchmal, dabei hatte ich nichts getan und nur in meiner Drallheit dagestanden. Ein andermal sagte er auch wieder gar nichts und betrachtete nur hingebungsvoll die Bücher, die er so sorgsam, so gekonnt und schnell verpackte.

Einer unserer Gläubiger, ein kleiner Drucker, hatte die Schwierigkeiten der Ullswater Press so persönlich genommen, daß er eigens einen Mann im Regenmantel engagierte, der auf der anderen Straßenseite Aufstellung bezog und den ganzen Vor- und Nachmittag zu unseren Fenstern hochstarrte. Mehr tat er nicht, nur starren. Das sollte uns in Verlegenheit bringen. In der Kaffeepause starrten wir dann gehörig zurück, wozu wir uns zu dritt oder viert mit der Kaffeetasse in der Hand ans Fenster stellten. Ein seltsamer Anblick, dieser Mann im Regenmantel; er war so fehl am Platz in diesem schicken, teuren Londoner Viertel; aber er sollte ja eben durch seine Schäbigkeit auffallen. In dem Teil South Kensingtons, wo ich von Montag bis Freitag allmorgendlich das Haus verließ, wäre er nur der berühmte Mann-von-der-Straße gewesen, den die Politiker so gern zitierten: einer von vielen. Aber hier im West End schauten alle auf den Mann, dann zu unseren Fenstern herauf, dann wieder auf ihn.

In Millys Haus in South Kensington bezahlten alle ihre Wochenmiete, und wenn sie dafür noch so sehr knausern und sparen mußten, verrechneten die Shillings und Pence jener Tage gegen winzigste Einsparungen bei Lebensmitteln und Strom; in Millys Haus addierten und subtrahierten, multiplizierten und dividierten die Leute unablässig; und da war Kate mit ihren bewährten Schächtelchen für »Bus«, »Gas« und »Sonstiges«. Hier im West End dachte man in größeren Maßstäben und hatte nur Verachtung für lästige Gläubiger, als ob sie bloß den Blick auf Höheres verstellten. Wir in unserem lauten Gemeinschaftsbüro fühlten uns nicht sonderlich angesprochen: schließlich waren wir nicht zuständig, die Verantwortung lag bei Ullswater Press, bei Mr. Ullswater und Martin York und den anderen Namen, die den Vorstand bildeten; vor allem bei Martin York, denn er war der Geschäftsführer. Er war es auch, der mir immer die Manuskripte ehemaliger Kriegskameraden oder Schulfreunde anschleppte. »Ob das einen Bestseller gibt? Lesen Sie es mal, und sagen Sie mir, ob es ein Bestseller werden könnte. Wir brauchen ein paar Bestseller.« Auf meinem Schreibtisch stapelten sich die Korrekturfahnen von Büchern, die ihrer Veröffentlichung harrten, warteten lange, daß die Reihe an sie kam. Ich bearbeitete sie gewissenhaft: Wörter, Sätze, Absätze, Interpunktion. Aber sie lagen auch noch lange auf meinem Schreibtisch, wenn sie längst wieder in die Druckerei hätten gehen können. Neuer Kredit war von Druckern und Buchbindern schwer zu bekommen. »Mrs. Hawkins, halten Sie mir diese Autoren vom Leib.«

Die Autoren – sie wollten wissen, warum der Erscheinungstermin immer wieder verschoben wurde. Das Telefon klingelte, und Ivy antwortete in ihrem affektiertesten Ton, mit dem sie die Geräuschkulisse des Gemeinschaftsbüros übertönte: »Mrs. Hawkins ist leider in einer Besprechung. Kann ich ihr etwas ausrichten? Nein, ich weiß nicht, wann sie wiederkommt. Nein, ich kann sie nicht stören, sie ist in einer Besprechung.« Ich erfuhr auf Nachfrage, daß es eine alte, von Martin York eingeführte Tradition im Verlag sei, »in« einer Besprechung, nicht »bei« einer Besprechung zu sagen. »In« klang wahrscheinlich mehr nach Unabkömmlichkeit und bitte nicht stören. Ivy verstand es, dieses »in einer Besprechung« von vornherein so empört klingen zu lassen, als sei der bloße Gedanke, jemanden am Telefon zu verlangen, der so beschäftigt war, schon eine Unverschämtheit. Ivy hatte den Ullswater-Geist erfaßt. Bald stapelte sich um Ivys Schreibtisch herum das Papier, denn Mary, die Bürogehilfin, verließ uns und begründete das mit der »Atmosphäre«, die durch Mabels tumultuöse Besuche erzeugt werde. Ein Ersatz wurde nicht eingestellt.

Meist nach der Teepause rief dann Martin York über die Sprechanlage: »Haben Sie einen Moment Zeit, Mrs. Hawkins?« Der Moment war jedesmal eine Stunde, manchmal mehr. Er wollte reden, sich jemandem anvertrauen. Dann stand er am Fenster, sah hinunter in den Hof hinterm Haus und redete. Oder er setzte sich mir gegenüber in den Ledersessel und redete.

»Sherry? Whisky?« fragte Martin York.

Ich nahm nur dann einen Sherry, wenn er mich länger als bis halb sechs, meinem normalen Feierabend, bei sich festhielt. Ich war an Überstunden gewöhnt, vor allem seit die

Belegschaft abnahm und jeder die Arbeit von zweien oder dreien machen mußte. Damals war es immer so eine Art Verschnaufpause, wenn Martin York mich zum Reden dabehielt. Wenn er von der Vergangenheit sprach, sprach er vom Krieg. Wenn er von der Zukunft sprach, ging es um den wichtigen Kredit, den er aufgetrieben haben wollte, um die Firma wieder auf die Füße zu stellen. Seine Kriegserzählungen waren wahr. Bei den Krediten mußte ich immer an einen früheren Ausspruch von ihm denken: »Wenn nur genügend Leute daran glauben, daß Sie Geld und Güter haben, Mrs. Hawkins, ist es genauso, als ob Sie beides hätten. Der Glaube an sich schafft Vertrauen. Und Vertrauen bringt Geschäft.« Sein rundes Gesicht war narbenübersät, als hätte er einmal Pocken gehabt. Es fiel einem schwer, etwas gegen ihn zu haben; das ging nicht nur mir so, sondern auch allen seinen Partnern und Freunden. So brauchte er also nur von Zeit zu Zeit auszustreuen, er habe eine nennenswerte Geldquelle aufgetan, dann glaubte man ihm vielleicht zwar nicht, aber alle hätten es ihm gern geglaubt, und demzufolge gelang es ihm dann manchmal wirklich, neue Mittel aufzutreiben und die Situation vorläufig zu retten.

Drittes Kapitel

Immer wenn Martin York besonders aus dem Lot war, rief er mich zu sich und wollte mit mir reden. Ich war dann traurig, wenn ich die Fahnen zu einem Roman von Cocteau oder einer Neuausgabe von *Zärtlich ist die Nacht* unberührt auf meinem Schreibtisch liegen lassen mußte. Viele Ullswater-Bücher waren so gut, so kostbar. Es machte mir Freude, Satzfehler aufzuspüren; ich liebte es, zweifelhafte Punkte einer Übersetzung gewissenhaft zu klären; mochte im Büro noch so ein Heidenlärm herrschen und ich dauernd ans Telefon gerufen werden oder irgendwelche Streitfragen schlichten müssen, beim Korrekturlesen war ich immer glücklich. »Evening Dispatch, Evening News«, schrie der Zeitungsjunge unten in der schmalen Gasse; und dann rief mich das Telefon zu Mr. York. In solchen Fällen ordnete er dann an, daß er weder für Anrufer noch für Besucher zu sprechen sei.

Wenn er aus dem Lot war, trank er Whisky. Ich redete mit ihm, während er sich mit geschlossenen Augen in seinen Sessel zurücklehnte. Ich sprach nie über Vorgänge im Büro; ich erzählte vom Leben in South Kensington, Church End Villas Nr. 14. Mr. York hörte mir immer ganz aufmerksam zu, was ich daran merkte, daß er sich stets an irgendein Detail aus der letzten Folge erinnerte.

»Was macht Wanda, Mrs. Hawkins?«

Wanda, die polnische Schneiderin, hatte so viele Probleme, daß man den Rest des Nachmittags damit füllen konnte. Mr. York füllte sein Glas, und ich erzählte von Wanda.

»Wanda muß schwer leiden«, sagte ich.

»Ich kenne keinen Polen, der das nicht muß.«

»Die meisten ihrer Leiden entspringen den Leiden der Vergangenheit. Aber jetzt hat sie eine neue Quelle. Es ist nicht zum Lachen, Mr. York. Wanda hat ein schweres Leben. Sie hat einen anonymen Brief bekommen.«

Wanda nähte mir alle Kleider. Sonst bekam ich Kleider, die mir paßten, zu einem vernünftigen Preis nur noch in der Oxford Street in einem Laden, der Übergrößen führte; Kleider für jedermann, nur eben größer. Wanda besaß dagegen die Gabe, die Persönlichkeit der Kundin zur Geltung zu bringen. Da sie mir sehr wenig dafür berechnete, mußte ich mich mit den Anproben danach richten, wann sie gerade nicht mit einträglicheren Kunden beschäftigt war. Diese Gelegenheiten ergaben sich oft sonntags nachmittags nach fünf Uhr. Wanda war um eins zur polnischen Messe ins Brompton Oratory gegangen und hatte dort hinterher alle ihre Freunde und Verwandten getroffen, die damals in London lebten. Wenn man Alte und Kinder mitzählte, muß Wanda mit mindestens hundert polnischen Flüchtlingen bekannt oder verwandt gewesen sein. Ich wußte das aus eigener Anschauung, denn ich hatte Wanda ein paarmal zu dieser Einuhrmesse mit anschließender polnischer Nationalversammlung begleitet. Das Oratory war jedesmal brechend voll. Zahlreiche Ehemänner und Väter standen während der ganzen Messe vor der Kirche und wandten sich nur zur Kirchentür, um sich zu bekreuzigen, wenn die Glocke zur Wandlung ertönte.

Wanda war eine kleine, rundliche Frau um Ende Vierzig. In meiner Erinnerung ist es immer Winter, wenn ich Wanda nach der Messe bei der Zusammenkunft vor dem Brompton Oratory sehe. Der dicke Weihrauch jener Tage waberte um die Kirchentüren, wenn die Leute herauskamen. Wanda trug einen dicken, unförmigen, borstigen Pelzmantel von dunkler Farbe mit dazu passender Pelzmütze. Ihr hellblondes Haar war im Nacken zu einem dicken Knoten geflochten. Sie hatte ein süßes, ovales Gesichtchen mit kleinen blauen Augen. Wenn sie mit ihrem ureigensten Grüppchen von Landsleuten sprach, ließ sie zur Betonung ihrer Worte den ganzen Körper rhythmisch vornüber wippen, was zur Folge hatte, daß mit jedem Vorwärtswippen ihr Hinterteil rückwärts wippte, als wollte es seine Verlautbarungen ebenfalls betonen. Diese Versammlungen vor dem Oratory, die bis in die Brompton Road überquollen, lösten sich dann allmählich auf, so allmählich, daß es drei Uhr nachmittags wurde, bis die mitteilsamen Emigranten sich verzogen hatten, wobei einige in die nahen Museen gingen, das Victoria & Albert oder das Natural History Museum, die meisten jedoch in die umliegenden Teestuben drängten, um dort Kuchen und Sahnetörtchen zu Tee mit Zitrone zu verzehren. Mit ihrer neuen, fremdartigen Lebensweise bereicherten sie London sehr.

Wie ich aus Wanda herausbrachte, drehten die Nachmittagsgespräche sich großenteils um Fluchtabenteuer und den Austausch nützlicher Informationen über die praktischen Seiten des Landes, in das sie ausgewandert waren. Ebenso wie andere Gruppen von Kriegsflüchtlingen hatten sie ihre Courage mitgebracht, kein ärmliches Angebinde. Dafür waren sie sicht- und hörbar ausgezogen, zu erforschen, wie und wo es Geld zu holen gab. An welches Ministerium sich wenden? Welche Formulare ausfüllen? Was für Schulen, was für Ärzte – für die Polen insbesondere: was für katholische Schulen, katholische Ärzte? Welche Organisationen, Ausschüsse, Beihilfen und Stipendien, welche Personen, Namen, Adressen und Telefonnummern, und was für Stellen und Arbeitsvermittlungen? Sie kannten die öffentlichen Bibliotheken, die spezialisierten Privatbibliotheken und die besten Lesesäle. Wanda und ihre Freunde wußten zweifellos viel besser als ich Bescheid über Nachkriegsenglands Geldquellen und wie man sie anzapfte. Und es war nicht alles rein materialistisch. Manche von Wandas Freunden waren eifrige Vortragsbesucher. Es sprach sich herum, was für Vorträge es abends in London zu hören gab. Irgendwer hielt immer irgendwo einen Vortrag über Politik, Astronomie, Geschichte, tschechische Dichtkunst, polnische Literatur oder polynesische Bräuche. Ehe ich durch Wanda davon hörte, hatte ich gar nicht geahnt, daß man in London so viele Vorträge besuchen konnte.

In jenen Tagen, als noch mit Pfund, Shilling und Pence gerechnet wurde, kam Wanda mit sehr wenig von alledem aus; für Änderungen berechnete ihr Lohn sich meist in Shillings. Das Ändern von Kleidern beanspruchte einen Großteil ihrer Arbeitszeit; nur gelegentlich mußte sie ihre Tage einer größeren Arbeit widmen – wenn es ein Hochzeitskleid zu nähen gab, einen Mantel für die Brautmutter oder ein neues Sommerkleid für eine ihrer Damen.

Wenn Wanda gerade keine Kundin zum Abmessen oder Anprobieren bei sich hatte, arbeitete sie – von Hand oder mit der Nähmaschine – auch dann weiter, wenn ihre Freunde und Feinde in ihr Zimmer drängten. Dann stellte eine der Frauen Teewasser auf den Gaskocher, während Wanda nähte und redete. Sie selbst war viel zu beschäftigt, um in Vorträge oder Bibliotheken zu gehen.

Die Männer unter ihren polnischen Freunden sahen alle viel älter aus als die Frauen, nicht alt genug, um ihre Väter zu sein, aber jedenfalls wie ältere Brüder. Wenn ich mich von Wanda überreden ließ, noch auf eine kleine Stärkung zu bleiben, wechselte die Unterhaltung höflich von Polnisch auf Englisch. Mit der Zeit kannte ich die meisten von Wandas Bekannten vom Sehen.

Eines Samstagmorgens war ich nach unten gegangen, um nachzusehen, ob Post für mich da war. Auf der Treppe begegnete ich Wanda. Sie hatte ihre Briefe in der Hand und lächelte. Für mich war ein Brief von einer Kusine da. Ich stand neben der Flurgarderobe und öffnete ihn. Plötzlich ertönte aus Wandas Zimmer ein langer, lauter, hoher Schrei, der zu einem anhaltenden, fernen und immer noch hörbaren Klagen verebbte.

Ich rannte nach oben. Milly kam heraus, um nachzusehen, was los war, blieb auf den unteren Stufen stehen und schaute herauf. In dem Moment, als ich an Wandas Tür klopfte, kam aus dem Zimmer ein neuer, durchdringender Wehschrei; ich zögerte nicht lange und trat einfach ein. Da stand Wanda in ihrem schwarzen Arbeitspulli und -rock mit blauen Hausschuhen, einen Brief in der Hand, und aus ihrem Mund schrie es ununterbrochen. Panisches Entsetzen stand in ihrem Blick. Sie reichte mir den Brief. Ich drückte sie erst einmal auf einen Stuhl, bevor ich ihn las, weil ich dachte, sie habe Nachricht von einem plötzlichen Sterbefall in der Familie bekommen – mindestens. Der Brief lautete:

Mrs. Podolak,

Wir, die Organisateure, haben ein Auge auf Sie. Sie betreiben eine Schneiderei und melden den Behörden Ihr Einkommen nicht. Sehen Sie sich vor.

Ein Organisateur

Der billige braune Umschlag war in Westminster aufgegeben.

»Mrs. Hawkins«, rief Wanda, »das ist mein Ende. Ich muß ins Gefängnis. Sie schieben mich ab.«

Milly kam und klopfte an die Tür, um zu sehen, was los war. Als ich sie hereinließ, sah ich die beiden Carlins und Kate Parker, die Krankenschwester, bestürzt an ihren Türen stehen. »Schon gut«, sagte ich. »Wanda hat nur eine Maus gesehen. Meint sie jedenfalls.« Ob sie mir glaubten, weiß ich nicht. Ich zog Milly ins Zimmer und schloß Wandas Tür.

»Quatsch«, sagte Milly, nachdem sie den Brief gelesen hatte. »Wer hat das geschrieben?«

Wanda schrie, sie kenne so einen bösen Feind nicht. Ich sagte, sie solle still sein – »Wir wollen doch nicht, daß es das ganze Haus hört.« Ich dachte nicht an eine Gefahr für

Wanda, sagte mir aber sehr wohl, daß die Ankunft eines anonymen Briefs eine schlechte Atmosphäre im Haus schaffen könne. Es war mir zuwider, das ekelhafte Ding anzufassen; es drängte mich, mir die Hände zu waschen.

»Ein Schlückchen Brandy«, sagte Milly, die in der Krise immer gleich zur Sache kam. Sie verschwand nach unten und kam mit einem starken Brandy für Wanda zurück, die jetzt am ganzen Leib zitterte und flüsterte, sie komme ins Gefängnis oder werde abgeschoben. »Ist Verbrechen, wenn man von Einkommen nicht Steuer zahlt.«

Wieder traf Milly den Nagel auf den Kopf. »Was für Einkommen?« fragte sie und schickte dabei einen Blick über Wandas Welt, das klumpige Bett in der einen Ecke, den Stapel alter Kleider, die geändert werden wollten, hier eine Männerhose, die zu kürzen war, dort ein kleiner Pelzkragen, irgend jemandes bestes Stück, das von einem Mantel auf einen anderen umgesetzt werden sollte; eine Schuhschachtel voller Garnrollen, blitzende Scheren auf dem Schneidertisch, eine kleine Blechdose, früher für Allenburys Gichtbeerenpastillen, jetzt für Wandas Stecknadeln. Ferner ein Gasofen, Gaskocher, Stühle und der Hängeschrank, alles von Milly gebraucht gekauft, um das Zimmer minimal damit zu möblieren; auf dem Kaminsims stand ein holzgerahmtes Foto von Wandas Eltern neben einer hohen Vase mit Blumen – die Mutter stehend, der Vater sitzend – jetzt beide tot; ein Foto von einem polnischen Soldaten mit breitem Schnurrbart, starren Blickes seinem Los entgegensehend; er war gefallen. Ein Bild von einer schwarzen Madonna, der Madonna von Tschenstochau, wie ich jetzt weiß. Ein Foto von Wanda mit ihren vier Schwestern, von denen eine in Schottland verheiratet war und die anderen drei noch in Polen lebten, und denen Wanda und ihre Schwester immer wieder einmal ein Paket mit Lebensmittelkonserven, warmen Schals und Strümpfen schickten, unbeirrt hoffend, sie kämen wohlbehalten an. Aufgestapelt auf dem Kleiderschrank verstaubten Wandas Koffer. Wandas Nähmaschine war das teuerste Stück im Zimmer: Wanda hatte sie gerade abgezahlt. Der Geruch von all diesem Trödel und Fleiß, nach Bett und getragener Kleidung, die Mottenkugeldünste aus dem umzusetzenden Pelzkragen, der Duft von Seife, Tee und Keksen – es war der ureigene Geruch von Wandas Zimmer und gar nicht unangenehm; ich kannte ihn ja schon von meinen Besuchen bei Wanda, von den Anproben und ihren munteren Soirees beim Tee. Hinzu kam jetzt ein feiner Hauch von Brandy, denn in ihrer Erregung hatte sie etwas davon über ihren Pulli verschüttet.

Ich erinnere mich deutlich an vielerlei Empfindungen in Wandas ersten Schrecksekunden. Mit ihrer wackeren Zukunft war es teilweise vorbei. Ich sehe noch ihr von panischer Angst verzerrtes Gesicht, ihr Zittern. Milly und ich konnten sie mit gar nichts davon überzeugen, daß sie keine Angst zu haben brauchte. Ich wollte mit dem anonymen Brief zur Polizei gehen; da geriet sie außer sich.

»Hören Sie, Wanda«, sagte ich, »ich könnte doch eine Steuererklärung für Sie ausfüllen. Sie haben Betriebsausgaben; Sie haben unterstützungsbedürftige Verwandte in Polen; lassen Sie mich das alles darin aufführen, und Sie brauchen keinen Penny zu bezahlen. Ich gehe mit Ihnen zum Finanzamt.«

»Finanzamt?« Sie atmete schwer. »Zum Finanzamt gehen? Die stecken mich ins Gefängnis. Ich muß zurück nach Polen.«

Milly wiederholte ein ums andere Mal, daß man erst einmal Einkommen haben müsse, um Einkommenssteuer zu bezahlen. Aber dieses Argument versetzte Wanda nur noch mehr in Angst. Sie war überzeugt, daß man sie verhaften werde, weil sie so spät komme, erst nach so vielen Jahren. »Ich habe nie gedacht an Steuer. Wie denn denken? Die glauben mir nie.« Die Richter, meinte sie, würden sie verurteilen. Ich weiß nicht, was ihr da vorschwebte, wie viele Richter, Geschworene, zuschlagende Kerkertüren, jedenfalls ließ sie sich nicht beruhigen. Sie kam eben aus einer Welt der bürokratischen Tyrannei, die unvergleichlich schlimmer war als bei uns. Und ein bißchen hatte ich auch das Gefühl, daß sie sich an dieses Leiden klammerte; sie war dafür geradezu geschaffen.

Ich wollte nur wissen, wer ihr diesen Brief geschickt hatte. Die Frage ging in mir um und um, während wir Wanda begreiflich zu machen versuchten, daß sie nichts zu fürchten habe. Es erschien mir weitaus wichtiger, den anonymen Unhold ausfindig zu machen, als mich um Wandas Steuern zu sorgen. Wer war dieser »Organisateur«? Das beschäftigte auch Milly.

»Nein, nein«, sagte Wanda, »keiner von meinen Freunden, mein schlimmster Feind, keiner aus Polen könnte so etwas tun. Wie könnten sie das tun?«

»Es muß einer sein, der Sie kennt, der das eine oder andere von Ihnen weiß, Wanda.«

»Einer hier im Haus«, sagte Wanda.

»Nie«, erklärte Milly. »Es muß einer von Ihren Kunden sein, oder von diesen Freunden und Verwandten.«

»Warum sollten die denn?« rief Wanda, und sie schlug die Hände vor die Augen und heulte los. Ich war mir ganz sicher, daß Wanda schon noch jemand einfallen würde, der es sein konnte, wenn sie sich erst beruhigt hätte.

Milly sorgte sich jetzt. Ich redete den ganzen Samstagnachmittag mit ihr darüber. Wanda hatte eine Schlaftablette genommen und war zu Bett gegangen, und wir hatten versprochen, ihr mit der Ausrede, sie habe aus der Stadt fahren müssen, um einer neuen, sehr bedeutenden Dame ein Kleid anzumessen, jeden Besuch vom Leib zu halten. Wanda hatte mir erlaubt, den Brief mitzunehmen. Ich wollte ihn unter die Lupe nehmen.

»Dieses Schwein!« sagte Milly. Sie war überzeugt, daß ein Mann den Brief geschrieben hatte. »So etwas könnte eine Frau nie tun«, antwortete Milly, als ich diese Möglichkeit ansprach. Ich war zwar geneigt, ihr recht zu geben, aber mir fiel kein ordentlicher Grund ein, Frauen von jedem Verdacht auszuschließen.

Milly hatte zwar vor Wanda nichts davon wissen wollen, daß der Brief von jemandem sein könne, der im Haus wohnte oder mit dem Haus zu tun hatte, aber sie war dann doch bereit, mit mir über diese Möglichkeit zu sprechen, und sei es nur, um sie auszuschließen. Wer waren »die Organisateure«, und wer war der »Organisateur«, der den Brief geschrieben hatte?

Das Papier war blaues Basildon-Bond, die Schrift ziemlich klein und *script*-ähnlich, ein Mittelding zwischen normaler Druckschrift und schräger Schreibschrift. Wie es aussah, war dies die normale Handschrift des Verfassers, an manchen Stellen aber offensichtlich verstellt, so daß der Buchstabe »h« manchmal die natürlichen Proportionen der übrigen Buchstaben überragte; das Wort »Schneiderei« war nach rechts geneigt, fast kursiv; auch einzelne andere Buchstaben standen schräg, obwohl das Schriftbild sonst ziemlich gerade war. Ich betrachtete den Brief mit halbgeschlossenen Augen, um einen allgemeinen Eindruck zu bekommen. Einen Moment glaubte ich die Schrift zu erkennen, hätte sie allerdings niemandem zuordnen können. Doch als ich die Augen wieder öffnete und genauer hinsah, war dieser Eindruck wieder futsch. Jedenfalls erkannte ich keine Handschrift, die ich mit Wanda, jemandem aus dem Haus oder Wandas Bekanntenkreis in Verbindung bringen konnte. Ich hatte wohl schon Briefe, die an sie adressiert waren, auf der Flurgarderobe oder auf der Fußmatte hinter der Haustür liegen sehen, aber auf die Handschriften hatte ich nie sonderlich geachtet. Die Handschriften der übrigen Hausbewohner, außer Millys, die ein ziemliches Gekrakel war, hatte ich überhaupt noch nie gesehen. Was mir aber auffiel, war der Gegensatz zwischen dem schwachsinnigen Ton des Briefes und der relativ gebildeten Schrift; es schien eine bewußte literarische Übung in schlechtem Stil zu sein, der Versuch einer Parodie, wenn auch ein lahmer. Jemand hatte die »Organisateure« erfunden, um Wanda damit zu erschrecken. Wenn sie zu meiner Welt gehört hätte, der Welt der Bücher und Verlage, vielleicht hätte ich dann gewußt, wo ich hätte anfangen müssen, nach den eventuellen Missetätern zu suchen; ich sage

»eventuell«, weil ich selbst unter den Menschen, die ich kannte und mit denen ich beruflich zu tun hatte – darunter einige recht giftige und niederträchtige Tintenkleckser –, nur sehr schwer einen bestimmten hätte herauspicken können. Aber in Wandas Umgebung irgendwen oder -was ausmachen zu wollen, war ein völliges Herumtappen im Nebel.

Milly war über den Verdacht, es könne jemand aus dem Haus sein, so sehr außer sich, daß der Gedanke sie geradezu hypnotisierte. Außerdem fürchtete sie weitere Briefe. »Solche Dinge kommen immer zu dritt«, gab Milly wieder einmal eine ihrer Volksweisheiten zum besten; sie löffelte Tee in die vorgewärmte Kanne. Tee und Sprüche gehörten bei ihr zusammen.

So machten wir uns daran, die Hausbewohner einen nach dem andern durchzugehen.

Basil und Eva Carlin in ihrem großen Wohnschlafzimmer mit kleiner Küche im ersten Stock: »Von den beiden kann ich mir das nicht vorstellen«, sagte ich.

»Ich auch nicht«, sagte Milly. »Das sind so stille Leute. Nie ein Mucks, und die Miete wird auf die Sekunde bezahlt.«

»Oft sind es die Stillen, die so etwas tun«, warf ich ein.

»Sehr richtig. Da ist was dran.«

»Was macht er eigentlich genau?«

»Hm«, machte Milly. »Ich weiß nur, daß er in einer Maschinenfabrik arbeitet und da die Bücher führt.«

Ich hatte mit Basil Carlin erst wenige Male ein paar Worte gewechselt, einmal, als wir mit demselben Bus auf dem Oberdeck fuhren und nur noch der Platz neben mir frei war. Da hatte er mir erzählt, daß er »technischer Buchhalter« sei. Still war er, ja, aber nicht unheimlich. Diese ganz normalen Nachbarn, denen ich immer auf der Treppe begegnete, als verdächtig anzusehen, widerstrebte mir. Ich dachte an Eva, die sich nachmittags immer so ehrerbietig durch Millys Küche schob, um die Hemden ihres Mannes zum Trocknen in den Garten zu hängen. Sie war eine schmächtige Frau und hatte die Angewohnheit, beim Gehen die Ellbogen nach außen zu stemmen. Basil war von mittlerer Größe und Figur und hatte dünnes blondes Haar und eine Brille. Sie hatten nichts Merkwürdiges an sich, überhaupt nichts.

»Es ist schrecklich«, sagte Milly, »sie alle so nacheinander durchzugehen.«

»Das habe ich auch gerade gedacht. Ich komme mir vor wie eine Verräterin.«

Ja, die Suche nach dem Missetäter stellte uns beide gewissermaßen auf die gleiche schlimme Stufe. Aber ich war entschlossen, jede Möglichkeit so unparteiisch wie möglich in Betracht zu ziehen. Viel lieber wäre ich ja mit dem Brief zur Polizei gegangen.

»Was sollten die Carlins denn gegen Wanda haben?« fragte Milly. »Sie haben noch mit keinem im Haus jemals Streit gehabt. Wanda hat ihr erst neulich einen Saum rausgelassen.«

»Ach, einen Saum rausgelassen?«

Gut, sie hatte also für Eva Carlin einen Saum rausgelassen. Ich fragte: »Haben Sie schon mal ihre Handschrift gesehen?«

»Nie. Sie zahlen immer bar.« Wir zahlten alle bar. Je weniger man schriftlich macht, desto besser, lautete eine von Millys Devisen.

Wanda hatte für Eva Carlin einen Saum herausgelassen. Mehr wissen wir nicht. Ich nahm mir Kate Parker vor, die dralle, resolute Cockney mit den blitzend weißen Zähnen, die sogar jetzt, am Samstagnachmittag, oben ihr Zimmer putzte. Wir hörten sie in ihrem Kampf gegen Keime die Möbel auf den Treppenabsatz rücken. Ich dachte an ihre Schächtelchen für »Strom«, »Gas«, »Bus«, »Sonstiges«. Alles bestens organisiert.

»Nicht Kate«, sagte Milly. »Das könnte ich nie glauben.«

Ich auch nicht. Obwohl Kate für Wandas drangvoll beengtes Zimmer und ihren fremdländischen, drangvoll beengten Lebensstil sicher nichts übrig hatte, konnte ich Kate so etwas nicht zutrauen.

Aber Kate war die geborene Organisatorin. Würde sie auch die ausgefallene Form »Organisateur« verwenden, wie der Briefschreiber?

Gegen fünf brachte ich Wanda eine Tasse Tee. Sie lag wach da und weinte. Sie hatte sich richtig ins Bett gelegt und ihre Haare heruntergelassen. Ich sah sie zum erstenmal mit dieser Fülle von natürlich weizenblondem Haar um Gesicht und Schultern. Sie war durchaus ansehnlich. Ich mußte unwillkürlich denken, daß Wanda ohne weiteres einen Liebhaber haben könnte, einen Verehrer zumindest, einen, der ihr den Hof machte und einen Rivalen hatte; es konnte ein abgewiesener Freier sein, der auf Rache sann, oder eine eifersüchtige Frau, der Wanda ihren Mann abspenstig machte. Vielleicht kümmern wir uns alle doch zuwenig umeinander, dachte ich. Nachdem ich Wanda in diesem neuen Licht sah, nicht nur als würdevolle polnische Matrone, sondern als begehrenswerte Frau, sah ich auch den Kreis der Verdächtigen wesentlich vergrößert. Aber ich mochte nicht rundheraus fragen: »Wanda, kennen Sie einen Mann, eine Frau, jemanden, der sich für Sie, gegen Sie entflammt haben könnte?« – ich fragte es nicht, denn in dem Moment wäre sie vor Entrüstung sicher explodiert. Das Bild, das sie der Welt präsentierte, war das einer kirchenfrommen Näherin und treuen Witwe. Und ich hätte auch gar nicht gewußt, woher sie noch die Zeit für eine Liebesaffäre hätte nehmen sollen, nicht einmal für den kleinsten Flirt.

Überhaupt weinte und jammerte sie jetzt derart, daß an eine nüchterne Befragung nicht zu denken war. O Gott! Von diesem Vorfall würde sie womöglich noch bis an ihr Lebensende zehren. »Wanda«, sagte ich, »ignorieren Sie das doch einfach. Und wenn noch so etwas kommt, gehen wir damit zur Polizei.«

»Noch mehr? Noch mehr? ... Die Polizei!«

Milly öffnete die Tür und trat ein. Ich sah, daß ihr beim Anblick der blauäugigen Wanda, die sie auch zum erstenmal so mit aufgelöstem Blondhaar im Bett sitzen sah, sofort der gleiche Gedanke kam wie mir: Wanda war eine attraktive Frau, sie war sexy. Daran hatten wir in unserer Verbohrtheit vorhin gar nicht gedacht.

»Ich habe Feinde«, heulte Wanda.

»Die überlassen Sie Gott«, sagte Milly.

Wir ließen Wanda mit ihrem Tee allein. »Aber«, sagte Milly, »sie hat so oft von ihren Freunden und ihren Feinden gesprochen. Jetzt überrascht es sie, daß sie Feinde hat. Sie hat immer gesagt: ›Meine Freunde und meine Feinde‹, als ob damit zu rechnen wäre. Aber so reden Ausländer ja immer. Und wenn man bedenkt, wie viele Leute hier immer zu Wanda kommen ...«

»Sie sieht hübsch aus, wenn sie das Haar unten hat«, sagte ich.

»Ja, nicht?« bestätigte Milly.

An diesem Abend nahmen wir uns nach dem Essen noch die übrigen Hausbewohner vor. Als erstes meine Nachbarin im Dachgeschoß, Jung Isobel, die so viele Bekannte hatte und jeden Abend mit ihrem Daddy telefonierte. Wieder sahen Milly und ich einander ungläubig an. Ausgerechnet Isobel sollte gemeine anonyme Briefe schreiben! ... »Ich habe mal ihren Vater kennengelernt«, sagte Milly, als ob das die Sache erledigte. Ich selbst hatte ihn noch nicht kennengelernt, aber es war schon so, daß die Stimme des Vaters in Isobels täglichem Leben ihr eine gewisse Stabilität zu verleihen schien; und mehr noch als diese Telefongespräche mit ihrem Vater schlossen Isobels Lebenslust und ihr übermütiger Freundeskreis sie eigentlich aus. Wer so unbekümmert und sorgenfrei dahinlebte wie Isobel, so aus dem Haus rannte und ins wartende Taxi oder ins Auto des Freundes sprang, konnte doch diesen niederträchtigen Brief nicht geschrieben haben! Es war ein Griesgram, ein innerlich bösartiger Mensch, nach dem wir suchten.

Milly hatte auf ihre Art ein ebenso schlechtes Gewissen wie ich auf die meine, als wir so dasaßen und die Leute durchhechelten, mit denen wir unter einem Dach wohnten. Obwohl wir immer zum selben Schluß kamen, fiel mir auf, daß Millys Gründe stets andere waren als meine: Sie war geneigt, ihre Mieter allesamt freizusprechen, schon weil sie ihre Mieter waren, während ich sie mir doch etwas unvoreingenommener ansah. Ich fand aber, daß es dennoch auf dasselbe hinauslief, denn wenn Milly jemanden in ihr Haus nahm, hatte sie sich schon vorher ein Bild von ihm gemacht. Trotzdem konnten wir uns irren. Und irgendwie fühlten wir uns beide schuldig. Dieser Brief auf Millys Tisch war Schuld an sich, aus Schuld erwachsen, Schuld erzeugend.

Blieb nur noch William Todd übrig, der Medizinstudent im letzten Jahr. Ich sage »nur«, obwohl, streng unparteiisch gesehen, zu den Verdächtigen im Haus ja eigentlich auch noch Milly und ich gehörten. Ich machte Milly darauf aufmerksam, worauf sie sagte: »Und warum sollten Sie und ich so etwas tun?« Das war, wie ich jetzt sah, die eigentliche Frage, die es bei uns allen zu stellen galt. Was hätte es irgendeinem von uns gebracht, Wanda zu belästigen? Warum? Wozu? Oben lief William Todds Radio, berieselte uns, während wir redeten. Gewöhnlich ging er samstagabends aus, aber heute mußte er lernen. Im allgemeinen kam er abends auf seinen stämmigen Beinen die Treppe heruntergestapft und ging in das Café bei der U-Bahn-Station South Kensington, wo er sich mit seinen Freunden traf. Ich hatte ihn schon des öfteren dort gesehen, wenn ich selbst wieder einmal spät von der Arbeit kam. Dann saß er da in einem Kreis von jungen Männern und Frauen, die aussahen wie Studienkollegen, was sie auch waren. Warum in aller Welt sollte es William einfallen, skurrile anonyme Briefe an Wanda zu schreiben?

Wahrscheinlich kam sie ihm überhaupt nie in den Sinn, höchstens wenn er ihr zufällig einmal auf der Treppe begegnete.

»Es ist also keiner von uns«, sagte Milly. »Es muß einer von Wandas Leuten sein, einer von außerhalb. Und das werde ich ihr morgen früh sagen.« Je später der Abend wurde, desto mehr wurde Wanda selbst in unseren Gedanken fast zur Schuldigen: schuldig, das Opfer dieses schändlichen Briefes auf Millys Tisch zu sein, der, von unbekannter Hand geschrieben, die ganze Küche mit Gehässigkeit verpestete.

Viertes Kapitel

Wanda schaut aus dem Fenster«, erzählte ich Martin York. »Sie sieht Spione an den Straßenecken stehen. Spione beim Krämer, die ihr folgen. Privatdetektive und Spione der Regierung.«

Wandas Bedrängnis war jetzt in South Kensington, Church End Villas Nr. 14, allgemein bekannt. Sie konnte das alles einfach nicht für sich behalten, während sie gleichzeitig darüber klagte, alle Welt rede über sie. Sogar die Bewohner von Nr. 16, der Zypriot und seine englische Frau, waren auf irgendwelchen Wegen genauestens informiert, ehe noch die Woche um war. Sie kamen sogar herüber, um sich solidarisch zu erklären, und der Ehemann erbot sich allen Ernstes, dem Missetäter den Hals zu brechen, sollten wir ihn oder sie je nennen können. »Sie nennen sich ›Organisateure‹«, sagte ich in der Hoffnung, die beiden wüßten etwas damit anzufangen.

»Organisateure!« rief die Frau. »Denen organisiere ich was, die sollen mir nur mal in die Finger kommen.«

Mr. Twinny, unser Mann fürs Grobe aus Nr. 30, war nicht minder entrüstet. »Ein Gentleman«, vertraute er mir mit leiser Stimme an, »würde einer Dame so etwas nie antun. Einer Witwe dazu.«

Wanda kam jetzt mit ihrer Arbeit ins Gedränge. Die Kunden wunderten sich über ihre furchtsame Verdrossenheit; sie kamen zur Anprobe und fragten Milly auf dem Weg nach draußen, ob sie Wanda vielleicht etwas getan hätten.

»Wanda ist im Moment nicht sie selbst«, war Millys Antwort.

»Was ist denn los? Ist etwas passiert?«

»Das geht vorbei, das können Sie mir glauben«, sagte Milly jedesmal.

Aber ihre polnischen Freunde ließen sich nicht abwimmeln. Innerhalb von vierzehn Tagen wußten sie alle von dem anonymen Brief; innerhalb weiterer vierzehn Tage kamen sie und sagten zu Wanda, sie solle vernünftig sein und den Schrecken vergessen – »Was können sie dir schließlich tun? ... Schließlich wirst du nicht erpreßt ... das ist doch schließlich nur ein Verrückter, der schickt diese Briefe an Hunderte, Tausende, dieser Mensch.«

Als ich Martin York den Brief schilderte, war ich beeindruckt, mit welch spontaner Großzügigkeit er die Dienste seines Anwalts, auf seine Kosten, anbot, um Wanda zu helfen. Er war über die Geschichte aufrichtig empört. Damals stand Martin York selbst das Wasser schon viel höher am Hals, als ich wußte. Als der Richter ein paar Monate später in seinem Prozeß sagte, daß »Handel und Wandel nicht bestehen können, wenn Menschen nicht ehrlich sind«, und ihn zu sieben Jahren verurteilte, mußte ich wieder an diese schlichte Geste gegenüber Wanda denken, einer unbedeutenden eingewanderten Schneiderin in South Kensington, die er nur aus meinen Erzählungen kannte.

Zugleich wußte Martin York lauter unkonventionelle Ratschläge, die sich allerdings nach Offizierskasino anhörten. »Um die Einkommensteuer drückt man sich am besten, Mrs. Hawkins«, sagte er, »indem man denen aus heiterem Himmel einen Scheck über acht Pfund, siebzehn Shilling, drei Pence schickt. In dieser Preislage. Die kriegen diese Summe nie mit ihren Unterlagen in die Reihe; dann wandert Ihre Akte von Hand zu Hand, Monate, Jahre, und schließlich ist sie unauffindbar.«

»Darauf würde ich es nicht ankommen lassen wollen«, meinte ich. »Unauffindbar ist am Ende nur der Scheck.«

»So wird es sein, Mrs. Hawkins.«

Ich nahm damals noch immer alles mehr oder weniger wörtlich; vielleicht hielt er mich deshalb für so zuverlässig und vertrauenswürdig.

Letzten Endes ging Wanda dann doch nicht mit dem Brief zum Anwalt; sie hatte zuviel Angst. Sie ließ es nur schließlich zu, daß der Oberbuchhalter der Ullswater Press ihre Steuerangelegenheit in Ordnung brachte. Etwas über zwölf Pfund mußte sie bezahlen, von denen ihr ein paar Monate später vier wieder erstattet wurden. Vorerst kamen auch keine weiteren anonymen Briefe, und die anfängliche Welle des Entsetzens, Verwunderns und Mißtrauens im Haus flachte langsam ab. Sie flachte ab, aber verlief nicht ganz. So ertappte ich mich selbst dabei, wie ich einen Mitbewohner oder den einen und anderen von Wandas Besuchern skeptisch musterte und mir meine Gedanken machte. Und da ich mir Gedanken machte und mitunter auch grübelte, nahm ich an, daß die anderen Mieter mehr oder weniger dasselbe taten. Sie müssen sich Gedanken gemacht und spekuliert haben. Ich weiß, daß Milly ein wachsames Auge auf alle hatte, die zu Wanda wollten. »Eine Dame zur Anprobe«, berichtete sie dann; »der alte Priester; ihr junger Vetter, der Priester werden will; dieser Mann von der Post mit einem Anzug zum Ändern; diese polnische Familie, die ihr immer diesen Kuchen mitbringt; diese beiden polnischen Schwestern, die Musikunterricht geben ...«

Aber ich war bei meinen Ermittlungen aktiver. Es ist schon erstaunlich, was man über Menschen nach und nach in Erfahrung bringt, wenn man nur versucht, einen Verdacht zu zerstreuen. Zu diesem Zweck war ich zu jedem einzelnen einfach etwas netter.

Schließlich war Wanda selbst noch viel bedrückter als je zuvor. Sie wurde langsamer; sie schien zu altern und dahinzuwelken. Das hätte bei ihr, wie bei uns allen, auch die Zeit besorgt. Aber zu diesem Zeitpunkt war es bei Wanda das Werk des anonymen Briefschreibers, dieses infamen »Organisateurs«. Wanda hatte mir den Brief überlassen, weil ich ihr versprochen hatte, der Sache weiter nachzugehen und herausfinden zu wollen, wer ihr Feind war. Ich hielt es für notwendig, mir so unauffällig wie möglich Schriftproben zu besorgen. Ich kaufte mir ein Buch über Handschriften und erinnere mich, wie ich Abend für Abend, allein in meinem Zimmer, den Brief durchging und die einzelnen Buchstaben mit der Lupe studierte. Ich halte viel von systematischem Vorgehen; ich kaufte mir ein Notizbuch im Quartformat und hielt darin graphologische Eigenheiten des Briefes fest – »l« mit Schleife, »h« ohne Schleife, geschlossenes »o«, offenes »a«, das »f« so übertrieben, als sollte es eine Fälschung vortäuschen. Der Brief verriet nämlich alle Symptome einer verstellten Handschrift, das heißt, kleine Ungereimtheiten, wie die Widersprüche eines Schuldigen beim Verhör. Vor allem suchte ich nach der französischen Form »Organisateur«. Ich versuchte möglichst viele Schriftproben mit Fremdwörtern zu bekommen. Aber viele – wie »Coiffeur« oder »Grandeur« – waren ohnehin so gebräuchlich, daß sich keine Schlüsse daraus ziehen ließen.

Aber irgend etwas in Wandas Leben mußte den Schlüssel liefern, dessen war ich mir ganz sicher; vielleicht war es etwas, wovon Wanda selbst nichts wußte, oder ein Mensch, den sie völlig vergessen hatte.

Inzwischen haderte sie schon nicht mehr so sehr mit dem harten Schicksal, das ihr in den Klauen des Finanzamts drohte, als mit der viel realeren Tatsache, daß jemand, den sie gekannt hatte, sie so grundlos quälte.

»Guten Morgen, Mrs. Hawkins.« Es war der Zypriot von nebenan, der sein Fahrrad putzte, als ich zur Arbeit ging. »Guten Morgen, Marky.« So wollte er unbedingt genannt werden; es war ihm ausgesprochen peinlich, wenn einer von uns ihn mit Mr. Soundso anreden wollte. Bei mir sollte es noch eine Weile dauern, bis man mich beim Vornamen nannte. Das fiel auf jeden Fall zeitlich mit meinem Entschluß zusammen, mein hohes Übergewicht loszuwerden. Von da an forderte ich die Leute auf, mich doch Nancy zu nennen und nicht mehr Mrs. Hawkins, wie in jenem Sommer 1954 noch alle zu mir sagten, wenn ich morgens zur Arbeit ging, teils per Bus, teils durch den Green Park, egal ob es regnete oder nicht.

Selbstmord ist etwas, worüber wir allzuwenig wissen, einfach weil der Hauptzeuge tot ist, meist mitsamt seinem Geheimnis, das auch kein Abschiedsbrief in ein angemessenes Verhältnis zum Ausmaß der Tat bringen kann. Sogenanntes selbstmörderisches Handeln aber, ein ungestümer Galopp in die Katastrophe, der nicht unbedingt mit dem

Tod des Reiters endet, spielte sich bei der Ullswater Press ab. In diesem Frühjahr hatte ich Anlaß, über Martin Yorks halsbrecherischen Kurs in Richtung auf ein Jüngstes Gericht nachzudenken, als ich – es war am 6. Mai – im Radio hörte, daß der Mittelstreckenläufer Roger Bannister den Weltrekord gebrochen hatte: die Meile in unter vier Minuten. Martin York lief schneller, dachte ich, vielleicht die Meile in einer Minute, selbst wenn er sich in sein Zimmer einschloß und Whisky trank. Eines Tages rief er mich zu sich. Als ich kam, unterschrieb er gerade ein paar Schriftstücke. »Könnten Sie bitte diese Unterschriften bezeugen, Mrs. Hawkins?« Ich zückte meinen Füller und zog die von ihm schon unterschriebenen Papiere zu mir, während er noch ein weiteres unterschrieb. Aber ich setzte meinen Namen nicht darunter. Es waren Briefe an Banken, und ich sah, daß die Unterschriften zwar in Martin Yorks natürlicher Handschrift, aber nicht die seinen waren. Und ich sah, daß eine der Unterschriften »Arthur Cary« lautete. Sir Arthur Cary war damals die Nummer eins auf den Finanzmärkten und mit seiner lebenslustigen Frau dauernd in den Schlagzeilen. Mehr zu sehen hatte ich keine Zeit. Martin York sah meinen Einspruch kommen und hatte die Schriftstücke schon wieder an sich gerissen.

»Sie werden doch wohl keine Unterschriften fälschen, Mr. York?« fragte ich scherzhaft und keineswegs in kränkender Absicht.

»Fälschen? Natürlich nicht. Fälschen heißt, jemand anderes Unterschrift nachmachen. Arthur hat gesagt, ich darf mit seinem Namen unterschreiben, das ist schon in Ordnung. Aber wie ich sehe, ist es gar nicht nötig, die Unterschriften bezeugen zu lassen.« Martin York legte die Papiere in eine Schublade.

Viele Monate später wußte ich, daß ich Zeugin eines Betrugsversuchs gewesen war, der in seiner Naivität unter allen Umständen entdeckt werden mußte. Seinerzeit entschied ich, der Betrugsversuch könne gar nicht ernst gemeint sein, sondern eine Kostprobe von Martin Yorks Selbstironie auf seiner selbstmörderischen Fahrt in den geschäftlichen Ruin. Und der Ruin erwartete ihn unausweichlich. Er hatte in diesem Jahr ein paar »literarische Berater« eingestellt, meist junge Männer aus guten Familien und ohne Hirn, denen väterliche Fürsprache die Stelle verschafft hatte. Sie bezogen Gehalt. Es amüsierte uns, wenn sie, meist freitags, also am Zahltag, bei uns im Büro aufkreuzten. Sie blieben jeweils drei bis vier Wochen und lösten einander in rascher Folge ab. Daß ihre Arbeitsverhältnisse immer nur so kurz dauerten, kam daher, daß Mr. Ullswater mit Martin York schalt: »Wer war dieser junge Mann, den ich da unten gesehen habe?« oder: »Wer ist nur dieser unausstehliche Jüngling, der unten im Büro aromatisierten Tee kocht?« Martin York erklärte dann dem Sinne nach, der junge Mann mache eine Lehre. Aber es erwartete sie so oft keine Lohntüte, daß sie sich bald wieder verdrückten, was Ivy, die Stenotypistin, sehr bedauerte.

Noch schlimmer für den notleidenden Verlag waren jedoch die Schmarotzer, die jetzt Martin York herumkriegten, ihre entsetzlichen Bücher herauszubringen.

Manchmal, glaube ich, beruhte sein Bestreben, dem Verlag diese Bücher zu sichern, weniger auf mangelndem Urteilsvermögen als auf dem verbreiteten Irrglauben, ein guter Erzähler müsse auch ein guter Schriftsteller sein. Dem ist keineswegs so. Aber Martin York gab sich zudem noch einer besonderen Illusion hin: Er war der Meinung, daß Männer oder Frauen gehobener Herkunft und Bildung talentierter sein müßten als Schriftsteller aus bescheidenen Verhältnissen. 1954 hingen nicht wenige große Verleger heimlich diesem Glauben an.

Verleger versuchen aus einleuchtenden Gründen, sich ihre Autoren zu Freunden zu machen; Martin York versuchte aus seinen Freunden Autoren zu machen. Den jeweils redseligsten, geschwätzigsten, unterhaltsamsten Angehörigen seiner Kaste, alten Schulgefährten und ihren Frauen, früheren Kriegskameraden und ihren Frauen, ihnen allen versprach er Verträge.

Da mußte ich dann einschreiten. Oft fiel mir die Aufgabe zu, ein Buch abzulehnen, für das Martin York bei einem Besäufnis einen Vertrag angeboten hatte, ohne das Werk auch nur anzusehen. Seine Freunde wußten, wo Martin York sich nach Feierabend, so zwischen sechs und neun Uhr abends, aufzuhalten pflegte. Schamlos gingen sie dann dorthin und hörten sich seine Wehklagen an, und obwohl in der Welt der Bücher und Verlage jedermann wußte, daß die Ullswater Press im Sterben lag, stießen die Aasgeier noch scharenweise auf Martin York herab und versuchten einen letzten Brocken zu ergattern. Anderntags mußte ich sie dann verscheuchen.

An dieser Stelle kommt nun der Mann, den ich bald nur noch *Pisseur de copie* nannte, in meine Geschichte. Ich weiß nicht mehr, welcher symbolistische französische Schriftsteller des ausgehenden neunzehnten Jahrhunderts einmal irgendeinen Schundautor als *Pisseur de copie* – Tintenpisser – denunzierte, aber der Ausdruck ist mir im Gedächtnis geblieben, und ich wendete ihn auf viele jener Schreiber an, die sich an Martin York heranmachten oder ihn sprechen wollten; und zuletzt hängte ich ihn fürs Leben einem einzigen allein an: Hector Bartlett.

Der Begriff »Oberschicht« bedeutete damals mehr als heute. Hector Bartlett berief sich bei jeder Gelegenheit, direkt oder indirekt, auf seine Zugehörigkeit zur Oberschicht, was bei mir bewirkte, daß ich ihm eine ziemlich niedrige Herkunft unterstellte; tatsächlich hatte ich recht, und ich stand mit meiner Vermutung auch nicht allein. Aber ziemlich viele Leute, erstaunlich viele, ließen sich von Hector etwas vormachen, ganz besonders solche unbedarften Seelen, die ihre Zweifel ersticken, weil sie sich nicht dazu durchringen können, eine zum Himmel schreiende Pose zu durchschauen; es wäre zu mühsam und ermüdend und könnte offenen Widerspruch erfordern und Unannehmlichkeiten nach sich ziehen.

Er lauerte mir immer im Green Park auf, wenn ich zur Arbeit oder nach Hause ging. Manchmal amüsierte mich das, wenn ich ihn dazu verleiten konnte, seine gesellschaftliche Überlegenheit und nicht minder seine vorgebliche überlegene Bildung zu demonstrieren. Er kannte nämlich alle einschlägigen Buchtitel und die Namen der Autoren, aber das nützte ihm alles nichts; gelesen hatte er sehr wenig.

Von mir erhoffte er sich eine Einführung bei Martin York und über ihn bei dessen Onkel, einem Filmproduzenten.

Pisseur de copie! Bei Hector Bartlett hatte ich das Gefühl, daß er Literarisches erbrach, urinierte, ausschwitzte, exkretierte.

»Mrs. Hawkins, ich gebe mir unsägliche Mühe mit meiner Prosa.«

Das tat er allerdings. Man merkte die Mühe. Sein Geschreibsel ächzte und stöhnte vor lauter Windungen und Verdrehungen und Verrenkungen, unpassenden Ausdrücken, gewagten Wiederholungen, gezwungener Weitschweifigkeit und langen Wörtern lateinischen Ursprungs.

Ich merkte eines Morgens, daß er mir auf meinem Weg zur Arbeit nicht etwa zufällig im Green Park begegnete. Er war mir einmal zu oft begegnet. Es war ein schöner Tag im Juni, und daß es ein Montag war, weiß ich deshalb noch, weil ich mit einem Glücksgefühl, das ich seit Jahren nicht mehr gekannt hatte, an Isobels Daddy dachte, mit dem sie von ihrem Zimmer aus jeden Abend telefonierte und den ich am Tag zuvor in der Kirche kennengelernt hatte. Es war eine anglo-katholische Kirche in Queen's Gate. Als ich mich zum »Kyrie eleison« erhob, sah ich zwei Reihen vor mir Jung Isobel mit einem älteren Herrn. Ich dachte mir, daß es ihr Vater war, und das bestätigte sich dann auch, als wir aus der Kirche kamen und Isobel ihn mir vorstellte. Hugh Lederer. Zum erstenmal in meinem langjährigen Witwendasein hatte ich, als ich ihn zu den süßen Klängen des »Kyrie« neben Isobel sah, bei mir gedacht: Das ist ein attraktiver Mann. Und als ich jetzt an diesem frischen Montagmorgen im Juni durch den Green Park ging, sang in meinem Kopf das »Kyrie«, und die Begegnung in der Kirche und anschließend der ungeplante Lunch und der Rest des wunderschönen Sonntagnachmittags liefen noch einmal vor meinem inneren Auge ab. Es freute mich gar nicht, Hector Bartlett auf meinem Weg herumlungern zu sehen; mir war an diesem Morgen nicht danach, mich mit ihm abzugeben. Er hatte mich schon erspäht, bevor ich ihn sah, und nun stand er neben einer Bank und tat, als überlegte er, ob er sich daraufsetzen sollte. Da stand er nun also, morgens um Viertel nach neun, der letzte Mensch, von dem ich mir gerade jetzt meine Gefühle stören zu lassen wünschte, aber eisern entschlossen, ebendies zu tun. Rotes Haar *en brosse*, braune Kordhose, Tweedjacke mit Lederbesatz an den Ärmeln, gelbe Krawatte zum grünkarierten Hemd; das war recht bunt für damalige Verhältnisse, und Hector Bartlett trug immer kräftige Farben. Er war groß und hatte auffallend gebeugte Schultern, die ihn älter erscheinen ließen, als er war – ich schätze, er war damals Mitte Dreißig. Er hatte ein rundes Gesicht mit feistem Doppelkinn. Sein kleiner, aber voller Babymund schien ewig auf den Schnuller zu warten.

Ein junges Pärchen ging zärtlich umschlungen vor mir her. Es versperrte mir die Sicht auf Hector, den *Pisseur de copie*. Die beiden sahen aus, als wären sie auf dem Weg zur Arbeit, wahrscheinlich im selben Büro, denn dies war die Stunde der Büroangestellten. Als sie an der Parkbank vorbeigingen, bei der sich Hector Bartlett herumtrieb, sah ich, daß er sich hingesetzt hatte; er wartete auf mich, und jetzt stand er auf und kam mir entgegen.

»Guten Morgen, Mrs. Hawkins, welch angenehme Überraschung!« Er wies auf das Liebespaar, das jetzt vorbei war. »Muß Liebe schön sein!« sagte er.

Ich weiß nicht, was in mich fuhr, denn ich sagte, nicht

leise für mich, wie sonst, sondern laut und deutlich: *»Pisseur de copie!«*

»Wie bitte, Mrs. Hawkins?« Er machte ein bestürztes Gesicht, dann ein ungläubiges, dann entschied er sich endlich, seinen Ohren nicht zu trauen. Er wartete keine Antwort oder Erklärung von mir ab, sondern gab ein freudloses kurzes Lachen von sich und sagte: »Ein schöner Morgen.«

»Müssen Sie heute nicht arbeiten?« fragte ich.

Ich habe vergessen, was er antwortete. Meines Wissens hatte er keine geregelte Arbeit. Manchmal schrieb er Buchbesprechungen für Provinzblätter, und die meiste Zeit schlug er sich irgendwie durch und lebte von einer Schriftstellerin namens Emma Loy. Aber nicht deswegen hatte ich etwas gegen ihn. Ich kannte unbedeutende Schriftsteller genug, meist allerdings jünger als Hector Bartlett, die sich mehr schlecht als recht durchs Leben schlugen und ihren Gelegenheitsverdienst mit einem Partner teilten, oder die von anderen Schriftstellern lebten, die mehr Glück hatten als sie. Einmal hatte ich, vor Jahren, Hector Bartlett eine Arbeit vermittelt, die durchaus etwas für ihn gewesen wäre: in den Vorstädten mit Enzyklopädien hausieren. Da hätte er schwadronieren und von seinen Enzyklopädien schwärmen und bei Hausfrauen Eindruck schinden können. Aber die Arbeit lehnte er ab, wozu er jedes Recht hatte. Ich fand es nur so schrecklich an ihm, daß er mich immer zu benutzen versuchte und über meinen vermeintlichen Einfluß auf Martin York wieder einmal eine seiner Ideen voranbringen wollte.

An diesem Morgen begleitete er mich sogar bis zum Verlag und versuchte mir unterwegs seine Idee zu einer

Romanverfilmung schmackhaft zu machen. Martin Yorks Onkel war Filmproduzent, ein sehr reicher Mann, doch auch seine Reichtümer konnten Martin York zuletzt nicht vor dem Gefängnis bewahren. Im Moment war das noch nicht vorauszusehen, und so verdarb Hector Bartlett mir nun meinen schönen Junimorgen mit seiner unerwünschten Gesellschaft und verschlimmerte das Ganze auch noch damit, daß er mir den Roman zu erzählen begann, den er für den Film bearbeiten wollte.

»Ich kenne das Buch«, sagte ich.

Es war einer von Emma Loys Romanen. Sie war damals schon über vierzig und eine bekannte Schriftstellerin. Hector Bartlett hatte sich in jüngster Zeit an sie gehängt. Überall, wo sie dieser Tage hinging, war er dabei. Keiner konnte dieses Phänomen so recht erklären. Emma Loy war eine gute Schriftstellerin und klug genug, um zu wissen, daß er keiner war. Trotzdem versuchte sie ihn bei allen Zeitschriften und Verlagen unterzubringen, die etwas von ihr veröffentlichen wollten. Sie stellte ihn jedem vor, den sie kannte und der vielleicht Einfluß hatte, und alle waren sie höchst erstaunt und taten rein gar nichts für ihn.

Emma Loy war eine auffallende Frau mit ausdrucksvollem Gesicht und hellbraunem Haar, das sie aus der Stirn zurückkämmte. Sie trug immer Grau, und es stand ihr. Ich kannte sie schon länger. Ich weiß nicht, was in sie gefahren war, als sie sich mit Hector Bartlett einließ. Wahrscheinlich schmeichelte es ihr, einen fast zehn Jahre jüngeren Mann als ständigen Begleiter zu haben. Daß sie in ihn verliebt war, glaube ich nicht. Wie hätte das auch sein können? Sie war eine Frau von gesundem Menschenverstand und Phantasie, sie hatte Witz und war mitunter schlicht betörend. Als es ihr später zu beschwerlich wurde, ihren weltweiten Ruf, einen neuen, echten Mann in ihrem Leben und obendrein auch noch den *Pisseur* zu verkraften, wand sie sich aus der Beziehung heraus. Aber sie mußte dafür bezahlen.

Diese Zeit war noch nicht gekommen, und hier war nun Hector Bartlett mit der Erlaubnis, aus ihrem Roman ein Filmdrehbuch zu machen.

»Ich habe von Emma die Exklusivrechte«, sagte er. »Für S. T. York ist das ein Muß.«

»Dann schreiben Sie an S. T. York«, sagte ich.

»Es wäre besser, von Martin York eingeführt zu werden«, erklärte er. »Es wäre gewissermaßen auch für Martin York eindeutig eine Feder am Hut. Sie sollten Ihrerseits bei Martin mal ein Wort für die Chance einlegen, dieses schöne Werk der Literatur zu einem Leinwandepos zu machen. Nepotismus ist meines Wissens immer noch das Gebot der Stunde.«

Wie konnte Emma Loy ihn nur ertragen? Wir kamen bis vor die Verlagstür. Es war kurz vor halb zehn. Er wollte mit hineingehen und oben weiter mit mir »über das Drehbuch reden«.

»Es paßt jetzt leider nicht. Adieu, Mr. Bartlett.«

»Nennen Sie mich doch Hector!«

Zu meiner eigenen Verblüffung sagte ich: »Nein, ich nenne Sie *Pisseur de copie*.«

Der morgendliche Bürolärm umfing mich. Daran erinnere ich mich jetzt in diesen süßen Stunden nächtlichen Wachens, die ich immer noch so sehr hochhalte, hier, weit weg von meinem damaligen Lebenskreis, weit weg von dieser Zeit.

Der Vormittag lärmte dahin, Ivy klapperte auf ihrer Schreibmaschine, Cathy murmelte Zahlen, unser aller Schritte hallten auf den blanken Dielen, Tassen klirrten, wenn einer von uns Tee machte. Wie üblich kam auch Mabel, Patricks Frau, die an diesem Morgen ein anderes Opfer als mich für ihre Szene fand und nur indirekt zu dem Lärm beitrug, indem alle anderen sie wieder zur Vernunft zu bringen versuchten. Das Telefon schrillte, die Haussprechanlage summte. Ivy antwortete scheinheilig.

»Mr. York ist in einer Besprechung. Kann ich ihm etwas ausrichten?« – »Mr. Ullswater ist die nächsten Tage nicht in der Stadt. Mit wem spreche ich? Würden Sie Ihren Namen bitte buchstabieren?« (Bei Ivy klang das »n« immer wie »d«, so daß »Name« sich wie »Dame« anhörte.) – »Mrs. Hawkins ist in einer Besprechung. Nein, ich weiß nicht, wann sie wieder frei ist, könnten Sie es später noch einmal versuchen?« – »Bedaure, aber Mrs. Hawkins ...«

Ich hörte aus dem allgemeinen Krach heraus, daß mein Name öfter als sonst am Telefon genannt wurde.

»Was sind das für Leute, die mich dauernd anrufen wollen, Ivy?« fragte ich.

»Nur eine einzige Dame. Eine Mrs. Emma Loy. Sie will noch einmal anrufen. Es sei dringend.«

Wenn Leute bei uns anriefen, war es immer dringend, aber Emma Loy war wichtig, obwohl sie ihre Bücher nicht bei unsereinem verlegen ließ. Ich sagte zu Ivy: »Wenn sie das nächstemal anruft, nehme ich das Gespräch.«

Sie rief Punkt zwölf an. Daran erinnere ich mich deshalb,

weil ich die Angewohnheit hatte, mittags um zwölf ein stilles Angelus zu beten, und die Sätze gingen auch dann in meinem Kopf weiter, wenn ich mittendrin gestört wurde.

Der Engel des Herrn brachte Maria die Botschaft ...

»Mrs. Loy, für Sie, Mrs. Hawkins«, sang Ivy.

Und sie empfing vom Heiligen Geiste ...

»Guten Tag, Mrs. Loy. Wie geht's?«

»Ich bin sehr bekümmert. Wegen Hector. Was haben Sie heute früh denn nun eigentlich mit ihm gemacht?«

»Ich? Nichts. Er will einen Ihrer Romane verfilmen.«

Gegrüßet seist du, Maria, voll der Gnaden, der Herr ...

»Er sagt, Sie haben ihn mit einem sehr, sehr merkwürdigen Ausdruck belegt.«

... ist mit dir, du bist gebenedeit ...

»Ich habe nur ›*Pisseur de copie*‹ gesagt. Und das ist die reine Wahrheit. Oder etwa nicht?«

Sie muß gewußt haben, daß es so war. »Mrs. Hawkins!« sagte sie und legte auf.

Und das Wort ist Fleisch geworden ...

An dem Tag verlor ich meine Stelle bei der Ullswater Press. Martin York war in Tränen aufgelöst, als er mir sagte, ich müsse gehen. Emma Loy hatte mächtige Freunde in der Welt der Verlage und, was noch schlimmer war, in der Welt des Whiskys, in der Martin York verzweifelt sein Geld wieder hereinzuholen versuchte.

»Warum haben Sie das nur gesagt? Was ist denn in Sie gefahren? So etwas Schreckliches sagt man doch nicht zu einem Menschen, Mrs. Hawkins, schon gar nicht zu einem engen, sehr engen Freund von Emma Loy.«

Die Spätnachmittagssonne streichelte liebevoll die Dächer und gemahnte mich an das Kommen und Gehen der Zeit, was mir den Augenblick leichter machte. Ich hatte ja ohnehin gehen wollen. Ja, wirklich. »Ich schicke Ihnen Ihr Gehalt«, sagte Martin York mit gebrochener Stimme. Und ich war kein bißchen überrascht, als er es nicht tat.

Er kam im Oktober wegen Vorlage gefälschter Bankdokumente und versuchten Betruges in acht Fällen vor Gericht. Der Fall ging durch alle Zeitungen. Martin York bekannte sich schuldig und wurde zu sieben Jahren Gefängnis verurteilt, ein strammes Urteil, selbst für damalige Zeiten. »Handel und Wandel«, sagte der Richter, »können nicht bestehen, wenn Menschen nicht ehrlich sind.« Eine simple Feststellung, die fast wörtlich wiedergab, was ich selbst einmal zu ihm gesagt hatte. Nur hätte ich ihn deswegen nicht gleich für sieben Jahre hinter Gitter gesteckt.

Nach dem Urteil schrieb Hector Bartlett etliche hämische Artikel über Martin York, voll gehässiger, erfundener Anekdoten, die eine enge Bekanntschaft vorspiegelten. Sie erschienen in ein paar populären Blättern und wurden mitsamt dem restlichen Zeitungsschund vergessen. Erst viele Jahre später tischte der *Pisseur de copie* persönlich sie, ergänzt und ausgeschmückt, in seinen albernen Lebenserinnerungen wieder auf, die er mit dem Untertitel *Lebwohl, Leicester Square* im Selbstverlag herausbrachte. Ich habe sie erst vor ein paar Jahren gelesen, nachdem ich das Buch zufällig auf einem Ramschregal entdeckte.

Fünftes Kapitel

Ich hatte ein bißchen gespart und bekam eine kleine Pension, darum brauchte ich nicht sofort eine neue Stelle. In den Monaten zwischen meinem abrupten Abschied von der Ullswater Press und Martin Yorks Verhaftung schlug ich mit berechtigtem Schuldgefühl meine Zeit tot. Ich nenne ein puritanisches und moralistisches Naturell mein eigen; ich habe die glückliche Gabe, zwischen Recht und Unrecht ohne Rücksicht darauf zu unterscheiden, was ich selbst denn nun wirklich täte. Zur gleichen Zeit liegt es mir aber gar nicht, Gerechtigkeit und Rache über mich und andere zu bringen. Es genügt mir, gedanklich zu unterscheiden und das übrige Gott zu überlassen.

»Handel und Wandel können nicht bestehen, wenn Menschen nicht ehrlich sind.« Aber nichts im Leben kann bestehen und befriedigen, wenn Menschen nicht ehrlich sind. Ich erinnere mich, etwa um den Zusammenbruch der Ullswater Press herum ein Buch über einen dieser elisabethanischen Rekusantenpriester gelesen zu haben, der als Märtyrer endete. »Er war angeklagt des Lügens, Stehlens und sogar der Unmoral.« Diese sonderbare Formulierung fiel mir auf, denn natürlich war mit Unmoral zwar uneheliche Liebe gemeint, wie das bei vielen Leuten der Fall ist, aber ich war doch immer der Meinung gewesen, daß Lügen und Stehlen nicht minder unmoralisch seien.

In diesen Monaten, bevor er verhaftet wurde, rief Martin York mich an, anfangs häufig. Er brauchte jemanden, zu dem er sagen konnte: »Ich muß das Vertrauen in die Firma wiederherstellen. Glaubwürdigkeit, Mrs. Hawkins. Ich muß neue Wege finden. Ich darf vielleicht ohne Übertreibung sagen, mein Gehirn funktioniert erstklassig, manche nennen es genial.«

Um in Millys Haus zu telefonieren, mußte man in der Diele stehen. Ein Stuhl war nicht vorhanden. Für lange Gespräche eignete dieser Ort sich nicht, zumal bei dem Gewicht, das meine Beine zu tragen hatten. So war mir denn, wenn ich mit ihm sprach, in jeder Weise unwohl. Nicht weil wir Ratten sind, lassen wir Menschen, denen es schlecht geht, so schnell fallen, wir tun es eher aus Verlegenheit.

»Was hat er Ihnen je Gutes getan?« fragte Milly. »Ohne Zögern hat er Sie rausgeschmissen, und das nach all der Arbeit und den vielen Überstunden, und Ihr Gehalt schuldet er Ihnen auch noch.« Nach einer Weile rief er nicht mehr an, vielleicht hatte er mein Mißbehagen doch gespürt. Aber in den ersten Wochen meines Müßiggangs wurde ich unaufhörlich von der ganzen Ullswater-Belegschaft angerufen, weil Bücher mitten in der Produktion da liegengeblieben waren, wo ich sie hatte liegenlassen, und weil das Wissen, daß für mich kein Ersatz mehr eingestellt würde, sie in Panik versetzte. Cathy, die Buchhalterin, rief mich an.

»Sie müssen sich darüber im klaren sein«, sagte ich, »daß der Verlag am Ende ist. Es ist nur noch eine Zeitfrage. Warum seht ihr euch nicht alle nach einer neuen Stelle um?«

»Eine neue Stelle finde ich nie«, sagte Cathy. »Wo ist für mich eine andere Stelle? Ich kenne nur die Ullswater Press. Ohne die Stelle kann ich den Kopf in den Gasherd stecken.«

Das würde sie nun meines Erachtens nie tun. Man hat

zwar schon gehört, daß Überlebende aus Todeslagern sich später selbst genau den Tod beibrachten, dem sie entronnen waren, doch das waren wenige. Cathy war durch ihre Erlebnisse zum Stehaufmännchen geworden. Zudem sagte ich mir, daß niemand ernsthaft von einer bestimmten Form des Selbstmordes redet, wenn er sich diese nicht schon ausgemalt hat; bei Cathy wußte ich, daß sie gar keinen Gasherd besaß. Sie wohnte in einem umgebauten Haus in Golders Green, dessen zehn Zimmer gleichermaßen mit je einem elektrischen Heizofen, einer elektrischen Kochplatte und einem Stromzähler ausgestattet waren. Eine Hausmeisterwohnung gab es nicht; Cathy zahlte die Miete an eine Agentur. Ich war einmal bei ihr zum Abendessen gewesen. Sie kochte in einem dieser mehrstöckigen Töpfe nach dem Bain-Marie-Prinzip, bei dem der untere Topf mit Wasser gefüllt wird, das nach und nach die anderen erhitzt. Mit diesem Monstrum hatte sie ein imposantes Mahl gezaubert. Aber einen Gasherd gab es nicht, im ganzen Haus gab es kein Gas, was Cathy sehr beklagte. Ich versprach, ihr Bescheid zu sagen, wenn ich von einer geeigneten Stelle für sie hören sollte. Es gab kaum Hoffnung, daß jemand Cathy einstellen würde.

»Eine Stelle in einem Verlag«, spezifizierte Cathy mit Nachdruck.

»Warum?« fragte ich.

»Ich will mich ja nicht verschlechtern«, antwortete die tapfere Frau.

Genauso war es mit der übrigen Belegschaft der Ullswater Press. Ivy, die insgesamt keine achtzehn Monate Büroerfahrung hatte, sagte zu mir: »Jeden Morgen studiere ich in der Zeitung die Stellenangebote für Sekretärinnen, aber es ist nie etwas in einem Verlag dabei, Mrs. Hawkins.«

Mabel, Patricks arme Frau, rief mich an.

»Mrs. Hawkins, stimmt es, daß die Ullswater Press eingeht?«

»Ich glaube ja, Mabel«, sagte ich abweisend, denn sie sollte nicht so tun, als wären ihre Eifersuchtsszenen im Büro nie gewesen.

»Und was soll Patrick dann tun, wenn ich fragen darf?«

»Fragen dürfen Sie«, sagte ich, »aber nicht mich, sondern Patrick.«

»Er braucht aber etwas, wo er mit Büchern zu tun hat. Er schreibt ein Buch, Mrs. Hawkins.«

»Nun, dann sagen Sie ihm, er soll es mal in einer Buchhandlung oder einem Auslieferungslager versuchen. Ich muß jetzt leider auflegen, ich habe etwas auf dem Herd stehen.«

Es war eine Erlösung, eines Abends nicht an das Telefon in der Diele gerufen zu werden, sondern an Jung Isobels Privattelefon. Sie klopfte bei mir an. »Ich habe Daddy am Apparat, Mrs. Hawkins. Er möchte mit Ihnen sprechen.« Er wollte mich für nächsten Samstag ins ›Savoy‹ zum Essen einladen, und ich nahm mit großem Vergnügen an. Er sagte: »Ich freue mich sehr darauf, Mrs. Hawkins. Ich werde Sie um halb acht abholen, einverstanden?«

»Halb acht, Mr. Lederer.«

Auch ich freute mich sehr darauf. Ich plauderte noch ein Weilchen mit Isobel in ihrem hübschen kleinen Dachzimmer und hätte weiter mit ihr geplaudert, wenn ihr Telefon nicht schon wieder losgeplärrt hätte; es war einer ihrer Freunde.

Isobel war ein blonder Typ. Ihr Vater war grauhaarig, aber nicht alt. Ich hätte gern mehr über ihn gewußt, aber ich überließ Isobel ihrem Telefon. Als wir vorigen Sonntag nach der Kirche alle zusammen zum Lunch gegangen waren, hatten wir an so persönliche Fragen wie die nach seiner Frau, ob sie zu Hause, tot oder geschieden war, nicht gerührt. Theoretisch hätte ich mich erkundigen müssen, bevor ich mich von ihm zum Dinner einladen ließ. Aber nur theoretisch. Außer der verrückten Mabel hätte mich niemand als Männerklau verdächtigt; ich war doch Mrs. Hawkins. Ich überlegte statt dessen, was ich anziehen sollte. Für besondere Gelegenheiten hatte ich ein schwarzes Spitzenkleid und mein Pelzcape. Ich machte mich daran, den Pelz auszuschütteln und das Kleid zu bügeln. Es war schon fünf Jahre alt, aber ich mochte nicht in meinen schönen Sparstrumpf greifen, um mir in Eile und unter all den Schwierigkeiten mit meinem Umfang ein neues Abendkleid zu kaufen, nur weil ich im ›Savoy‹ zu Abend essen sollte.

»Er muß ziemlich betucht sein, Mrs. Hawkins«, meinte Milly. »Sehen Sie nur, was er Isobel alles bieten kann, mit ihrem Telefon und den täglichen Ferngesprächen, und sehen Sie sich ihre Kleidung an. Und wenn ihr danach ist, nimmt sie sich ein Taxi.«

»Wo ist seine Frau?« fragte ich.

»Das kriege ich aus Isobel noch heraus«, sagte Milly.

Ich bat sie, Isobel nicht gerade jetzt danach auszufragen. Isobel würde genau wissen, was die Fragen sollten.

»Als ich ihn kennenlernte«, sagte Milly, »hab ich mir gedacht, das ist ein netter Herr. Er würde gut zu Ihnen passen, Mrs. Hawkins.«

»Ich kann die Vergangenheit nicht vergessen«, sagte ich, denn ich hatte meinen verstorbenen Mann von Herzen geliebt. Ich sagte: »Es könnte nie mehr genauso sein.« Aber in solchen Fällen wollen wir ja gar nicht, daß es genauso wird.

In dieser Woche wurde ich von Emma Loy am Telefon verlangt.

»Ja, Mrs. Loy?«

»Oh, Mrs. Hawkins, ich wollte Ihnen nur mal sagen, daß ich Ihnen nichts nachtrage. Ich höre, Sie sind von der Ullswater Press weggegangen, stimmt das?«

»Ja, ich habe meine Stelle verloren.«

»Ich wollte Ihnen sagen, daß auch ich nicht im Traum daran denken würde, Hector bei Martin Yorks Onkel einzuführen. Man kann Hector nicht trauen. Und wenn ich eines meiner Bücher verfilmt haben will, brauche ich keine Einführung. Ich weiß nicht einmal so recht, ob Hector der richtige wäre für das Drehbuch. Ich fand es nur so merkwürdig, daß der Widerspruch gerade von Ihnen kam, und Hector war so gekränkt. Da mußte ich etwas sagen.«

»Er ist ein *Pisseur de copie*«, sagte ich.

»Es ist nicht einfach, Arbeit in einem Verlag zu finden, Mrs. Hawkins. Daran sollten Sie denken. Ich könnte vielerorts ein gutes Wort für Sie einlegen. Aber das müssen Sie ganz einfach zurücknehmen.«

»Mir kocht gerade etwas über, Mrs. Loy.«

Am Samstagabend saß ich also im ›Savoy‹ und ließ mir bei Kerzenschein ihr berühmtes Lachsmousse zum Weißwein munden; mir gegenüber saß Hugh Lederer, und ich fühlte mich ebenso gut angezogen wie alle anderen im Saal.

Ich weiß nicht mehr, was wir als nächstes bestellten: irgend etwas Exotisches. Es waren die letzten Wochen der Lebensmittelrationierung, und das ›Savoy‹ griff deren Aufhebung schon einmal vor. Ich aß jedoch sehr wenig von dem exotischen Gericht, denn eben lehnte sich Hugh Lederer über den Tisch und legte seine Hand auf die meine. »Mrs. Hawkins«, sagte er mit veränderter Stimme.

Er hatte eine angenehme Stimme, tief und ausdrucksvoll. Äußerlich – und ich versuche ihn so zu sehen, wie ich ihn bis dahin gesehen hatte – machte er eine sehr gute Figur. Er war nicht dick, aber breitschultrig und etwas größer als ich. Er hatte ein sonnengebräuntes, markantes Gesicht, wie ich es immer mit pensionierten Kolonialbeamten und Golfclubsvorsitzenden in Verbindung gebracht hatte.

»Mrs. Hawkins«, sagte er, »ich weiß, daß Sie eine sehr verständige Frau sind.«

Ich war davon nicht sehr erbaut; die Geste kam zu früh, und die Worte machten mich zu einer Art Trösterin, wenn nicht zu einer Respektsperson. Ich sagte gar nichts, und er zog seine Hand wieder fort. Eigentlich tat er mir damals leid, weil ich dachte, er sei nur ein bißchen gehemmt. Beim Mousse hatte er mir erzählt, er sei in der Porzellanbranche und wolle Geschäftsbeziehungen nach Bayern und der Tschechoslowakei anknüpfen. Darauf hatte ich ihm gesagt, ich liebte schönes Porzellan und bewunderte altes böhmisches Glas.

Ich hatte noch keine Zeit gehabt, ihm zu sagen, daß ich meine Stelle verloren hatte. Am letzten Sonntag, als ich mit ihm und Isobel nach der Kirche zum Lunch gegangen war, hatte ich ihm noch erzählt, wie interessant die Arbeit in einem Verlag sei.

Jetzt meinte er: »Ob Isobel sich wohl in einem Verlag gut machen würde? Sie hat eine sehr gute Schulbildung.«

»Es ist schwer, in einem Verlag unterzukommen«, sagte ich. »Was macht sie denn jetzt eigentlich?«

»Sekretärin«, sagte er. »Bei einer Wirtschaftsprüfung in Gray's Inn. Aber ich hätte sie gern in einem Verlag. Da käme sie mit kultivierteren Leuten zusammen, netteren Leuten.«

»Kultivierte Leute sind nicht unbedingt die netteren Leute«, erklärte ich ihm. »Oft im Gegenteil.«

»Oh«, machte er. »Aber in einem Verlag, da lernt man Schriftsteller kennen, Künstler und solche Leute. Ich meine interessante Leute.«

»Das stimmt schon. Man hat es aber mehr mit Büchern zu tun, weniger mit Menschen.«

»Ich wüßte Isobel gern mit Leuten zusammen, die etwas Besseres sind. Leuten wie Ihnen, Mrs. Hawkins. Ich weiß Ihre Freundschaft mit Isobel sehr zu schätzen.«

Nun kannte ich Jung Isobel so gut, wie man in einer Pension eben die Leute kennt; und ich sah, daß dieses Dinner im ›Savoy‹ mir nur, oder zumindest auch, spendiert wurde, damit ich Isobel zu einer Stelle in einem Verlag verhalf.

»Ich habe selbst meine Stelle verloren«, sagte ich. »Da kann ich also nicht behilflich sein.«

»Ach, Sie sind nicht mehr in dem Verlag, in dem Sie letzte Woche noch gearbeitet haben?«

»Nein. Und überhaupt würde ich Ihrer Tochter die Verlagsbranche nicht empfehlen. Sekretärinnen sind dort unterbezahlt; überhaupt ist da jeder unterbezahlt.«

»Nun, dafür ist es sozusagen eine privilegierte Arbeit, nicht?« meinte er.

Ich weiß nicht mehr, was wir gerade aßen, es schmeckte mir jedenfalls nicht mehr. Kerzenlicht, Wein, mein schwarzes Spitzenkleid, Mr. Lederers weiße Manschetten mit den goldenen Knöpfen, sein markantes, sonnengebräuntes Gesicht, alles schien mir nur vorzuwerfen, ich sei hier unter falscher Flagge. Ich begann mir zu sagen, daß ich Mrs. Hawkins war und ein Dinner im ›Savoy‹ nicht nötig hatte, während Hugh Lederer sich weiter darüber ausließ, daß man bei einer privilegierten Arbeit wie in einem Verlag nicht nach der Bezahlung frage.

»Bei Isobel wäre das Gehalt zweitrangig«, sagte er. »Es geht mehr um das Umfeld. Ich möchte, daß sie ein gewisses literarisches Umfeld kennenlernt, etwas Besseres als das Kommerzielle, Sie verstehen, Mrs. Hawkins. Wenn Sie von einer freien Stelle hören sollten –«

»Ich gebe Ihnen Bescheid, wenn ich von etwas Passendem für Isobel höre, aber zur Zeit bin ich selbst auf Stellensuche.«

An den anderen Tischen genossen die Leute zu viert, sechst oder siebt einen schönen Abend. Jedenfalls dachte ich das. Leute an anderen Tischen wirken in solchen Restaurants, bei gedämpftem Licht und dezenter Unterhaltung, immer glücklich. Ich dachte, auch ich hätte mich in der umhegten Atmosphäre, die solche Häuser bieten, rundum wohl fühlen müssen. Aber ich fühlte mich unwohl und merkte, daß es Mr. Lederer nicht entging. Und zugleich hatte ich, wie ich zugebe, Mitleid mit ihm, weil Isobel ihm so auf der Seele lag, daß er ihretwegen so zweideutig zum Dinner ausgehen mußte.

»Wie kommt es, daß Sie so plötzlich Ihre Stelle verloren haben, Mrs. Hawkins?«

Ich erzählte es ihm über den vornehmen Tisch hinweg.

»Und was war das für ein französisches Wort, das Sie dem Mann an den Kopf geworfen haben? Ich habe das nicht ganz –«

»Pisseur de copie.«

»Und das heißt?«

Er wußte, was es hieß, hoffte sich aber zu irren.

Ich sagte es ihm. Und ich sagte: »In der Literatur gibt es viele *Pisseurs de copie.«*

Er lächelte matt, so verlegen war er. Und das bereitete mir eine gewisse Genugtuung.

»Aber Hector Bartlett ist der größte *Pisseur* in der ganzen Literaturszene«, sagte ich, wobei ich den Namen eigentlich nur erwähnte, damit meine Geschichte echter klang. Ich hatte nicht erwartet, daß er den Namen kannte, doch er kannte ihn.

»Hector Bartlett! Isobel kennt ihn. Sie hat ihn auf einer Party in einem Pub kennengelernt, und er will auch versuchen, ihr eine Stelle in einem Verlag zu besorgen. Ich kenne ihn nicht persönlich; aber er hat einen gewissen Einfluß. Ich dachte nur, Sie seien vielleicht noch besser informiert, Mrs. Hawkins. Der arme Mensch, hat er es wirklich mit der Blase?«

»Nein, das war nur bildlich gesprochen.«

Von irgendwoher kam Tanzmusik. Ich aß ein paar von

diesen Häppchen, kleinen Toastbroten mit Austern, Anchovis und anderem, Reitende Engel genannt, die man seinerzeit öfter nach dem Essen serviert bekam als heute. Mr. Lederer trank einen Brandy.

»Isobel liebt Künstler und dergleichen«, erklärte er. »Sie geht immer in diese Pubs und sonstwohin, wo diese Leute sich treffen und über Kulturelles reden. Aber ich sollte Sie nicht langweilen.«

»Isobel soll lieber in Konzerte, Galerien und Lesungen gehen«, sagte ich.

Er besorgte ein Taxi und bestand darauf, mich bis vor die Haustür zu begleiten.

»Gute Nacht, Mrs. Hawkins. Es war ein schöner Abend.«

»Vielen Dank, Mr. Lederer.« Ob Isobels Daddy nun verheiratet, geschieden, verwitwet oder einfach Junggeselle war, ich sollte es nie erfahren.

Kaum im Haus, vernahm ich aus Millys Küche einen Lärm, der nach Gelage klang. Als ich hineinging, erfuhr ich, daß dort nicht gefeiert wurde, sondern allgemeine Bestürzung herrschte. Wandas anonymer Plagegeist hatte wieder zugeschlagen, diesmal telefonisch, um Viertel nach elf, vor einer halben Stunde. Wanda hatte das ganze Haus geweckt, und da saß sie nun, schluchzend und Tee trinkend, mit Milly; mit Basil und Eva Carlin, diesen stillen Leuten aus dem vorderen Zimmer; mit Kate Parker, der Bezirksschwester; mit Jung Isobel, die schläfrig war und sich beim Gähnen sittsam mit der Hand auf den offenen Mund klopfte; mit William Todd, dem Medizinstudenten, der gerade die Watte aus einem Aspirinfläschchen angelte; also mit uns allen. Die Carlins trugen modische Morgenmäntel, in denen sie besser gekleidet wirkten als tagsüber, sogar ein bißchen romantisch. Ich dachte plötzlich, daß die beiden vielleicht verliebt waren. Kate Parker hatte sich einen weißen Kittel über den Pyjama gezogen. William Todd stand im gestreiften, baumwollenen Schlafanzug da; einen Morgenmantel erlaubte sein Geldbeutel nicht. Wanda trug einen Kimono aus purpurrotem Taft, Milly einen blauen aus Seide. Ich selbst sorgte in meinem schwarzen Kleid mit dem Pelz über dem Arm für vorübergehendes Schweigen, vielleicht Staunen. Dann erzählte Wanda ihre tränenreiche Geschichte noch einmal ganz von vorn, gespickt mit den Kommentaren der Versammelten. Alle waren schon im Bett gewesen. Das Telefon hatte geklingelt. William war hinuntergerannt, um das Gespräch anzunehmen. Ein Mann hatte dringend nach Mrs. Podolak verlangt. William hatte sie geholt und wieder in sein Zimmer hinaufgehen wollen. Da hatte ein langer Schrei von Wanda das Haus geweckt.

Die einzige Erkenntnis, die das Ereignis bisher erbracht hatte, war die, daß der Plagegeist erstens kein Hausbewohner und zweitens ein Mann war.

Ob sie die Stimme erkannt habe? – Nein, sagte Wanda.

Ein Ausländer? – Nein.

»Also«, sagte ich, »wir sollten jetzt die Polizei benachrichtigen.«

Wanda stieß ein schrilles, langgezogenes »Nein!« aus. »Vielleicht kenne ich ihn. Ich weiß nur nicht woher«, sagte sie.

Milly holte Tassen und schenkte allen Tee ein.

Bevor wir Wanda zu Bett schickten, gab ich ihr einen

Notizblock und bat sie, möglichst bald alles aufzuschreiben, woran sie sich erinnerte, an die Stimme und alles, was sie gesagt habe. »Ich will nichts aufschreiben«, sagte Wanda. Ich glaube, sie hatte da schon eine Ahnung, wem die Stimme gehörte. Vielleicht hatte sie schon angefangen, zwei und zwei zusammenzuzählen.

Basil Carlin sagte vertraulich zu William Todd: »Als nächstes tritt er sicher persönlich auf, und wenn ich ihn in die Finger kriege, schlage ich ihm die Augen blau.«

»Ich schlage ihm die Zähne aus«, sagte William.

Es war keinem von ihnen vergönnt. Der Versuch, Wandas Peiniger zu identifizieren, sollte uns viel Zeit kosten und manche Nuß zu knacken geben. Die nächsten Monate wurden wir den Gedanken daran nicht mehr los. Aber wir waren doch alle zu sehr mit unserem eigenen Leben beschäftigt, um zu merken, was mit Wanda geschah.

In dieser Nacht jedoch ging ich, während die anderen alle redeten und lautstark ihre Theorien vortrugen, durch die Küchentür in den Garten hinaus, um den großen, strahlenden Mond zu bewundern, der Millys Blumenbeete mit seinem Licht überflutete, die hohen Stockrosen an der Mauer und die Stiefmütterchen an den Rändern. Die anderen Häuser in Church End Villas lagen alle im Schlaf. Ich spürte die große Erleichterung, die in unser Haus Einzug gehalten hatte. Erst seitdem dieser Anruf von heute abend bewiesen hatte, daß keiner von uns die Schuld an Wandas Leiden trug, wurde uns allen bewußt, wie schwer die letzten sechs Wochen auf uns gelastet hatten. Mit Argwohn zu leben ist fürchterlich. Milly und ich hatten insgeheim alle beargwöhnt, und nun wurde mir bewußt, daß alle im Haus, Milly ausgenommen, unfehlbar nicht nur einander verdächtigt, sondern auch über mich nachgedacht haben mußten.

Hector Bartlett war mir schon längst aus dem Sinn; ich wäre nie auch nur auf die Idee gekommen, ihn mit Wanda in Verbindung zu bringen, denn ich war noch nicht auf diesen schillernden dünnen Faden gestoßen, ähnlich der Schleimspur einer Schnecke, der von ihm zu Wanda führte. Aber selbst wenn ich schon Bescheid gewußt hätte, es hätte meiner Erleichterung keinen Abbruch getan: Der Unhold war keiner von uns, keiner von uns.

Jemand hatte jetzt, um die Stimmung weiter zu heben, den Rundfunkempfänger auf Radio Luxemburg mit seiner mitternächtlichen Tanzmusik gestellt. Ich hörte, wie Milly sie alle reihum bat, doch leise zu sein. Ich hörte Teetassen klimpern und befreites Plappern aus der Küche; die uneingestandene Erlösung machte sie alle geschwätzig. Sogar Wanda, die jetzt oben war, hatte zu heulen aufgehört; sie kam noch einmal herunter, um in so bestimmtem Ton, daß ich es im Garten mithören konnte, ihren Lieblingsspruch zu wiederholen, daß ihr Peiniger ein Agent des Roten Dekans sei (unter welchem Namen der damalige, allseits beweinte, gelehrte und kommunistische Dekan von Canterbury bekannt war).

Plötzlich kam William Todd in den Garten. »So ein Mond!« sagte er. Damit nahm er meine Hand, schob den anderen Arm um meine mächtige Taille, so weit er damit reichte, und tanzte mit mir zu den Klängen der Musik über den ganzen Rasen, er im baumwollenen Schlafanzug, und ich, Mrs. Hawkins, in meinem schwarzen Spitzenkleid.

Sechstes Kapitel

Solange ich auf eine neue Stelle wartete, tat ich einfach, als hätte ich Urlaub; ich malte meine Zimmer in Church End Villas aus und hängte neue Vorhänge auf. Ich fand für Cathy eine Stelle als Buchhalterin und Fakturistin, zwar nicht in einem Verlag, wie sie es gewünscht hatte, aber bei einem kleinen Drucker in Notting Hill, einem freundlichen Mann, der unsere Nöte bei der Ullswater Press kannte; aber eigentlich verdankte sie die Stelle eher Milly. Und über Kate, die Bezirksschwester, bekam ich meine.

Wer eine Stelle sucht, kann nichts Besseres tun, als es jedem Hinz und Kunz zu erzählen und die Leute immer wieder zu bitten, für ihn Augen und Ohren aufzusperren. Dieser Rat garantiert zwar noch keine Stelle, aber es ist schon erstaunlich, wie oft die unwahrscheinlichsten Leute einem zu einer passenden Stelle verhelfen. Wer zum Beispiel Arbeit als Unternehmensberater oder Fernsehansager sucht und dieses Metier auch beherrscht, wird sich natürlich um die offenen Stellen bewerben, die in der Presse inseriert sowie den einschlägigen Vermittlungen oder Freunden aus der Branche bekannt werden. Man sollte es aber auch dem Postboten sagen, dem Automechaniker in der Werkstatt, dem Kellner im Restaurant, dem Hoteldiener, dem Kaufmann, dem Fleischer, der Zugehfrau; man sollte es jedem sagen, selbst einer Eisenbahnbekanntschaft.

Man kann nur staunen, wie viele Menschen unterschwellig an ein Schicksal glauben. Es spricht sich herum, und dann hört ein Geschäftsmann in einer Mußestunde interessiert dem Barkellner oder dem Portier zu. Dabei hört er von einem Menschen reden, der genau das ist, wonach er gerade sucht, und schon wird er an einen Wink des Schicksals glauben und dafür sorgen, daß er den Bewerber anderntags zu sehen bekommt. Es läßt sich ja auch so trefflich damit angeben: »Ich suchte doch gerade einen Buchhalter, und wißt ihr, wem ich eine erstklassige Kraft zu verdanken habe? – dem Barkellner im ›Goldenen Bock‹.« Menschen lieben Zufall, Schicksal, Glück. Wenn Sie eine Arbeit suchen, lohnt es sich, es jedermann zu erzählen. Solange Sie auf Stellensuche sind, tappen Sie ja sowieso im dunkeln.

So hörte Millys Freundin und Nachbarin, Mrs. Twinny, mit der sie jeden Donnerstagnachmittag zum Bingo ging, von Milly, daß ich oft von einer gewissen Cathy ans Telefon gerufen wurde, einer Buchhalterin von meiner früheren Arbeitsstelle, und Cathy lasse mir keine Ruhe, denn sie suche eine neue Stelle in einem Verlag. Mrs. Twinny erzählte, ihr Mann baue zur Zeit bei einem Verlag Regale ein. Sie meinte zwar eigentlich eine Druckerei, aber es lief auf dasselbe hinaus. Milly berichtete mir ein paar Tage später mit überschwenglichem Eifer von diesem Gespräch, verbunden mit der Neuigkeit, daß Mr. Twinny ein Vorstellungsgespräch für Cathy organisiert habe. »Es ist schon ulkig, aber er sucht gerade jemanden für die Buchhaltung«, sagte Milly, »und zwar jemanden, dem er vertrauen kann, jemanden mit Empfehlungen. Da läuft Bargeld durch.« So kam es, daß ich Cathy mit dem Bus nach Notting Hill verfrachtete. Cathy hatte sich zuerst gesträubt, sich um die Stelle zu bewerben, weil eine Druckerei in London w 8 nicht dasselbe sei wie ein Verlag in London W 1. Ich hatte mich mit ihr in der Nähe der U-Bahn-Station South Kensington verabredet, in einer dieser neuen Espresso-Bars, die damals überall in London aufmachten. Sie war noch bei der Ullswater Press, wußte aber, daß der Verlag vor dem Ruin stand; sie wußte es nur zu gut aus den Büchern, die sie noch führte, so gut es ging. Sie hob den Cappuccino an die Lippen und sah mich über den Tassenrand an; sah mich an mit ihrem verkniffenen Gesicht und dem schütteren, gefärbten Haar; sah mich durch ihre dicken Brillengläser an und sagte: »Ich sollte doch den Kopf in den Gasherd stecken.«

Ich glaubte nicht eine Sekunde, daß sie die Stelle bekäme. Aber ich ging mit ihr zu dem Einstellungsgespräch, und sie bekam sie. Und die einzige Erklärung dafür, daß sie vom Fleck weg engagiert wurde, kann abgesehen von ihrer Ehrlichkeit, für die ich in einem schlichten Empfehlungsschreiben gebürgt hatte (ein Empfehlungsschreiben von Mr. York hätte Cathy wohl nicht weit gebracht, so nah war die Stunde, da er sich wegen Betrugs verantworten mußte), nur ein gewisser Aberglaube bei Mr. Wells, dem Drucker, gewesen sein. Ich wartete auf Cathy draußen in der lauten Werkstatt auf einem eigens für mich abgestaubten Stuhl. Mr. Wells und Cathy kamen heraus, beide lächelnd. »So ein unglaublicher Zufall«, sagte er. »Da war dieser Mann, der bei mir die Regale einbaute, und als wir uns in der Kaffeepause unterhielten, ließ er zufällig fallen ...« Ich nehme an, Cathys Einstellung wurde zu seiner Lieblingsanekdote. Sie behielt die Stelle zwölf Jahre und ging, als ihr Arbeitgeber starb, in Rente.

Für Patrick konnte ich ganz leicht eine Stelle auftreiben,

denn ein Buchhändler in der Charing Cross Road fragte mich eines Tages, als ich in seinem Antiquariat herumstöberte, geradeheraus, ob ich nicht einen jungen Mann wisse, der sich um den Laden kümmern könne, Bücher verkaufen und die postalischen Bestellungen verpacken und versenden. Damit aber zog ich so einige Reaktionen von seiner Frau Mabel auf mich; täglich rief sie mich an, mitunter auch zweimal am Tag, um mich abwechselnd mit Dank und Vorwürfen zu überschütten. Zum einen war ich eine großartige Frau, weil ich so etwas Großes für Patrick getan hatte, zumal er jetzt auch mehr Geld bekam; zum anderen war ich eine fette alte Hure, die es nie aufgab, ihn mit List und kleinen Gefälligkeiten in ihr Bett locken zu wollen. Patrick zuliebe versuchte ich sie gewähren zu lassen, solange ich es aushielt. Da ich ihr am Telefon kaum zuhörte, paßten meine Antworten nicht auf das, was sie gesagt hatte: »Es war mir ein Vergnügen, Mabel. Keine Umstände meinerseits. Hoffentlich wird bei Ihnen jetzt alles gut«, sagte ich einmal, nachdem sie mir wörtlich vorgeworfen hatte, es mit ihrem Mann »verkehrtherum« zu treiben.

Wenn Milly am Apparat war, drohte sie Mabel mit der Polizei und lehnte es glatt ab, mich ans Telefon zu rufen. Ich ging Patrick in der Buchhandlung besuchen. »Patrick, Sie müssen mit Mabel zum Arzt gehen.« – »Aber sie will nicht«, sagte er, den Tränen nah.

Manchmal machte ich in diesen Tagen, bevor ich meine nächste Stelle bekam, weite Spaziergänge, bei jedem Wetter, und entdeckte an London manche Seiten, die man als Büromensch nie zu sehen bekommt. Ich erinnere mich an einen Tag, an dem schönes Wetter gewesen sein muß, denn in einer Straße beim Regent's Park wurde gerade ein Film gedreht, für den sie es künstlich wie aus Eimern regnen lassen mußten.

»Diese Mabel mit ihren Anrufen, und diese anonymen Briefe und Anrufe für Wanda, die machen einem dieses Haus zum Alptraum«, sagte Milly. »Packen Sie einen Koffer, Mrs. Hawkins. Ich nehme Sie für vierzehn Tage mit nach Hause.«

»Nach Hause«, das hieß bei Milly nach Cork. Ich nahm gern an und genoß einen Sommerurlaub in Irlands schönem Sonnen- und Regenwetter, fern von dem verrückten, unberechenbaren London und unter Leuten, die Kultur respektierten, ohne im mindesten damit zu tun zu haben. Millys älteste Tochter lebte mit ihrem Mann in einem Neubau am Stadtrand von Cork, von wo aus wir uns jeden Tag zu einem anderen grünen Stück Südirland aufmachten. Nachts lag ich so lange wie möglich wach, im Ohr noch den Klang der sanften Stimmen und lustigen Geschichten, vor dem inneren Auge nichts als üppiges Grün. Manchmal dachte ich an London und fragte mich, wohin mich das Schicksal in Zukunft führen würde, und manchmal dachte ich in diesen kostbaren, stillen Wachstunden an Wanda. Und ich dachte dann klarer denn je. Ich hatte das bestimmte Gefühl, daß sie etwas zurückhielt, daß sie nicht so ahnungslos war, wie sie vorgab, was die mögliche Identität ihres Feindes anging. Seit dem Abend mit dem anonymen Anruf war noch ein anonymer Brief gekommen, wie sie behauptete, aber sie zeigte ihn nicht herum. Laut Wanda hatte der Verfasser ein anderes Thema für seine Drohungen gewählt. Es war nicht mehr die Einkommenssteuer, es war etwas anderes. Über den Anruf sprach sie ausweichend. Daraus schloß ich, daß der Mann auf jeden Fall wußte, daß ihr kleines Steuerproblem geregelt war. Aber Wanda war noch immer aufgebracht und ganz verzweifelt. Sie hatte geweint, als ich vor meiner Abreise nach Irland zu ihr ging, um mich zu verabschieden, und da hatte ich schon gedacht, sie wolle mir etwas sagen; aber dann stockte sie und überlegte es sich anders. Ich drängte sie nicht. Eigentlich wollte ich es auch gar nicht so genau wissen, denn die Sorgen so vieler anderer Leute waren doch eine spürbare Bürde. Ich war noch jung, Ende Zwanzig, und alle behandelten mich wie eine mütterliche Göttin der Weisheit. Eines Nachts dachte ich vor dem Einschlafen an meine eigene Zukunft und was sie für mich bereithalten mochte, und unwillkürlich sah ich den mondbeschienenen Garten von Church End Villas Nr. 14 an dem Abend, als der anonyme Anruf für Wanda kam, nach meinem Dinner im ›Savoy‹; und ich dachte an William Todd, wie er mich dort herumwirbelte.

Als Milly und ich wieder nach Hause kamen, hatte sich nur eines dort verändert, und das betraf uns nicht sehr: Im Haus nebenan hatte das Ensemble gewechselt. Markys Frau und Kind waren ausgezogen, und dafür war eine andere, für Marky nach wie vor »meine Frau«, mit zwei Kindern und einer jüngeren Schwester eingezogen; die erste Schwägerin war geblieben; eine interessante Mischung, und Milly machte sich über den Ausgang reichlich Gedanken.

Ian Tooley, Direktor des großen Verlagshauses Mackintosh & Tooley, sah in seinem Taschenkalender nach und sagte: »Ich schlage vor, Sie fangen nächsten Montag, das ist der 11., bei uns an, Mrs. Hawkins. Paßt Ihnen das?« Ich sagte, es sei mir sehr recht. Es war noch eine Woche bis dahin. »Da werden Sie uns mitten im Hochbetrieb antreffen«, sagte er, den Blick noch immer auf dem Kalender. »Der nächste Tag ist dann der 12. Oktober, Dienstag, Vollmond; da werden die Autoren aktiv.«

»Finden Sie, daß der Mond die Autoren beeinflußt, Mr. Tooley?« fragte ich.

»O ja, sehr, glauben Sie mir«, sagte er im Brustton der Überzeugung. »Bei Vollmond geht es in diesen Kreisen hoch her.«

Dieser Ausspruch, kombiniert mit dem Dekor des Zimmers, machte mich richtig glücklich; ich wußte schon jetzt, daß meine neue Arbeit recht abenteuerlich sein würde.

Ich hatte gar nicht damit gerechnet, die Stelle zu bekommen. Ich vermutete nämlich, daß etliche hocherfahrene Lektorinnen und Lektoren sich darum beworben haben mußten, Leute mit Empfehlungen, Qualifikationen, akademischen Titeln und Spezialkenntnissen, und nachdem ich eine Weile im Haus war, erfuhr ich, daß dem so war. Zahlreiche bekannte Rezensenten, Lektoren und BBC-Leute hatten sich für die Stelle bei Mackintosh & Tooley beworben und waren zu einem Gespräch gebeten worden. Erst später begriff ich, warum ich dieser eindrucksvollen Bewerberschar vorgezogen worden war.

Ich bekam die Stelle bei Mackintosh & Tooley im Oktober durch Kate, die den ganzen September eine ältere angeheiratete Verwandte von Sir Alec Tooley gepflegt hatte. Martin York war da bereits wegen Betrugs verhaftet, aber gegen Kaution auf freien Fuß gesetzt worden, und befand sich in einem Heim, das von Psychiatern geleitet wurde.

Der Skandal in der Verlagswelt war das beherrschende Thema, und der Bankrott der Ullswater Press und seiner anderen Unternehmungen stand unmittelbar bevor und war nicht mehr zu vermeiden. Einer erklecklichen Zahl von Leuten standen durch den Zusammenbruch schmerzliche finanzielle Verluste ins Haus.

Kate, die ihre Patientin sehr mochte, las ihr täglich das eine oder andere aus der ›Times‹ vor, wahrscheinlich stets begleitet von entsprechenden Bemerkungen der moralischen Art, die für Kate so typisch waren. Und die Nachricht von Martin Yorks Verhaftung nebst einer Aufzählung seiner mutmaßlichen (wie die Zeitungen sich in dieser Phase noch ausdrückten) Betrügereien und Fälschungen faszinierte laut Kate ihre Patientin so sehr, daß sie sich hinreißen ließ, ihr zu sagen, sie kenne eine Frau, die bis vor kurzem noch als Lektorin bei der Ullswater Press gearbeitet habe, nun aber leider arbeitslos sei.

Diese Neuigkeit wurde schleunigst an Sir Alec Tooley weitergegeben. Ich nehme an, daß die kranke Verwandte eine recht arme Verwandte gewesen sein muß, sonst hätte sie eine Privatpflegerin gehabt, nicht Kate. Ich vermute, daß die Fast-Bekanntschaft mit jemandem, der die Vorgänge in Martin Yorks Laden aus nächster Nähe beobachtet hatte, so etwas wie das Geschenk einer armen Verwandten an den reichen Sir Alec sein sollte, und daß ihn wiederum die Neugier dazu bestimmte, mich zu einem Vorstellungsgespräch kommen zu lassen. So reime ich es mir zusammen, daß ich überhaupt vorsprechen durfte, denn sicher war zwar gerade eine Lektorenstelle frei, doch der Kandidaten waren viele, und die geforderten Qualifikationen waren weit höher, als ich für mich in Anspruch nehmen konnte. Eine Kombination von Gründen und Halbgründen dieser Art verschaffte mir das Gespräch. Daß ich dann tatsächlich die Stelle bekam, muß ganz gewiß an etwas anderem gelegen haben. Kate hatte mich deutlich vorgewarnt: »Das sind andere Leute, als man sie täglich trifft, Mrs. Hawkins. Sie können Akademiker und wohlgeborene junge Herren als Büroboten herumkommandieren.«

Aber auch wenn Kate sich in ihrer ehrlichen Überzeugung etwas übertrieben ausdrückte, blieb es mir rätselhaft, daß ich die Stelle bekam. Die Lösung sollte ich später finden.

Zwei Direktoren von Mackintosh & Tooley hatten mich nacheinander angehört. Der zweite war Ian Tooley, Sir Alec Tooleys Sohn (einen überlebenden Mackintosh gab es nicht) und ein esoterischer Spinner. Zuerst hatte man mich in Sir Alecs großes, feudal eingerichtetes Zimmer geführt. Ich war ziemlich aufgeregt, so daß ich zunächst nicht viele Einzelheiten bemerkte. Ein älterer Mann. Eine Stimme, die ich im Hinterkopf als erstaunlich registrierte, fast ein Winseln. Ich war zu sehr mit meinen Gedanken bei dem Gespräch und der Frage, ob ich mir überhaupt Hoffnungen machen konnte, in so einem bedeutenden Verlag Arbeit zu bekommen, als daß mir vieles aufgefallen wäre, während Sir Alec redete.

»Mrs. Hawkins, Sie haben, glaube ich, wahrhaftig bei der Ullswater Press gearbeitet? Das muß ja interessant gewesen sein«, köderte er mich.

Ich bejahte.

»Und wie sahen Sie Mr. Yorks Verhalten?«

Ich sagte, in meinen Augen müsse Martin York von Sinnen gewesen sein, wenn bewiesen werden sollte, daß er Dokumente gefälscht habe, ohne zuallermindest seine Schrift zu verstellen. »Aber«, sagte ich, »meine Arbeit bei der Ullswater Press hatte eigentlich mit Büchern zum Lesen zu tun.«

»Ach ja, wahrhaftig, Bücher«, sagte der ehrwürdige Verleger. »Ja, viele unserer Mitarbeiter interessieren sich wahrhaftig sehr für Bücher. Erst neulich hat einer unserer leitenden Kollegen in einer Besprechung wahrhaftig gesagt, er wolle sich möglicherweise einmal wieder seiner ersten Liebe widmen – *Büchern.* Nun sagen Sie mir aber wahrhaftig einmal, Mrs. Hawkins ...«

Ich hatte mich schon zu fragen begonnen, ob ich mich in der Adresse geirrt hatte. Wurde hier vielleicht Tomatensuppe hergestellt, Damenbekleidung, Waschmaschinen? Aber Sir Alec fuhr fort: »... gab es nicht wahrhaftig – das müssen Sie doch sicher wissen – irgendwelchen Ärger oder *Aufstand* bei Aktionärsversammlungen?«

Ich sagte ihm, ich sei nie auf einer Aktionärsversammlung gewesen, aber nach den Zeitungsberichten stehe viel Geld auf dem Spiel.

»Das stimmt allerdings, Mrs. Hawkins. Brennereien, Bauprojekte. Ich verstehe, ja, wahrhaftig, daß Sie sich da heraushalten möchten, obwohl ich Ihnen versichern darf, daß alles, was Sie sagen, in diesen vier Wänden bleiben wird. Mal unterstellt, daß York ein Irrer ist, und ich schließe das wahrhaftig nicht aus, dann erzählen Sie mir doch mal von

Ted Ullswater. Er hat sich die Sache sehr zu Herzen genommen, nehme ich an?«

Ich sah jetzt einiges mehr. Auf seinem Schreibtisch stand ein Silberrahmen mit dem Foto einer Frau, mit einem Hofkleid der zwanziger Jahre und einem Fächer aus Straußenfedern in der Hand.

Sir Alec war mager und grauhaarig, und seine Stimme paßte zu seinem Aussehen. Sie war wie ein Rauchwölkchen von einem Häufchen Laub, das unter einem Lavendelstrauch verborgen brannte. Die Mühe, die ihm offenbar das Sprechen machte, entsprach anscheinend keiner damit einhergehenden Müdigkeit oder Langeweile; vielmehr schien er regelrecht darauf erpicht, mich auszuquetschen, und ich, die ich ernstlich eine Stelle suchte, war ebenso über die Affektiertheit, die er an den Tag legte, wie darüber, daß ich mich gründlich auf ein ernsthaftes Vorstellungsgespräch eingestellt hatte und hier nur ungeniert verhört wurde, höchst ungehalten. Außerdem war ich sogar mit dem Taxi gekommen. Ich fahre zu Vorstellungsgesprächen immer mit dem Taxi.

Ich sagte, meines Wissens sei hier eine Lektorenstelle frei.

»Ach ja«, hauchte er, »ich glaube, es ist wahrhaftig eine Lektorenstelle frei.« Er drückte einen Knopf auf seinem Schreibtisch und sagte über die Sprechanlage: »Ian, könntest du bitte mal kommen? Ich habe hier eine Lektorin, die wahrhaftig sehr gut zu uns passen würde. Ja, bitte jetzt gleich.«

Er stand auf, ich ebenfalls. Er begleitete mich zur Tür, gerade als diese aufging und Ian Tooley hereinkam. Sir Alec reichte mir eine schlaffe Hand, und als ich sie nahm, schien er die meine geradewegs ins Leere zu werfen. »Ian, das ist Mrs. Hawkins.« Dann sagte, vielmehr seufzte er zu mir die Worte: »Sie glauben hoffentlich nicht, daß Shakespeare die Stücke geschrieben hat. Die Beweislage hält wahrhaftig einer unabhängigen Betrachtung nicht stand. Er muß sich im Jenseits, falls es ein solches wahrhaftig gibt, ins Fäustchen lachen, wenn er herunterschaut und sieht, was in Stratford-on-Avon wahrhaftig vorgeht.«

Ich folgte Ian Tooley über den Teppichboden des Flurs, an dessen Wänden Reproduktionen der ›Boz‹-Illustrationen von Dickens hingen, bis in sein weniger großes, aber eindrucksvoll mit Eiche getäfeltes Zimmer.

Ian Tooley war derber gebaut als sein Vater, dem er ähnelte, abgesehen von einem leichten Silberblick, den er zu haben schien, bei näherem Hinsehen dann aber doch nicht hatte; der Eindruck wurde durch seine Nase hervorgerufen, die ein bißchen schief im Gesicht stand. Anders als sein Vater trug er ein saloppes Sportjackett mit brauner Cordhose, was damals noch als Arbeitskleidung etwas ungewöhnlich war. Noch ungewöhnlicher war seine lebhafte grüne Krawatte. Ich dachte, er könne vielleicht doch interessant sein.

Als erstes betrachtete er mich sehr eingehend, sehr genau, nicht wie ein Mann eine Frau betrachtet, sondern als begutachte er ein Musterexemplar für irgendein Vorhaben, von dem ich nicht die entfernteste Ahnung hatte. Ich kam mir vor wie ein Ausstellungsstück.

»Sie haben also für das selbstgestrickte Finanzgenie Martin York gearbeitet?« fragte er.

»Ich war Lektorin in seinem Verlag. Dort wurden einige gute Bücher gemacht«, sagte ich.

»Nun, dann verstehen Sie sich also aufs Korrekturlesen, den Umgang mit Autoren et cetera et cetera.«

»Durchaus«, sagte ich, ohne mir recht vorstellen zu können, was er mit »et cetera« meinte.

Ich wollte jetzt nur noch weg; ich war überzeugt, daß sie mich nur aus Neugier hatten kommen lassen und für die Stelle ohnehin einen Akademiker oder ähnliches suchten.

Eine große, schlanke junge Frau kam herein, auf einem Tablett eine silberne Teekanne und feines Porzellan. »Danke, Abigail. Darf ich Ihnen Mrs. Hawkins vorstellen, die bei uns arbeiten wird – Abigail de Mordell Staines-Knight.«

So erfuhr ich, daß ich die Stelle bekommen hatte. Miss de Mordell Staines-Knight warf mir ein kurzes Lächeln über die Schulter zu, denn sie war schon wieder im Gehen.

»Abigail«, sagte Ian Tooley, als sie draußen war, »ist eine Virgo.«

Meine Bestürzung über diesen Satz wurde gleich wieder etwas abgemildert, als er mir darauf seine astralen Erkenntnisse auseinandersetzte und versprach, ein vollständiges Horoskop für mich erstellen zu lassen, sobald ich ihm nur die genaue Stunde und Minute meiner Geburt und der meines Vaters und meiner Mutter nenne. Die Geburtstage allein genügten nicht, versicherte er mir. Man brauche die Stunde, die Minute. Und er beendete das Gespräch mit den Worten, die ich schon zitiert habe: »Ich schlage vor, Sie fangen nächsten Montag bei uns an ... der nächste Tag ist dann der 12. Oktober, Dienstag, Vollmond ... da werden die Autoren sehr aktiv.«

Ich glaube, es geschah nur halb bewußt, daß Ian Tooley, dem die Einstellung leitenden Personals oblag, unfehlbar Leute auswählte, die in irgendeiner Beziehung nicht ganz normal waren. Da die Belegschaft – Sekretärinnen, Buchhalter, Bürogehilfen, Stenotypistinnen, je nach Abteilung – sich bei aller Unzulänglichkeit aus lauter Leuten von durchschnittlichem Geschmack und Aussehen zusammensetzte, dauerte es eine Weile, bis ich merkte, daß alle, die etwas zu sagen hatten, die für die Verwaltung oder den Kontakt zu Agenten und insbesondere mit den Autoren zuständig waren, den einen oder anderen Makel oder wunden Punkt hatten, sei es körperlich oder in irgendeiner anderen Beziehung. Wegen der spontanen Sympathie, die diese Kollegen weckten, dämmerte mir diese Erkenntnis erst nach und nach. Und erst nachdem ich angefangen hatte, mir die möglichen Gründe zusammenzureimen, aus denen sie, wenn auch vielleicht nur unbewußt, für ihre Aufgaben ausgewählt worden waren, fragte ich mich dann auch, was an mir selbst wohl »dran« war.

Dieser Erkenntnisprozeß dauerte bei mir einige Monate. Zunächst einmal stand für mich fest, daß der Betrieb von lauter netten Leuten geführt wurde. Man konnte nur auf die eine oder andere Weise nicht umhin, sie zu bedauern oder sich in ihrer arglosen Gegenwart gehemmt zu fühlen. Es fiel einem ungemein schwer, an diesen Menschen etwas auszusetzen, ihnen zu widersprechen oder die Geduld zu verlieren. Ich versuchte es gar nicht erst. Aber wenn es einer versuchte, meist Außenstehende – Drucker, Autoren, Buchbinder, Agenten – stellte er sich selbst gleich als Unmensch hin und fühlte sich wahrscheinlich auch so.

So befanden sich in den leitenden Positionen ein reizender, etwa fünfzigjähriger Arzt, dem die Approbation entzogen worden war; ein Buchhalter mit blassem, hagerem Gesicht, der fürchterlich stotterte, aber die nettesten Dinge sagte, wenn er einmal, Wort für Wort, einen Satz zu Ende brachte; meine Lektorenkollegin, eine liebenswerte, wenn auch schüchterne junge Frau, Tochter eines Vikars, die durch ein portweinrotes Muttermal auf einer ganzen Gesichtshälfte schrecklich entstellt war. Unser Chefhersteller, total unfähig, aber sehr geistreich, hatte ein Zwölffingerdarmgeschwür, das er tapfer trug, und hinkte von einer Kriegsverletzung. Ian Tooleys Stellvertreterin war gleichfalls nett. Wir sahen kaum etwas von ihr. Sie arbeitete meist hinter den Kulissen, aber wenn sie einmal in Erscheinung trat, um ein besonders kniffliges Problem zu lösen oder mit einem hochrangigen Agenten einen wichtigen Vertrag für einen Bestseller auszuhandeln, behandelte man sie, obwohl sie ganz Geschäftsfrau war, mit betretener Zurückhaltung; sie war die Tochter eines berüchtigten Massenmörders aus den Dreißigern; ihr Vater war gehängt worden; niemand brachte es fertig, sie hart anzufassen.

Oft sah man im Verlag auch einen freien Mitarbeiter, einen sehr kleinen, abgerissenen, pergamentgesichtigen Fotografen, der sich Vladimir nannte, ein Weißrusse, der angeblich seine Mutter schlug. Er bekam von Mackintosh & Tooley ein kleines Pauschalhonorar dafür, daß er Autoren von der »interessantesten«, das heißt von der unvorteilhaftesten und lächerlichsten Seite fotografierte. Wer dumm genug war, sich vor seine Kamera zu setzen, kam auf den Schutzumschlag. Die abgelehnten Fotos verkaufte Vladimir für ein bescheidenes Entgelt an einen verschwiegenen Laden in Soho und besserte so das Almosen auf, das er von Mackintosh & Tooley und noch ein paar anderen Verlagen bekam, die ihre – für sie stets anmaßenden – Autoren etwas kleiner zu machen wünschten. Vladimir erlitt ein unseliges Schicksal; drei Jahre später, 1957, starb er an Leukämie, wobei sich dann herausstellte, daß er kein Vladimir aus weißrussischem Fürstengeschlecht war, sondern Cyril Biggs hieß und aus Wandsworth stammte. Aber 1954 stand er bei Mackintosh & Tooley hoch im Kurs und war dem Verlag ein willfähriger Verbündeter. Ich glaube, wenn ihnen ein Nachfolger von Jack the Ripper bekannt gewesen wäre, hätten sie ihn engagiert. Es gehörte so sicher zu ihrer Geschäftspolitik, wie körperliche Gebrechen im Fernen Osten bis heute ein Beruf sind, der den Lebensunterhalt sichert.

Ian Tooley war selbst sein eigenes Alibi. Als Vegetarier, Graphologe und Astrologe führte er alle Sorgen und Nöte darauf zurück, daß irgendein Stern in einem bestimmten Zeichen aufging, oder auf eine Mondphase. Alle Krankheiten kamen vom Fleischessen und ließen sich nach seiner Überzeugung mit einer Kombination von Pflanzenkost und Radionik heilen. Letzteres kannte und kennt man noch immer als »die Box«. Ian Tooley besaß eine Box und hatte seiner Sekretärin, der charmanten Abigail de Mordell Staines-Knight, den Umgang mit ihr beigebracht. Ian Tooley sagte, sie sei hochtalentiert für die Box, oder die Radionik, wie er es lieber nannte; und dies war, außer daß sie ihm morgens einen Kaffee und nachmittags einen Tee brachte (aber nicht kochte), ihre ganze Aufgabe im Verlag. Dabei glaubte Abigail nicht einmal an Radionik. Sie hielt die Box für einen ausgemachten Schwindel. Sie machte das nur, weil es eine lustige, mühelose Beschäftigung für sie war, ein Jux, für den sie bezahlt wurde.

Die Box war tatsächlich eine Box, eine kleine schwarze Kiste, etwa so groß wie ein Reisenecessaire. Das Tooley-Modell, eines der ersten seiner Art, enthielt, wenn man es aufklappte, eine Reihe verschiedenfarbiger Lämpchen und ein paar Knöpfe. An einer Stelle konnte man ein Stückchen Haar oder Blutkruste einlegen, und der, von dem das Blut oder Haar stammte, wurde dann angeblich von seinen Krankheiten geheilt. Ich spreche von meinem ersten Eindruck von der Box, als Abigail sie mir mit einer Art lässiger Feierlichkeit zeigte und erklärte. Soviel ich sah, war sie genauso funktionslos wie diese Kindertelefone, bei denen man auch nur so tun kann als ob, wählen und sprechen, aber niemals irgendwen erreichen. Das war also beim ersten Blick, und ich will hier sagen, daß mir auf den letzten Blick (erst neulich) und nach ausgiebigem Studium radionischer Literatur das aufwendigere und kompliziertere Instrument ebenso funktionslos vorkam. Damals, als Abigail mir ihre Box vorführte, sah ich mit einer gewissen Erleichterung, daß sie so unnütz war, denn wenn die Box Gutes tun könne, könne sie auch Böses tun, sagte ich. »Das ist doch nur logisch.«

»Oh«, sagte Abigail de Mordell Staines-Knight, »wie recht Sie haben. Aber sagen Sie so etwas nicht zu Ian. Für ihn ist es völlig unmöglich, mit der Box etwas Unrechtes zu tun. Und sie kann ja auch keinem schaden, sehen wir es doch so, wie es ist.«

Sie war wirklich nett, trotz ihres Namens. Auch ich

glaubte nicht, daß man mit der Box etwas Böses tun konnte, oder etwas Gutes oder irgend etwas überhaupt. Weit mehr interessierte es mich, was Abigail in Ian Tooleys Einbildung damit machte; wen sie auf Ian Tooleys Geheiß zu beeinflussen oder zu heilen versuchte.

»Das ist eigentlich vertraulich«, sagte sie verlegen.

Diese seltsamen Erinnerungen an meine Zeit bei Mackintosh & Tooley sind jedoch überzuckert von einer gewissen Rührung. Ich weiß, ich hätte mich dort nicht so wohl fühlen dürfen, wie ich es tat, denn das Wohl der Firma basierte in erster Linie auf dem Wohl ihrer Mitarbeiter und erst in zweiter Linie auf Prinzipien. Prinzipien waren das letzte, worum sich irgendwer geschert hätte, wobei es eben doch ein völlig anderer Verlag war als die Ullswater Press, allein schon dadurch, daß Mackintosh & Tooley gute Geschäfte machte und florierte. Aber eine geordnete Bilanz und gute Geschäfte allein bedeuten noch nicht, daß einer ein rechtschaffener Mensch ist. Und in mancher Hinsicht war der arme Martin York rechtschaffener als die Tooleys.

Oft erinnere ich mich jetzt in meinen geliebten schlaflosen Stunden an die schönen alten Räume bei Mackintosh & Tooley, nicht weit vom Covent Garden, die Zimmer mit den hohen Decken, die achtzehn Jahre später, als Mackintosh & Tooley mit einem anderen Verlag fusionierte und umzog, ausgeschlachtet und modernisiert wurden; sogar die Fassade wurde renoviert, so daß ich sie kaum wiedererkenne, wenn ich jetzt durch die Straße gehe.

Wenn ich mitternachts mit offenen Augen daliege, sehe ich wieder mein kleines Büro, das ein Fenster zu einem tiefen Hinterhof hatte und schlecht beleuchtet war; aber es war schön, ein eigenes Zimmer zu haben, ein Aufstieg. Hier unterhielt ich mich mit aufstrebenden jungen Schriftstellern, das heißt Autoren, denn bei Mackintosh & Tooley unterteilte man die dort verlegten Schriftsteller in zwei Kategorien: Autoren und Namen. Letztere waren die paar etablierten lebenden Autoren des Verlages, und sie verhandelten mit Ann Clough, deren Vater, obwohl total verrückt, nichtsdestoweniger gehängt worden war.

Meine Lektorenkollegin, die mit dem Portwein-Mal im Gesicht und dem schüchternen Auftreten, hieß Connie; so sehr ich auch nachdenke, mir fällt ihr Nachname nicht mehr ein. Ihre Geistesabwesenheit und ihr unpersönliches Wesen waren überhaupt ein einziges »Vergiß mich«. Sie lebte in Parenthesen; aber vergessen habe ich sie nicht, nur ihren Nachnamen. Und selbst das Mal in ihrem Gesicht bemerkte ich kaum noch, je mehr ich mich an sie gewöhnte; das haben Schönheitsfehler ja so an sich.

Connie arbeitete im Zimmer neben mir. Sie bekam die Manuskripte neuer Autoren, warf einen Blick darauf und schickte sie, wenn sie halbwegs lesbar waren, zur Prüfung an Gutachter, meist pensionierte und bedürftige Alleinstehende, die auf dem Lande lebten, eine gewisse Bildung besaßen, sich über die Beschäftigung und den Nebenverdienst freuten und als Repräsentanten des Durchschnittslesers gelten konnten. Connie erfreute sich einer ausgiebigen Korrespondenz mit diesen Gutachtern. Ihre langen Voten waren allgemein entmutigend und begannen mit Sätzen wie: »Ich fürchte, *Das Café an der Ecke* ist wohl kein Meisterwerk ...« oder: »Dieser Roman ist nicht zu empfehlen.

Das unerquickliche Element in manchen Szenen wird durch die Ernsthaftigkeit des Themas nicht wettgemacht.« Es folgte eine Zusammenfassung der Handlung in der undisziplinierten Länge von vier bis fünf Seiten. Den letzten Absatz des Votums bildete unweigerlich ein einziger, auf Wirkung zielender Satz wie: »Nein und nochmals nein zu Ihrem Roman, Mr. Travers!« oder: »Diesen Autor sollte man ein für allemal abweisen.« Solch vernichtende Zeilen versüßten sie Connie indessen mit einem Begleitschreiben, das über das Wetter in Shropshire, das Wohlergehen der Rosen und Geranien, Neffen und Nichten und gelegentlich auch der kränkelnden Mutter informierte. Connie antwortete ihren Brieffreunden in fröhlicher Ausführlichkeit, sowie sie das verfemte Manuskript mit einer vorgedruckten Ablehnung in die Versandabteilung geschickt hatte, wo es verpackt und an seinen Besitzer zurückgeschickt wurde. Weiß der Himmel, ob der Menschheit durch diese Auswahlmethode auch einmal ein Meisterwerk vorenthalten wurde. Ich möchte nicht wissen, wie viele bemühte Schreiber jener Tage noch heute das eselsohrige Manuskript in einer Schublade liegen haben, das sie einstmals in einem Sieb aufs Meer schickten.

Connies andere Aufgabe war die Schlußredaktion, und die machte sie sehr schlecht. Sie schaffte es einfach nicht, Autorenkorrekturen auf einen sauberen Satz Fahnen zu übertragen, ohne durchschnittlich drei pro Seite zu übersehen oder Texteinfügungen falsch abzuschreiben. Damals bekamen die Autoren noch die langen Bürstenabzüge, danach den Umbruch. Erst wenn das Buch dann endlich erschien, kamen Connies Fehler ans Licht, aber sie schwebte darüber. Sie legte die zornigen Briefe, in denen Autoren sich über die Verstümmelung ihrer Bücher beschwerten, zur späteren Bearbeitung unter ihr Stuhlkissen; erregte Anrufer beschied sie schüchtern mit dem Rat, einen Brief zu schreiben und ihre Beschwerden darin festzuhalten, damit sie in der nächsten Ausgabe berücksichtigt werden könnten. Wenn aber ein Autor sich nicht davon abbringen ließ, herzukommen und sie persönlich zur Rede zu stellen, war er schon auf den ersten Blick von dem Portwein-Mal der armen Connie so irritiert, daß seine Wut sich augenblicklich legte. Man konnte zu Connie einfach nicht eklig sein, und die gütliche Einigung wurde stets durch Connies hingehauchte Versicherung besiegelt, daß die Sache in der nächsten Auflage bereinigt werde. Da es selten zu einer zweiten Auflage kam, konnte dabei nicht viel passieren.

Manchmal beschwerte sich auch der Agent eines Autors über Connies Kopf hinweg an höherer Stelle über Connie, zum Beispiel, als sie einmal einen Druckfehler auf der ersten Seite übersah, den der Autor gewissenhaft korrigiert hatte und durch den ein »blonder« Mann ein »blinder« Mann wurde, so daß die weitere Geschichte weder Hand noch Fuß hatte. Solche Situationen wurden mit einem kostspieligen Lunch ausgebügelt, zu dem unser flotter Colin Shoe, der, dem die Approbation entzogen worden war, den Agenten ausführte, und was auch immer bei diesem Friedensmahl besprochen wurde, nichts davon erreichte jemals Connies Ohren oder Schreibtisch. »Wir lassen unsere Mitarbeiter nicht vor den Kopf stoßen«, erklärte unser charmanter Colin Shoe so manches Mal.

In der Kaffee- und Teepause saß ich meist mit Connie zusammen, mal in ihrem Zimmer, mal in meinem. Meine Aufgabe war es, mir von ihr die wenigen Manuskripte zu holen, die eine hauchdünne Chance hatten, sich zu einem publikationsfähigen Buch machen zu lassen, oder deren Autoren man sich vielleicht warmhalten sollte. Das war, wie Colin Shoe es ausdrückte, eine sehr kitzlige Angelegenheit. Ich mußte mit den Autoren reden. Diese Aufgabe, sagte Colin, neide er mir nicht, und liebenswürdig fügte er eine seiner regelmäßigeren Sentenzen hinzu: »Der beste Autor ist ein toter Autor.« Und es stimmt schon, daß wir ein leichteres Leben gehabt hätten, wenn wir nur mit Büchern und nicht mit lebenden Autoren hätten umgehen müssen; Mackintosh & Tooley hatte einen kleinen Bestand an toten Autoren, die nur wenig Ärger machten (höchstens einmal über ihre Erben und Nachlaßverwalter, denen, wenn sie allzu schwierig wurden, ein Lunch spendiert wurde).

Mir war dieses Gefühl durchaus vertraut, obwohl ich andererseits bei meiner Arbeit gern mit Menschen zu tun hatte.

»Bücher zappeln nicht, Autoren aber doch«, lautete einer von Colin Shoes Sprüchen. »Sie nehmen alles persönlich«, sagte Colin Shoe. »Es gibt keinen Autor, der seine Bücher nicht persönlich nimmt.« Ich hielt das nun eindeutig für eine Tugend auf seiten des Autors; gleichzeitig aber gaben diese leicht dahingesagten Ketzereien uns im Verlag ein Klüngelgefühl, an dem ich, da es unmoralisch war, keinen Spaß hätte haben dürfen und doch hatte.

Aber ich war froh um meine Autoren, wenn auch die meisten von ihnen, zugegeben, mehr oder weniger *Pisseurs de copie* waren. »Auf eine Weise«, meinte Colin, »können

Sie von Glück reden, daß sie es mit Autoren zu tun haben, nicht mit Namen.« Er war in dem Moment in Hochstimmung, sollte er doch mit der berühmten Emma Loy, die angedeutet hatte, sie wolle ihr nächstes Buch vielleicht bei Mackintosh & Tooley verlegen, zum Lunch gehen. Colin Shoe machte einen großen Wirbel um seine schwere Verantwortung in Verbindung mit diesen neuen Namen. Ich hoffte von Herzen, Colin möge mit seinen Bemühungen scheitern und Emma Loy ihr Buch woandershin bringen.

Ich lud die hoffnungsvollen jungen Autoren ein, mich zu besuchen. Mit einigen von ihnen hatte ich schon korrespondiert, als ich noch bei der Ullswater Press war. Ich stellte mir eine elektrische Kochplatte nebst Wasserkessel in mein Büro und konnte somit nachmittags Tee und Kekse, vormittags Kaffee und Kekse anbieten, ohne mich an die Stenotypistinnen wenden zu müssen, die sonst für das Lektorat Tee und Kaffee kochten. Ich muß wohl doch recht einschüchternd und ein bißchen wie eine Mutter gewirkt haben, wenn ich bei diesen Gelegenheiten Tee, Kekse und guten Rat austeilte. Ich sehe sie jetzt noch, diese Männer und Frauen, überwiegend jung, wie sie einer nach dem andern kamen, zweimal, dreimal die Woche, sich in den Sessel setzten, den ich für sie hingestellt hatte, und hörten, was ich ihnen über ihr Werk zu sagen hatte. Wenigen, sehr wenigen war eine literarische Karriere bestimmt, aber ziemlich viele von ihnen waren weit besser informiert als ich, was es schwierig für mich machte, mit klugen Autoren von ungewissem Talent umzugehen. Ich bin mit Ratschlägen immer sehr freigebig gewesen; aber Rat geben und Leute dazu bringen, ihn anzunehmen, ist zweierlei. Bei

Mackintosh & Tooley half mir in dieser Phase manchmal, aber nicht immer, meine mächtige Erscheinung.

Ich erinnere mich an willkürliche Szenen, und ich erinnere mich auch an meine anschließenden Erinnerungen; so erinnere ich mich, wie ich vor etwa zehn Jahren einmal wach im Dunkeln lag und mir eine Begegnung wieder in den Sinn kam, die ich bei Mackintosh & Tooley mit einem jungen Mann hatte, einem der schönsten, die ich je gesehen habe, Autor eines umfangreichen Romans über nichts Bestimmtes. Das Buch zeigte nur, daß er leidenschaftlich gern schreiben wollte, und ich sagte ihm, wir könnten es nicht nehmen, aber er solle doch ein anderes versuchen, knapper, nicht so lang und weitschweifig und über etwas Bestimmtes. Ich erinnere mich an wenig sonst aus diesem Gespräch, nur daß er zu einem langen Diskurs ansetzte und mir berühmte lange Romane über nichts Bestimmtes aufzählte. Ob ich *Finnegans Wake* gelesen hätte?

Ich mußte zugeben, daß ich es nicht gelesen hatte, nicht von Anfang bis Ende. Damals wußte ich nicht, daß nur wenige Leute es ganz gelesen hatten.

Er redete eine Stunde lang. Er nahm meinen Kaffee und meine Kekse und redete weiter. Ich wollte, ich könnte mich an mehr von dem erinnern, was er sagte; es war mir entschieden zu hoch. Hatte ich Thomas Manns *Buddenbrooks* gelesen?

Gelesen nicht, aber davon gehört. Ich wich der Frage aus und sagte aufs Geratewohl: »Aber darin geht es doch um etwas Bestimmtes.«

Er sagte, es enthalte nichts als Details, und fuhr fort. Hatte ich Proust gelesen?

Ja, Proust hatte ich gelesen.

»Und wollen Sie sagen, da ginge es um etwas Bestimmtes?«

Es war zwölf Uhr mittags. *Der Engel des Herrn brachte Maria die Botschaft ...* »Nun ja, um alles mögliche Bestimmte, oder nicht?«

Und das Wort ist Fleisch geworden ...

»Bitte, in meinem Buch geht es auch um alles mögliche Bestimmte.«

Gegrüßet seist du, Maria, voll der Gnaden ...

»Richtig«, sagte ich. »Aber es ist nicht Proust.«

»Sie suchen also einen zweiten Proust?« meinte er. »Genügt nicht einer?«

Ich weiß nicht mehr, wie ich ihn aus meinem Zimmer bekam; ich erinnere mich nur noch, wie er ging. Ich erinnere mich, daß es der 1. November war und eine Abendzeitung ein Porträt Winston Churchills von Graham Sutherland zeigte, das ihm vom Parlament geschenkt wurde, und das die Witwe viele Jahre später, nach seinem Tod, feierlich vernichtete; und ich frage mich des Nachts, welchen Grund sie dafür wirklich hatte. Ich frage mich auch, was aus dem schönen jungen Mann und seinem dicken Buch geworden ist, so dick, daß er es beim Verlassen meines Zimmers in zwei Teilen unter beiden Armen tragen mußte.

Nun war es mir vergönnt, vielen Autoren einen Rat zu geben, der in mindestens zwei Fällen Früchte trug. Und so wiederhole ich ihn hier gratis. Er hat sich für solche Schriftsteller als nützlich erwiesen, die über ein gewisses Maß an Phantasie verfügen und ein Buch schreiben möchten, aber nicht recht wissen, wie sie anfangen sollen.

»Sie schreiben einen Brief an einen Freund«, sagte ich so oder so ähnlich, »und das ist ein lieber und sehr naher Freund, echt oder – besser noch – in Ihrer Phantasie entstanden wie eine fixe Idee. Schreiben Sie persönlich, nicht öffentlich, und ohne Furcht und Scheu von Anfang bis Ende, als ob der Brief nie veröffentlicht werden sollte, so daß Ihr treuer Freund ihn immer wieder lesen und sich weitere so schöne Briefe von Ihnen wünschen wird. Nun schreiben Sie aber nicht über die Beziehung zwischen Ihnen und Ihrem Freund; die wird vorausgesetzt. Sie vertrauen ihm ein Erlebnis an, von dem Sie meinen, daß nur er gern davon lesen wird. Was Sie zu sagen haben, kommt dadurch spontaner und ehrlicher heraus, als wenn Sie dabei an viele Leser denken. Bevor Sie den Brief schreiben, gehen Sie im stillen noch einmal durch, was Sie erzählen wollen: etwas Interessantes, Ihre Geschichte. Aber gehen Sie es nicht zu genau durch, die Geschichte wird sich beim Schreiben entwickeln, vor allem wenn Sie an einen guten Freund oder eine gute Freundin schreiben, damit er oder sie lacht oder weint oder was Sie wollen, solange Sie nur wissen, daß es interessiert. Denken Sie auf keinen Fall an eine Leserschaft, das hemmt Sie nur.«

In den beiden Fällen, in denen diese Methode bei Erstlingsromanen Erfolg hatte, kamen diese gut an. Sie half auch in anderen Fällen bei Kurzgeschichten.

Am 1. Dezember wurde Martin York zu seinen sieben Jahren Gefängnis verurteilt. Danach schrieb ich ihm zu Weihnachten nach Wormwood Scrubs, aber wie so viele andere, die ihm geschrieben hatten, bekam ich keine Antwort. Er war in der Versenkung verschwunden. Am Tag nach dem Urteil waren die Zeitungen voll von Artikeln seiner früheren Bekannten, die seine chaotische Welt schilderten, seinen jungenhaften Charme, seine hemmungslose Trunk- und Verschwendungssucht, seine verwegenen Pläne und seinen Ehrgeiz, ein internationaler Tycoon zu werden. Unter den Artikelschreibern waren einige, von denen ich wußte, daß sie tief in Martins Schuld gestanden hatten. Es erschien auch das erste von vielen Traktaten aus der Feder Hector Bartletts. Er munkelte, ohne es direkt zu behaupten, daß er selbst ein Opfer von Martin Yorks Betrügereien geworden sei, was nun wirklich gelogen war, das wußte ich.

In diesen traurigen ersten Dezembertagen begann ich im Geiste die beiden Verlage, in die mich das Schicksal geführt hatte, miteinander zu vergleichen. Bevor ich in Church End Villas, South Kensington, in Schlaf sank, lag ich mindestens noch eine Stunde wach, schaute in die Dunkelheit und dachte an den Lärm und die hektische, unbeständige Atmosphäre bei der Ullswater Press. Cathy, die Buchhalterin, Ivy, die Telefonistin und Stenotypistin, Patrick, der Pakker, und seine Frau Mabel, die ihn besuchen kam, mit wildem Blick und anklagend. Das Drunter und Drüber eines todgeweihten Unternehmens und Martin York, der in seinem Sessel saß und Gesellschaft brauchte. Vieles hatte nicht gestimmt in diesem Haus, aber hatte denn mit den Menschen selbst so vieles mehr nicht gestimmt als in dem elitären, viel großartigeren und finanziell gesünderen Verlagshaus Mackintosh & Tooley? Mehr denn je hatte ich den Eindruck, daß man sich bei Mackintosh & Tooley seine

Mitarbeiter ganz bewußt nach irgendeiner leicht grotesken Eigenschaft aussuchte; und wenngleich sie alle viel höher qualifiziert und besser ausgebildet waren und ein leichteres, priviligierteres Leben führten als die unterbezahlten Kräfte bei der Ullswater Press, war die dortige Belegschaft doch eigentlich viel normaler und gesünder gewesen. Alle hatten sie ihre Macken, ja, aber man hatte sie trotz und nicht wegen ihrer Macken genommen.

Solche Überlegungen ließen mich eines Nachts plötzlich das Licht anknipsen, aus dem Bett steigen und mich vor den hohen Spiegel an der Innentür meines Kleiderschranks stellen. Da stand ich nun, unförmig in meinem losen, warmen Nachthemd. Was stimmte an mir nicht? Warum hatte man bei Mackintosh & Tooley mich gewählt? Und da nun dämmerte mir der Grund: Ich war über alle Maßen fett. Ich fand mich so übergewichtig, daß jeder, der mich einstellte, übergeschnappt sein mußte. Niemand, der eine Beschwerde oder sonst etwas gegen den Verlag vorzubringen hatte, erst recht kein gekränkter Autor, hätte mit mir hart ins Gericht gehen können, das war mir jetzt klar. Es wäre herzlos gewesen. Fast wie ein Angriff auf die eigene Mutter. Es hätte vor allem schlecht ausgesehen. Ich war für Mackintosh & Tooley eines ihrer Alibis.

Ich beschloß in dieser Nacht, ab sofort nur noch die Hälfte zu essen und zu trinken. Nur noch halb soviel von allem, was ich sonst aß, und unter allen Umständen. Und ich wollte niemandem ein Wort davon sagen. Wenn man mich drängte, wollte ich nur sagen, ich hätte genug. Und dann solange nur noch die Hälfte oder sogar nur ein Viertel essen, bis ich ein normales Gewicht, einen normalen Umfang erreicht hatte. Gleich am nächsten Morgen fing ich an, weniger zu essen und weniger zu trinken.

Mein Tun stand im Einklang mit meiner Traurigkeit in jenen ersten Dezembertagen 1954. Nur wenige Tage danach kam, als ich gerade Feierabend machte, ein schriller Anruf von Mabel mit den üblichen Anschuldigungen. Offenbar kam Patrick gerade dazu, denn er schrie so laut, daß er sie übertönte, ins Telefon: »Hören Sie nicht zu, Mrs. Hawkins. Bitte seien Sie nicht böse. Mabel ist krank.«

Ich dachte, er meinte krank im Kopf, was sie offensichtlich war. Ich sagte: »Mabel muß zu einem Psychiater.«

»Ich gehe morgen ins Krankenhaus«, sagte Mabel, jetzt ruhiger. »Und, Mrs. Hawkins, Sie waren so gut zu Patrick. Ich wünschte nur, Sie würden in Ihrer Freizeit nicht mit ihm schlafen.«

Sie wurde am nächsten Tag operiert, die Ärmste, aber nichts hätte die junge Frau vor der galoppierenden, bösartigen Krankheit retten können, an der sie binnen einer Woche starb. Ich besuchte sie zweimal im Krankenhaus. Sie erkannte mich, war aber nicht mehr ganz bei sich und stand unter Drogen. Ich ging zu ihrer Feuerbestattung in Golders Green, und als ich ihren Sarg fortgleiten sah, tat es mir leid, daß ich je schlecht von Mabel gedacht oder sie als den Quälgeist behandelt hatte, der sie gewesen war. O Mabel, komm zurück; komm zurück, Mabel, und belästige mich wieder. Patrick weinte die ganze Zeit. Er sagte zu mir: »Ich wußte, daß sie nicht ganz richtig im Kopf war. Aber körperlich hat ihr nie etwas gefehlt. Es kam alles so schnell, so schnell, Mrs. Hawkins.«

Siebentes Kapitel

Zu meiner großen Freude mußte mein schwarzes Abendkleid auf beiden Seiten um mehrere Zentimeter enger gemacht werden, als ich es im Januar 1955 anprobierte, um es zu einer sehr vornehmen Dinnerparty zu tragen – wie vornehm, wußte ich noch gar nicht ganz, bevor ich hinkam. Mir war, bevor ich hinkam, ja nicht einmal klar, daß es meine erste vornehme Londoner Dinnerparty war. Bis dahin war ich zwar schon manches Mal zu einem Dinner gewesen, entweder bei Freunden zu Hause oder in Restaurants. Bisher aber noch nie zu solch einer feierlichen Angelegenheit.

Die Einladung dazu lag eines Morgens auf meinem Schreibtisch: »Mr. Ian und Lady Philippa Tooley geben sich die Ehre, Mrs. Hawkins ...« Unten in der Ecke stand »Smoking«, was meines Wissens bedeutete, daß ich ein Abendkleid anzuziehen hatte; das war aber auch schon alles, was ich wußte. Ich erklärte Milly, die interessiert die Einladungskarte befingerte, daß »Smoking« für die Herren gemeint sei. Ich schrieb zurück, Mrs. Hawkins danke Mr. Ian und Lady Philippa Tooley vielmals für ihre freundliche Einladung und werde ihr mit Vergnügen Folge leisten ... Und da stand ich nun in Wandas Zimmer und ließ mein schwarzes Spitzenkleid abstecken und tiefer ausschneiden, um es zum einen meinen neuesten Körpermaßen anzupassen, zum anderen in eine zeitgemäßere Form zu bringen, wie Wanda es ausdrückte.

Wandas Zimmer war noch immer eine Werkstatt aus alten Zeiten. Stapel von Kleidern, die sie ändern sollte, darunter ein weiteres Kleid von mir. Sie änderte oft Sachen für mich, aber dies war das erstemal, daß sie etwas enger machen sollte.

»Ich habe schrecklich Rheuma«, sagte Wanda, die mit ihren Nadeln auf dem Boden kniete und eifrig an meinem Kleid herumsteckte. »Ich bin mit der Arbeit in Verzug.« Ich sagte ihr, das Spitzenkleid sei eilig.

Sie könne sich nur mit Mühe bewegen; sie sei in Behandlung, sagte sie.

»Was für eine Behandlung?«

Wanda wich der Frage aus; und vielleicht war ich ja auch zu neugierig gewesen. Wanda sagte nur: »Es dauert Zeit ... man muß vertrauen.«

Ich konnte mich aber nicht enthalten, ihr einen guten Rat zu geben. »Rheumatismus«, sagte ich, »äußert sich in vielen Formen, Wanda. Hoffentlich haben Sie einen guten Arzt. Aber egal, was Sie gegen Ihr Rheuma nehmen, es hilft, täglich eine Banane zu essen, glauben Sie mir.« Ich selbst hatte zwei Jahre davor immer wieder rheumatische Schmerzen gehabt und auf den Rat einer amerikanischen Negerin, die ich im Bus kennengelernt hatte, angefangen, täglich eine Banane zu essen, und seit dieser Kur habe ich nie mehr Schmerzen in den Beinen gehabt. Das alles erzählte ich Wanda, während sie an meinem Ausschnitt herumschnippelte. (Ich sagte ihr nicht, daß ich seit sechs Wochen nur noch eine halbe Banane täglich aß.) Aber Wanda runzelte nur die Stirn und erhob sich ächzend. Ich sah sie ruckartig den Kopf wenden und auf einen Punkt unter dem Fenster blicken. Wanda sah immer noch Gespenster; ihre ganze frühere Zuversicht und Ruhe hatten sie verlassen. Als ich mich auf ihr Geheiß umdrehte, damit sie noch ein paar Nadeln stecken konnte, sah ich auf dem Fußboden unter dem Fenster einen schwarzen, lederbezogenen Kasten, der mich sehr an Ian Tooleys radionische Box erinnerte. Ich hielt es für so unwahrscheinlich, daß Wanda, eine glühende Katholikin, irgend etwas mit der Box zu tun haben könnte, daß ich dachte, es sei nur ein Behältnis für irgendwelche Nähsachen, eben ein Nähkästchen oder so etwas.

Wanda fragte: »Wie haben Sie viele Zentimeter abgenommen, Mrs. Hawkins?«

»Die Natur normalisiert sich«, sagte ich. »Und nicht zu früh.«

Ich betrachtete immer noch unwillkürlich den schwarzen Kasten unter dem Fenster; Wandas Hände mit den Nadeln zitterten ein wenig. Das war ungewohnt an ihr.

Auf die vage Möglichkeit hin, daß Wandas Kasten tatsächlich eine Box war, fragte ich: »Arbeiten Sie mit der Box?«

»Was für Box?« fragte Wanda. Sie hatte sich erschrokken dabei umgedreht. Ich dachte schon, sie werde gleich wieder einen ihrer Schreie ausstoßen.

»Ich meine eine Box, die man für sogenannte Radionik benutzt. Angeblich soll man Leute damit heilen und wahrscheinlich noch andere Dinge machen können.«

»Andere Dinge?«

»Man sollte denken... Aber ich glaube ja sowieso nicht daran.«

»Ich weiß nichts von Box. Vielleicht werden Sie ein bißchen noch dünner, Mrs. Hawkins?«

»O ja«, sagte ich, »ich hoffe noch viel abzunehmen.« Die Aussicht auf kommende Monate bei halber Ration machte mich in dem Moment, als ich das sagte, sehr hungrig. Ich verriet aber Wanda mein Geheimnis nicht, und sie erzählte mir nichts weiter von ihrem.

Im Gehen warf ich einen sehr verachtungsvollen Blick auf die Box und hoffte von Herzen, daß Wanda es merkte. Ich hatte das Gefühl, Wanda hatte jetzt Angst vor mir und bereute ihr halbes Geständnis.

»Ich brauche noch eine Anprobe für Ihr Kleid, Mrs. Hawkins. Ich verspreche, es wird wunderschön. Noch eine Anprobe, morgen abend. Bleiben sie wohl.«

Was sollte das heißen: Bleiben Sie wohl?

Ich war um die Zeit leicht reizbar. Und wer anders sollte mich anrufen, als ich mich gerade für die Dinnerparty bei den Tooleys fertig machte, als Isobels Daddy?

»Guten Abend, Mrs. Hawkins, hier ist Hugh Lederer.«

»Ja, Mr. Lederer?«

»Das klingt aber sehr in Eile.«

»Ich bin auch in Eile. Ich gehe zum Dinner aus.«

»Der Mann ist zu beneiden. Übrigens habe ich Sie letzten Sonntag in der Kirche gesehen, Sie mich aber nicht.«

»Nein, ich habe Sie nicht gesehen.«

»Da waren Sie auch in Eile. Und wenn ich das sagen darf, Sie sahen sehr hübsch aus.«

Ja, die zehn Pfund Gewichtsverlust gaben allmählich meinem Knochenbau eine Chance. Ich freute mich über

Hugh Lederers Kompliment, hatte aber schon so eine Ahnung, weswegen er mich anrief: Isobels Problem.

»Ich habe es jetzt wirklich ziemlich eilig, Mr. Lederer. Ich muß mich noch umziehen, und –«

»Mrs. Hawkins, würden Sie morgen mit mir zum Dinner gehen?«

»Da kann ich leider nicht.«

»Dann am Freitag?«

»Geht es um Isobel?«

»Hm, ja«, sagte er. »Unter anderem auch.«

»Ich kann Ihnen wirklich nicht helfen, Mr. Lederer. Ich hatte für sie eine Stelle in einem Chemie-Export gefunden, aber die wollte sie nicht. In der Verlagsbranche sind die Stellen dünn gesät. Das habe ich Ihnen schon gesagt.«

»Es ist etwas Persönliches. Isobel hat gewisse Probleme.«

Ich fragte: »Warum lassen Sie Isobel ihre Probleme nicht selbst lösen?«

»Ach, Mrs. Hawkins!«

»Ich muß jetzt fort.«

»Aber abgesehen von Isobel, könnten wir uns nicht treffen und miteinander reden? Und ich wünschte mir, Sie würden Hugh zu mir sagen.«

»Ich werde Sie zurückrufen müssen. Wie ist Ihre Nummer, Mr. Lederer?«

Er nannte mir eine Nummer, und ich wiederholte sie langsam genug, um den Eindruck zu erwecken, ich schriebe mit, was ich nicht tat.

Die Tooleys wohnten in einem Reihenhaus in der Lord North Street, nah genug bei den Parlamentsgebäuden, daß noch eine Glocke installiert war, mit der die Abgeordneten zur Abstimmung gerufen wurden. Es war sogar noch schmaler und kleiner als Millys viktorianische Behausung. Die Tür wurde mir von einem Diener geöffnet, der einen so gewöhnlichen braunen Anzug trug, als sollte mit ihm zum Ausdruck gebracht werden, daß seine Herrschaft mit der Zeit ging. Ich war sehr vom Charme des Interieurs angetan. Ich hatte mit etwas Größerem, Imposanterem gerechnet: etwas Provozierendem, aber hier war nichts dergleichen. Ich hatte jedoch keine Zeit, Eindrücke auf mich wirken zu lassen, denn nach mir kamen noch ein paar Leute, und nachdem ich meinen Mantel abgegeben hatte, wurde ich die Treppe hinaufgewiesen, wo es schon laut zuging. Ian Tooley nahm mich an der Schwelle zum Salon in Empfang und stellte mich seiner Frau, Lady Philippa, und den anderen Gästen vor, dann drückte er mir den trockenen Sherry in die Hand, um den ich gebeten hatte.

Zwei der schon anwesenden Gäste kannte ich dem Namen nach und aus der Zeitung: Sir Arthur Cary, der Finanzmagnat, stand etwas abseits, während seine lebenslustige Frau inmitten einer Gruppe am anderen Ende des Raumes schwatzhaft Hof hielt.

»Mrs. Hawkins war Lektorin bei der Ullswater Press«, sagte Ian Tooley, indem er Sir Arthur in meine Richtung bugsierte. »Und jetzt schätzen wir uns glücklich, sie bei uns zu haben.«

»Die Ullswater Press...«, sagte Sir Arthur und gab ein gurgelndes Lachen von sich. »Dieser Martin York, der hat mich ja ganz schön genasführt.« Und er lachte weiter so sehr, daß ich mich fragen mußte, wie sehr er denn wohl wirklich genasführt worden war, und wenn es derart zum Lachen war, warum er dann dafür gesorgt hatte, daß Martin York für sieben Jahre hinter Gitter mußte.

Wir nahmen zu vierzehnt an der Tafel Platz. Die Wände des Speisezimmers waren rosa, die Decke terrakottafarben. Die Bilder waren Blumenstilleben in Öl, gut, aber nicht umwerfend, und ein Porträt von einem Mann, frühviktorianisch, der weder Ian Tooley noch Lady Philippa glich, obwohl er durchaus nach irgend jemandes Vorfahr aussah. Lady Philippa trug ein schwarzes Spitzenkleid, ein bißchen altmodisch und dem meinen bemerkenswert ähnlich. Das entkrampfte mich, denn es bestätigte mir, daß ich passend angezogen war; und dem raschen Blick, mit dem mich Lady Philippa von oben bis unten musterte, entnahm ich, daß es sie leicht amüsierte, praktisch das gleiche anzuhaben wie eine andere anwesende Frau.

Ich saß zwischen einem ihrer Vettern, einem jungen Mann namens Aubrey, der bei Sotheby's arbeitete, und einem rotgesichtigen Brigadegeneral im Ruhestand. Die Kerzen flimmerten, wie es sich gehörte, das Silber schimmerte, und das Geplapper nahm seinen Gang. Bei Aubrey kam ich mit dem Thema *Glück für Jim*, das kürzlich herausgekommen war, ganz gut ins Gespräch, aber den General fand ich anfangs doch recht schwierig. Er schien mich aus den wäßrigen kleinen Augen in seinem sehr roten Gesicht anzufunkeln. Aber sein starrer Blick war offensichtlich nur ein Manierismus, vielleicht auch etwas Medizinisches, denn ohne das Funkeln einzustellen, ließ er sich doch auf eine Unterhaltung ein, als ich etwas in dem Sinne sagte, daß er ein interessantes Leben geführt haben müsse.

»Könnte ein Buch schreiben«, meinte er.

»Warum tun Sie es nicht?«

»Kann mich nicht konzentrieren.«

»Zum Konzentrieren«, sagte ich, »braucht man eine Katze. Haben Sie zufällig eine Katze?«

»Katze? Keine Katze. Zwei Hunde. Genügen vollauf.«

Ich gab ihm also einen sehr guten Rat, nämlich daß man, um sich in ein Problem richtig vertiefen zu können, insbesondere auf eine schriftstellerische Arbeit oder anderen Papierkram, eine Katze brauche. Allein mit der Katze in dem Zimmer, in dem er arbeiten wolle, werde diese unweigerlich auf den Schreibtisch springen, erklärte ich, und es sich unter der Schreibtischlampe gemütlich machen. Das Licht einer Lampe, erklärte ich, bereite einer Katze großes Behagen. Sie werde sich bequem hinlegen und eine heitere Gelassenheit ausstrahlen, die nicht mehr in Begriffe zu fassen sei. Und die große Ruhe der Katze werde nach und nach auf ihn, wie er da an seinem Schreibtisch sitze, übergreifen, so daß alle Unrast, die seiner Konzentration hinderlich sei, sich lege und sein Geist die verloren gegangene Disziplin wiederfinde. Er brauche die Katze nicht die ganze Zeit anzusehen. Ihre Gegenwart allein sei genug. Eine Katze wirke ganz erstaunlich und geheimnisvoll auf seine Konzentrationsfähigkeit.

Der General lauschte mit höchstem Interesse, während er aß, und sein funkelnder Blick ging zwischen mir und seinem Teller hin und her. Dann sagte er: »Gut. Recht so. Ich besorge mir sofort eine Katze.« (Ich muß Ihnen hier sagen, daß der General mir drei Jahre später ein Exemplar seiner Kriegserinnerungen schickte, erschienen bei Mackintosh & Tooley. Der Schutzumschlag zeigte ihn an seinem Schreibtisch, und darauf, neben der Lampe, eine große Straßenkatze mit unergründlichem Ausdruck. Als Widmung hatte er hineingeschrieben: »Für Mrs. Hawkins, ohne deren gütigen Rat diese Memoiren nie geschrieben worden wären – und danke, daß Sie mich mit Grumpy bekannt gemacht haben.« Das Buch selbst war über alle Maßen langweilig. Aber ich hatte ihm ja nur gesagt, daß eine Katze bei der Konzentration helfe, nicht daß sie das Buch für ihn schreibe.)

Während ich beim Dinner mit meinen Nachbarn plauderte und ringsum Stimmen plapperten und Gabeln klimperten, warf ich verstohlene Blicke auf die Mengen, die alle anderen aßen. Sie waren enorm, verglichen mit meinen halben Portionen. Die Stimmen äußerten sich über: etliche Leute, die ich nicht kannte; Billy Graham; Senator McCarthy; Oberst Nasser; wieder *Glück für Jim*; die Box; und SIE, das hieß SIE, die Regierung, SIE, die Amerikaner, SIE, die Iren und noch viele andere SIE, womit eine recht kleine Welt der WIR übrig blieb; auch Martin York und der Schock für seinen armen Vater. Eine junge Frau nahm ein zweitesmal von einer köstlichen Kreation aus Obst und Schlagsahne. Sie lächelte mich über den Tisch hinweg an: »Ich esse für zwei. In Umständen.« Lady Philippa lächelte und fragte hastig: »Wann hoffen Sie Ihr Leben abzuschließen?« Die merkwürdige Frage verriet ihren Sinn Sekunden später, als sich herausstellte, daß sie sich auf das *Leben* zweier Heiliger bezog, an dem die junge Frau gerade schrieb; zudem erfuhr ich mit der halben Aufmerksamkeit, die von meinen Tischnachbarn übrig blieb, daß die Frau erst achtundzwanzig Jahre alt war (so alt wie ich), aber schon fünf Kinder hatte. Ich nahm an, daß sie römisch-katholisch war, und schätzte ihre Portionen viermal so groß wie meine. Wäre ich nicht gerade im Gespräch mit dem General und dem jungen Mann von Sotheby's gewesen, ich hätte ihr den Rat gegeben, daß es nicht wünschenswert sei, in der Schwangerschaft für zwei zu essen; und ich nahm mir vor, es ihr später zu sagen; aber nach dem Essen vergaß ich es dann, weil ich einfach zu verwirrt und durcheinander war und mich fragte, ob ich in einer anderen Hinsicht wohl irgend etwas falsch gemacht hatte.

Ich war zwar noch nie auf so einer förmlichen Dinnerparty in der feinen Gesellschaft gewesen, doch ich fühlte mich ihr durchaus gewachsen. Genaugenommen hatte ich mir noch nie Gedanken darüber gemacht, zu welcher Gesellschaftsschicht ich eigentlich gehörte: wahrscheinlich Normalschicht, wie man zu einer normalen Blutgruppe gehört. Ich dachte nicht, daß feine Leute soviel andere Gewohnheiten hätten als andere Engländer. Ich kannte zwar aus Romanen so exzentrische Aussagen wie die, daß »die Damen den Tisch verließen und die Herren beim Portwein unter sich blieben«, aber solche Rituale brachte ich nicht mit dem wirklichen Leben in Verbindung. Ich hätte glatt eine Ausländerin sein können. Und nun will ich sagen, daß ich in meiner Zeit bei Mackintosh & Tooley sehr viel über die Gewohnheiten der feinen Leute gelernt habe. Am Ende kam ich zu der Ansicht, daß es doch besser sei, zur Normalschicht zu gehören. Ohne die gewöhnlichen Leute könnten die feinen Leute nämlich gar nicht leben, ihre Kaste würde auseinanderfallen, während die anderen ganz gut allein zurechtkämen.

Das eigentliche Dinner ging jetzt zu Ende, doch die Gespräche gingen weiter. Dann trat in einem bestimmten Moment zwar nicht direkt Stille, aber doch so etwas wie Ruhe ein. Lady Philippa sah mich sehr durchdringend an, und ich hatte keine Ahnung, warum. Ich vermutete, daß sie wohl eine Frage an mich gerichtet hatte, und schaute fragend zurück. Plötzlich stand Lady Philippa auf, als hätte jemand etwas gesagt, was sie pikierte; ich dachte schon, sie werde deswegen gleich eine Szene machen. Auch die anderen Damen erhoben sich. Ich sah aber nicht, was die Männer denn so falsch gemacht haben könnten, daß die Frauen so hochmütig wie die Schwäne aus dem Zimmer segelten und sie allein ließen. Ich hätte ihnen gern geraten, sich mal ein bißchen zusammenzunehmen. Die Männer scharrten mit den Füßen und sahen neugierig in meine Richtung, als könnten sie es gar nicht fassen, daß ich nicht auch gekränkt war. Aber so reizbar ich in dieser Hungerphase meines Lebens auch war, entdeckte ich nichts, woran ich hätte Anstoß nehmen sollen. Ich wenigstens wollte mich hier nicht schlecht benehmen, nur um mich mit diesen überempfindlichen, womöglich prüden Frauen solidarisch zu zeigen. Lady Philippa flüsterte, als sie an mir vorbeiging: »Kommen Sie mit?« Aber ich fand, die Männer hätten nichts getan, womit sie solche Behandlung verdienten. Ich war Mrs. Hawkins. Ich blieb sitzen.

Achtes Kapitel

Mochte ich auch in Benimmfragen noch etwas zu lernen haben, so kann ich doch jetzt im Rückblick sagen, daß mein gesunder Menschenverstand nicht unterentwickelt war. Tatsächlich glaubte ich festzustellen, daß die Tooleys mir seit dieser Dinnerparty noch mehr vertrauten, nicht weniger, wie man vielleicht erwartet hätte. Es war, als hätten sie mich in die verläßliche Kategorie der Kindermädchen oder Köchinnen gesteckt, die sie nie im Stich lassen würden. Dennoch waren meine Tage bei Mackintosh & Tooley gezählt, begrenzt auf genau noch zwei Monate. Ich nutzte diese zwei Monate gut.

Die Arbeit einer Lektorin besteht zum großen Teil aus Ablehnen. Zu neun Zehnteln vielleicht. Damals zumindest hieß das nicht nur Ablehnen von Manuskripten, sondern auch von Ideen, wie sie täglich in mein Büro spaziert zu kommen schienen, verkörpert durch tiefsinnige Männer und Frauen, die mit weisen Mienen so verballhornte Begriffe wie Optimist/Pessimist, Faschist/Kommunist, extravertiert/introvertiert oder hoch/mittel/kleingeistig im Mund führten; und diese Worthülsen wandten sie auf Kunst, Literatur und Leben an, womit sie allen Spaß und Witz, alle Freuden der Neugier völlig erstickten.

Doch dann kam Emma Loy des Weges. Sie hatte sich entschlossen, ihren neuen Roman bei Mackintosh & Tooley herauszubringen, und es gab für sie eine Willkommensparty im Konferenzraum. Es kam also Emma mit ihrer

Egozentrik, ihren Launen, ihrem Zauber, ihrem Charme. Es ist witzlos, über eine so gute Schriftstellerin zu sagen, sie wäre eine ausgezeichnete Schauspielerin geworden, aber solche Gedanken rief ihre Gegenwart stets hervor.

Sie war gewillt, zu vergessen, daß sie sich bei Martin York über mich beschwert hatte, und nahm schlicht an, ich sei ebenfalls gewillt, es zu vergessen.

Nun möchte ich jedem, der einen Menschen mit Charme, Witz und Talent wie Emma kennt, auch mit einer gewissen Klugheit und Intelligenz, und es sich mit ihm verdorben hat, den Rat geben, doch jede Gelegenheit wahrzunehmen, die Sache wieder einzurenken. Denn das Leben bietet nur wenige solcher Menschen.

Ich war denn auch ehrlich erfreut, als Emma Loy, kaum daß sie mich auf der Party gesehen hatte, sagte: »Mrs. Hawkins, Mrs. Hawkins, ich kann Ihnen gar nicht sagen, wie erleichtert ich bin, daß Sie hier sind. Ich kenne doch hier sonst keine Menschenseele. Hoffentlich betreuen Sie meine Bücher.«

»Ihre Bücher betreuen sich selbst«, sagte ich.

Das stimmte ja auch. Die Meinungen über Emma Loy gingen auseinander, aber niemand hätte je bestreiten können, daß sie eine große Schriftstellerin war. Ian Tooley hatte mir das Manuskript ihres neuen Romans zu lesen gegeben. Nach dem Gesabber, mit dem ich mich hatte abgeben müssen, war Emmas Werk einfach eine Wohltat, es war ein reines Vergnügen, wie sie ein Buch komponierte gleich einem Musikstück, ihre typische Art, Fakten auszugraben und sie neben Erfindungen zu stellen.

Ich gestand Emma Loy meine Bewunderung, während

ich meinen einen Sherry in die Länge zog und sie schon ihren zweiten trank. Sie strahlte vor Freude. Und ich war froh, daß mein Streit mit Emma Loy vorüber und vergessen war. Ob ich ihr trauen konnte, war nicht die Frage; ich nehme eigentlich an, daß sie von Freundschaft und Loyalität über eine bestimmte Grenze hinaus nichts hielt, und vielleicht hatte sie recht; das sind Ideale, und sie können eine allzu große Belastung für Ziele sein, die vielleicht wichtiger sind. Ich sah es nicht als ein besonderes Ziel an, Hector Bartletts Ruf zu schützen, und Emma muß gewußt haben, daß er der *Pisseur de copie* war, den ich ihn geheißen hatte. Aber er war ihr Protégé; ich stellte mir vor, daß es Sex war, was sie verband; und erst sehr viel später verriet sie mir ganz zufällig, in welcher Weise er ihr nützlich gewesen war. Er hatte ihr beim Recherchieren geholfen und ihr die Bücher angeschleppt, die sie brauchte. Nützlich nur... Aber mit dieser Erklärung versuchte Emma Loy nur ihre eigene Dummheit vergessen zu machen. Ich glaube, sie war gefühlsfaul, zu eingebunden in ihre literarische Tätigkeit, um eine neue Beziehung aufzubauen oder sich zu verlieben. Sie war von Hector Bartlett krankhaft abhängig und wußte zugleich, daß er eine Katastrophe war. Jahre später versuchte er ihr sehr zu schaden.

Jetzt aber erschien, wie wohl nicht anders zu erwarten, Hector Bartlett auf der Party, und als ich ihn so zwischen den Leuten sah, konnte ich mich nur wundern, wie Emma es ertrug, diesen *Pisseur* dauernd im Nacken zu haben. Er schuf sozusagen ein Loch im Gedränge, denn die, mit denen er so gern reden wollte, wichen ihm immer so höflich wie möglich aus; Emma merkte das und ging dann zu ihm; woraufhin die Lücke sich wieder schloß. Dann hielten sich die Leute, mit denen Hector Bartlett nicht hatte reden wollen, wachsam am Rand auf; das waren Leute wie ich, inklusive Lektoren und Angestellte anderer Verlage, literarische Agenten und Autoren minderer Berühmtheit.

Ian Tooley machte sehr brav die Runde und erklärte da und dort, daß Mars ins Zeichen der Fische gewandert sei (oder vielleicht waren Venus oder Merkur in den Skorpion gewandert) und infolgedessen verschiedene nationale Probleme nun vielleicht gelöst werden könnten. Bald schwemmten die Gezeiten der Party wieder Emma in meine Gefilde. Ich erinnere mich, wie sie mit Ian Tooley in ein Streitgespräch über seine hintergründigen Ansichten geriet. Es war typisch für Emma Loy und machte zum Teil ihre Attraktivität aus, daß sie im Gespräch alle Konventionen der Höflichkeit ignorierte. Sie diskutierte gern über allgemeine Themen. Was ich sie bei dieser Gelegenheit zu Ian Tooley sagen hörte, oder ihn zu ihr, ist mir nur noch als Ganzes schemenhaft in Erinnerung, bis auf einen deutlichen Satz. Ian Tooley sagte, sie sei eine Skeptikerin: »Glauben Sie denn nicht einmal an Gott?«

»Manchmal ja, manchmal nein«, sagte Emma Loy. »Aber eines weiß ich – ich finde, es liegt sogar auf der Hand – daß Gott an mich glaubt.«

Das war Emma Loy, und ohne Zweifel ist sie so noch immer. Da ich in dem Moment neben Ian Tooley stand, gab ich ihr den Rat, daß ich an ihrer Stelle, wenn ich heute glaubte und morgen wieder nicht glaubte, die Tage genießen würde, an denen ich glaubte, und die Tage bereuen, an denen ich nicht glaubte.

»Mrs. Hawkins«, sagte die berühmte Dame, »wenn ich Ihren Rat beherzige, werde ich dann Lektorin?«

»Das kann niemand garantieren«, sagte ich.

»Es ist jedenfalls ein guter Rat. Nur habe ich nicht das Zeug zum Bereuen.«

Ian Tooley warf ein, das Studium der Radionik enthebe uns über Gut und Böse.

Sir Alec Tooley ließ sich selten blicken. Wie er in den Verlag und wieder hinauskam, blieb ein Geheimnis; irgendwo mußte es eine Hintertür geben, für ihn ganz allein.

Ende Februar meldete er sich bei mir über die Sprechanlage und bat mich mit müder Stimme, zu ihm zu kommen, wenn es mir gelegen sei. Ich ging sofort hin und nahm die Hand, die er mir schlaff entgegenhielt und nach erfolgter Berührung achtlos wieder zurückzog.

»Mrs. Hawkins, wir wissen, daß Sie eine überaus zuverlässige Frau sind, und darum haben wir nach reiflicher Überlegung beschlossen, Ihnen ein literaturkritisches Werk anzuvertrauen, das wir herausbringen wollen, das aber noch einer umfänglichen und gewissenhaften Überarbeitung bedarf, und wir glauben, daß nur Sie das können.«

Meine Aufmerksamkeit stolperte über die »überaus zuverlässige Frau«, denn fast genau das hatte Mr. Twinny, unser Mann fürs Grobe, einmal gegenüber Milly und in meiner Gegenwart über mich gesagt. Wörtlich hatte er gesagt: »Mrs. Hawkins ist eine überaus zuverlässige Frau.« Gesprochen hatte er diese Worte in herzlicher Freundschaft und sehr laut, um das Radio zu übertönen, das im Hintergrund plärrte.

Sir Alecs Ansprache und die nachfolgenden Lobesworte hatten wie der Schrei eines fernen Vogels in Not geklungen, weit über den dunkelnden See. Mich beschlich ein Gefühl, als trüge er mir etwas an, was mir widerlich war, koffeinfreien Kaffee etwa, oder *coitus interruptus*; und gerade in dem Moment wollte ich um keinen Preis eine überaus zuverlässige Frau sein.

»Das Manuskript«, sagte er, »muß umgestaltet werden.«

»Sie meinen umgeschrieben?« fragte ich.

»Hm, ja, das natürlich auch. Aber es müssen auch Fakten verifiziert werden und so weiter. Grammatik und Satzbau und so fort. Daten.«

Im selben Moment sagte mir meine Intuition, daß es sich um ein Buch vom *Pisseur de copie* handeln mußte, das ihnen von Emma Loy als Teil ihres Preises untergeschoben worden war.

»Das Buch«, sagte Sir Alec, »trägt den Titel *Das ewige Streben. Eine Untersuchung der romantisch-humanistischen Position*. Ein bißchen tiefschürfend. Es handelt sich um eine vergleichende Untersuchung von *Pilgrim's Progress*, *Wilhelm Meister* und *Peer Gynt*, oder will zumindest eine sein. Ich verstehe wenig von dem Thema.«

»Ich noch weniger«, sagte ich. »Viel zu hoch für mich. Wer ist der Autor?«

»Ein Hector Bartlett. Er wird von unserer Miss Loy aufs wärmste empfohlen.«

Ich sagte: »Lassen Sie die Finger von ihm. Er ist ein *Pisseur de copie*. Keine klaren Vorstellungen. Zunächst schon einmal schmeißt er alle Fakten durcheinander, dann verknüpft er sie zu einer völlig aus der Luft gegriffenen Theorie.«

»Ja, ja. Aber was war das für ein französisches Wort, mit dem Sie ihn bezeichnet haben?«

Ich fand eine genaue Erklärung jedoch nicht zuträglich für Sir Alecs Gesundheit und Wohlergehen. Ich beruhigte mich. Ich sagte, ich wolle einen Blick auf das Manuskript werfen. Ich sagte, schließlich habe Thomas von Aquin geraten, nach dem zu gehen, was gesagt, und nicht von wem es gesagt worden sei. »Also Autor beiseite. Ich sehe mir das Buch selbst an.«

»Wir haben uns verpflichtet, es zu publizieren. Natürlich nur in kleiner Auflage. Es bedeutet erhebliche ...«

Ich nahm das Buch, nahm es aus seinen Händen, die es so eilig loswerden wollten, in die meinen, an denen ich mir plötzlich Gummihandschuhe wünschte.

Ich vertat eine ganze Woche, in der mir das Buch gehörig auf die Nerven ging. Ich nahm es zum Lesen mit nach Hause, weil ich hoffte, mich dort besser auf das unverständliche Geschreibsel konzentrieren zu können.

»Vielleicht ist es ja nur zu hoch für mich«, sagte ich zu Milly.

»Keine Angst«, sagte Milly. »Wenn Sie es nicht verstehen, Mrs. Hawkins, kann es kein christliches Buch sein.« (»Christlich« hieß bei Milly »menschlich«. Sie hätte auch von einer Katze gesagt, sie habe sie »wie ein Christ« angesehen.)

Ich war hungrig und litt unter meiner Diät. Was meinen Widerwillen gegen das Buch ausmachte, hätte ich gar nicht so genau sagen können. Ich hätte es schließlich mit derselben Gleichgültigkeit behandeln können wie alle anderen schlechten Manuskripte, die durch meine Hände gingen. Aber dieses Buch, *Das ewige Streben*, war eine persönliche Bedrohung. Emma Loy war diejenige, die es in eine zur Veröffentlichung geeignete Form gebracht haben wollte. Sie wußte, daß ich nicht auf den Kopf gefallen war. Aber ebensogut hätte man mit einem Teppichkehrer den Dschungel säubern wie dieses Buch redigieren können.

Ich ging damit zu William Todd, unserm Medizinstudenten, der schon immer freundlich und in den letzten Wochen noch freundlicher zu mir gewesen war. Als Intellektueller war er es gewöhnt, sich mit Ideen auseinanderzusetzen. Er brachte es zu mir zurück, nachdem er zwei Kapitel gelesen hatte, das erste und letzte. »Reiner Blödsinn«, sagte er. »Nichts als fauler Zauber. Auf jeder Seite Nietzsche, Aristoteles, Goethe, Ibsen, Freud, Jung, Huxley, Kierkegaard, und von keinem ein Wort verstanden. Schicken Sie's zurück.«

Wir tranken einen darauf.

Den Rest der Woche überlegte ich hin und her, was ich sagen könnte, um diese Aufgabe loszuwerden. Ich übte im Geiste meine Rede und probte sie vor Milly. »Ich werde sagen«, erklärte ich ihr, »ich selbst hielte, trotz Emma Loys Fürsprache, das Buch für –«

»Halten Sie den Namen dieser Frau heraus«, sagte Milly. »Sie wissen, daß sie gefährlich ist.«

Ehe die Woche um war, kam Ian Tooley mit wichtiger Miene zu mir. Zuerst dachte ich, er sei gekommen, um mit mir über das Buch des *Pisseurs* zu sprechen.

»Wie geht's, Mrs. Hawkins?«

»Es ist mir einfach zu hoch«, sagte ich. »Ich komme nicht damit zurecht.«

»Vier Tage Regen hintereinander. Ganz Ihrer Meinung«, sagte er. »Aber abgesehen vom Wetter, Mrs. Hawkins, ich möchte gern etwas mit Ihnen besprechen. Etwas Erfreuliches.«

»Es ist überhaupt nicht erfreulich«, sagte ich und wollte zu meiner Rede ansetzen.

»Der Lauf der Gedanken«, sagte er und setzte sich in den Sessel, in dem sonst meine Autoren saßen.

In Wirklichkeit war er gekommen, um mir den Posten einer stellvertretenden Chefredakteurin für ein Vierteljahresmagazin anzubieten, das er gründen wollte. In der Zeitschrift namens ›The Phantom‹ sollten Essays, Gedichte und Geschichten um das Übernatürliche und die außersinnliche Wahrnehmung erscheinen.

Das Interesse am Übernatürlichen hatte in diesen Jahren Hochkonjunktur, wahrscheinlich als Folge der unsäglichen Ereignisse, die das vorige Jahrzehnt verfinstert hatten.

»Das wäre ja wirklich erfreulich«, sagte ich.

Erfreulich war auch die Gehaltsaufbesserung, die er mir anbot.

Ehe er ging, fragte er: »Geht es Ihnen eigentlich gut, Mrs. Hawkins?«

»Danke, Mr. Tooley. Und Ihnen?«

»Mir geht es gut. Aber Sie sehen so anders aus, wenn Sie mir die persönliche Bemerkung gestatten.«

»Ja, ich nehme ab.«

»Ach du meine Güte. Werden Sie etwa mager?«

»Nur normal, hoffe ich.«

»Ach du meine Güte. Natürlich könnten Sie mal die Box probieren.«

Das war am Donnerstag. Am Freitag schickte ich Hector Bartletts Manuskript mit einer Stellungnahme, deren Wortlaut ich mir gut überlegt hatte, an Sir Alec: »Nach meiner Meinung läßt sich daran nichts verbessern.«

Ian Tooley hatte mir ein paar Ideen zu ›The Phantom‹ geschickt, die ich gerade überflog, als die Sprechanlage summte. Es war Mittag.

Der Engel des Herrn brachte Maria die Botschaft ...

»Mrs. Hawkins«, sagte ich.

Es war Sir Alec. *Und sie empfing vom Heiligen Geiste.*

»Mrs. Hawkins, wenn Sie heute nachmittag um halb drei frei wären, würde ich mich freuen, wenn Sie sich zu mir bemühen könnten.«

Gegrüßet seist du, Maria ... das Wort ist Fleisch geworden.

»Selbstverständlich, Sir Alec.«

Ich ging zum Lunch in einen nahen Pub und aß ein köstliches halbes Schinkensandwich und trank eine halbe Tasse wäßrigen Kaffee und ein halbes Glas Portwein. In dem Pub verkehrten viele Journalisten sowie die Mitarbeiter von Mackintosh & Tooley und anderen Verlagen um den Covent Garden herum. Ich war früh genug da, um noch einen Platz an einem Tisch zu bekommen, aber andere, die nach mir kamen, mußten stehen. Bald herrschte Lärm und Gedränge in dem Lokal, und es roch nach Bier, Zigaretten und Menschen. Immer mehr kamen, und die Tür ging dauernd auf und zu. Ein Mann kam mit einem Spaniel an der Leine. Er ließ ihn frei, und der Hund wuselte allen zwischen den

Beinen herum und suchte, ob nicht bei einem freundlichen Gast ein leckeres Stück Sandwich oder Bockwurst für ihn abfiel. Mein Blick folgte dem Hund, denn ich wollte ihm mein übriges halbes Sandwich spendieren, wenn er in meine Nähe käme. Jetzt war er an der Bar und schnüffelte an einem Bockwurstbrötchen, das ein Mann dort lässig in der herunterbaumelnden linken Hand hielt, während er in der rechten ein Glas Bier hatte. Es sah schon komisch aus, wie der Hund sich kurzerhand selbst bediente und ein Stück abbiß. Der Mann fuhr herum und beschimpfte den Hund. Und jetzt sah ich, wer es war: Hector Bartlett. Fast im selben Moment löffelte er einen dicken Klecks Senf aus dem Topf auf der Theke, schmierte ihn auf den Brötchenrest und gab ihn dem gierigen Hund.

»Nein!« riefen die paar Leute, die das beobachteten, darunter ich. Auch der Herr des Hundes, der die gemeine Tat gerade noch gesehen hatte und zu dem das arme Tier jetzt winselnd und sich schüttelnd lief, kam zu spät. Ich ging zur Bar und ließ mir einen tiefen, sauberen Aschenbecher voll Wasser geben. Der Hund erbrach sich zum Glück bald auf den Boden, und alles sprang um ihn herum und wischte die Bescherung mit Sägemehl auf. Der Hundebesitzer, ein schmächtiger junger Mann, ging auf den schweren Hector Bartlett zu und sagte: »Ganz schön fies, das muß ich sagen, mein Junge.« Ich fand diese Reaktion sehr zurückhaltend.

Aber der *Pisseur de copie*, der eine neue Wurst bekommen hatte, antwortete nur wegwerfend: »Er hat die eine Hälfte geklaut, da sollte er auch die andere haben.« Der Hundebesitzer wandte sich angewidert ab, nahm seinen

Hund an die Leine und ging. Im Pub herrschte ringsum Erleichterung, denn alle hatten eine Prügelei erwartet.

Der *Pisseur* zog das Doppelkinn in den Kragen seiner Lammfelljacke und führte das neue Brötchen an den Babymund, während er sich, den Rücken zum Kellner, an der Theke lümmelte und in die Menge blickte. Er war um die Mittagszeit und nach Büroschluß oft in den Pubs der Umgebung anzutreffen, wo er Verlagsleute oder Journalisten anzutreffen hoffte, die ihm nützlich sein könnten. Sein Blick fiel jetzt auf mich.

»Mrs. Hawkins, wie schön«, sagte er, wobei er, noch immer mit dem Rücken zum Kellner, kurz den Kopf drehte, um über die Schulter noch ein Bier zu bestellen. »Mrs. Hawkins, ich höre, Sie sind meine neue Lektorin.«

Ich antwortete nicht. Ich stand auf und ging. Auf meinem Weg zum Verlag dachte ich plötzlich, daß ich den Literaturbetrieb nicht mehr ertrug. Dann aber fand ich das wieder ungerecht; weder war dieser Pub der Literaturbetrieb, noch war Hector Bartlett repräsentativ dafür. Aber es blieb ein Rest von Unbehagen an der Literaturszene, eine gewisse Abneigung gegen Autoren, Agenten, Bücher, Drucker, Buchbinder, Kritiker, Lektoren, als ich um Punkt halb drei zu Sir Alec Tooley hinaufging. Er war noch nicht vom Lunch zurück. Ich setzte mich und hing meinen Gedanken nach. Ich war das ganze Theater müde und sehnte mich danach, wieder einmal wie früher in einen Buchladen gehen und mir ein Buch aussuchen zu können, ohne an all das denken zu müssen, was mit seiner Entstehung zu tun hatte. Ich war nicht nur müde, ich war auch hungrig, aber darauf war ich ja stolz.

Sir Alec kam, strahlend und lächelnd, um fünf nach drei und komplimentierte Emma Loy vor sich her. Ich hatte ihn noch nie in solch überschäumender Stimmung gesehen.

»Wir haben Sie warten lassen, Mrs. Hawkins. Haben wir Sie warten lassen?«

Er nahm Emma geschäftig den Mantel ab und bugsierte sie auf einen Sessel. Offenbar hatten sie irgendwo ganz groß geluncht, im ›Ivy‹ oder ›Rules‹ oder ›Ritz‹, und waren von all den erlesenen Speisen und Getränken, die sich meine Phantasie für so eine Gelegenheit ausdenken konnte, in friedlichster Stimmung. Wenn man selbst diät lebt, bewirkt das unter anderem einen geradezu puritanischen Unwillen bei der Vorstellung, wie andere Leute essen und trinken, vor allem über die Mengen. Drei üppige Gänge, dachte ich grimmig, während ich Emma Loy mit meinem freundlichsten Lächeln begrüßte; weißen Rheinwein, Räucherlachs, danach Lammkoteletts mit feinsten Gemüsen oder etwas Flambiertes, gefolgt von –

Meine Phantasie kam gar nicht mehr nach, und ohnehin wurde meine Aufmerksamkeit jetzt von den beiden und ihrem Lunch abgelenkt, denn herein kam Ann Clough, der lebende Vorwurf an unser nationales Gewissen, deren verrückten Vater man gehängt hatte und die selbst so nett und eine wichtige Direktorin des Verlages war. Ihr folgte Colin Shoe, der das maßgeschneiderte graue Kostüm im Sessel, den Namen, das vom Lunch noch ganz verklärte Gesicht sogleich mit einem begeisterten »Emma, Sie sehen großartig aus!« begrüßte. »Sind wir zu spät?« fragte Colin Shoe. Offensichtlich war hier eine Konferenz angesetzt, und zwar für drei Uhr. Mich, dachte ich paranoisch, haben sie für halb drei bestellt und warten lassen, um mir meinen Platz zu weisen; aber vielleicht hatten sie ja nur vergessen, mich zu benachrichtigen, daß die Konferenz verschoben worden war. Aus welchem Grund man Colin Shoe auch immer die Approbation entzogen hatte, mangelnder Charme kann es nicht gewesen sein. Er tanzte um Emma herum und pries lautstark und völlig zu Recht ihren neuen Roman; und er hatte im Moment ganz vergessen, daß der beste Autor ein toter Autor ist. Inzwischen hatte Sir Alec noch irgendwen über die Sprechanlage gerufen, woraufhin jetzt Abigail de Mordell Staines-Knight erschien und Emma Loy als solche vorgestellt wurde.

»Ich habe den Namen nicht ganz mitbekommen«, sagte die boshafte Emma, und Abigail erwiderte sanft: »Abigail genügt.« Abigail hatte einen Stenoblock mitgebracht. Sie setzte sich außerhalb des Kreises, den wir gebildet hatten, auf eine Stuhlkante und zückte den Bleistift.

»Der Anlaß unseres Treffens ist sehr erfreulich«, sagte Sir Alec, »und ich glaube nicht, daß wir lange diskutieren werden. Es geht um das Buch unseres Autors Hector Bartlett mit dem Titel *Das Streben nach Ewigkeit* –«

»*Das ewige Streben*, glaube ich, heißt der Titel«, sagte Ann Clough und lächelte zu Emma Loy hinüber.

»*Das ewige Streben*. Es gibt noch ein paar kleine Problemchen, an denen wir uns aber nicht lange aufhalten müssen. Mrs. Hawkins, Sie haben die Betreuung des Buchs übernommen, und ich habe hier Ihre Notiz, daß sich nichts daran verbessern lasse.«

»Ein ungemein hohes Lob«, sagte Colin Shoe in optimistischem Ton wie einer, der vier Monate zu leben ein Lebenlang nennt.

Abigail ließ den Bleistift über ihren Stenoblock zucken.

»Mrs. Hawkins will das Buch nicht anrühren«, sagte Emma Loy. »Ich muß sagen, Mrs. Hawkins, Sie sind gegenüber Hector schrecklich voreingenommen.«

»Bleiben wir bei dem Buch«, sagte Ann im Ton einer geduldigen Lehrerin. »Wir sind nicht hier, um über Personen zu sprechen. Es geht um das Buch.«

Ich wandte mich direkt an Emma Loy. »Dieses Buch kann niemand umschreiben. Niemand kann es redigieren. Es ist entsetzlich.«

»Ich will das für Hector tun«, sagte sie. »Warum sind Sie so gegen ihn?«

»Er ist ein *Pisseur de copie*«, sagte ich, und ich sagte es, weil ich nicht anders konnte. Es kam einfach aus mir heraus.

»O Gott!« sagte Emma. »Dieser Ausdruck von Ihnen. Er macht schon die Runde und ruiniert Hectors Karriere. Ich behaupte ja nicht, daß er ein Genie sei, aber –«

»Was war das, was Sie da eben sagten, Mrs. Hawkins?« fragte Sir Alec. Colin Shoe schaute an die Decke.

»*Pisseur de copie*. Das bedeutet, er pinkelt Schmierenjournalismus, es bedeutet, er uriniert abscheuliche Prosa.«

»Vielleicht sollten wir doch lieber –«, begann Ann.

»Die Sache ist die«, sagte Emma, »daß ich Hector helfen möchte und nicht weiß, wie.« Das hieß, wie ich damals vermutete, daß sie ihn loswerden wollte, und dieser Versuch, sein Buch an einen Verlag zu bringen, sollte ihr Abschiedsgeschenk an ihn sein.

»Mrs. Hawkins meint gewiß nicht –«, sagte Colin Shoe.

»Eine angesehene Autorin wie Miss Loy«, sagte Sir Alec, »würde gewiß kein Buch empfehlen, das es nicht wert ist, und wenn ich Ihnen das sagen darf, Mrs. Hawkins, Ihre Ausdrucksweise ist wohl nicht –«

»Da ich das Buch nicht selbst gelesen habe –«, meinte Ann.

Abigail schrieb und schrieb, schlank und ungerührt auf ihrer Stuhlkante sitzend, die Beine übereinandergeschlagen.

»Ich wünschte, Sie würden Hector einmal kennenlernen, Mrs. Hawkins«, sagte Emma. »Er hat so viele gute Seiten.«

Es war fast eine Privatdiskussion zwischen Emma und mir geworden. Sie sagte, Hector Bartlett gebe sich beim Schreiben sehr viel Mühe. Ich erwiderte, das merke man. »Einverstanden«, sagte sie. »Aber Sie können das Buch doch ein bißchen glätten. Mein Gott, wozu sind Sie denn da?« Darauf erzählte ich, was ich eben im Pub miterlebt hatte. »Ein großer Klecks Senf auf ein Bockwurstbrötchen«, sagte ich. »Der arme Hund.«

»Hector hat auch andere Seiten«, sagte Emma. »Und überhaupt, wie viele Schriftsteller und Künstler im Lauf der Geschichte waren die allergrößten Schweine! Mit seiner Arbeit hat das alles nichts zu tun. Ich sage, Sie sind voreingenommen.«

»Wenn Sie meinen Rat hören wollen«, sagte ich zu Sir Alec, dem ich seine wohlgesättigte Euphorie gründlich verdorben hatte, »dann schicken Sie dieses Buch an den Verfasser zurück, wie ein Geschäftsmann es mit einer fehlerhaften Ware tun würde, einer Kamera oder einer verdorbenen Bohnenkonserve. Schicken Sie es zurück.«

Die arme Ann Clough sagte: »Wir wollen gerecht sein –«

»Und, Mrs. Hawkins«, sagte Emma, »es ist obszön, wie Sie den Autor schildern.« Sie wandte sich an Sir Alec. »Sie müssen doch zugeben –«

»Miss Loys Name ist Garantie genug –«, sagte Colin Shoe.

»Ich denke, wir werden das Buch jemand anderem in unserem Lektorat anvertrauen müssen«, sagte Sir Alec. »Es ist beschämend, Mrs. Hawkins, aber das können wir nicht dulden. Gerade jetzt, wo wir auf ihre Unterstützung bei ›The Phantom‹ gezählt hatten. ›The Phantom‹«, sagte er zu Emma, »ist ein neues Projekt von uns, eine Vierteljahresschrift über das Okkulte.«

Sie haben das Buch des *Pisseurs* nie veröffentlicht. Sie haben ›The Phantom‹ herausgebracht, ohne meine Mitwirkung, und die Zeitschrift florierte fast zwanzig Jahre lang.

»Schade, daß Sie wieder dieses Schimpfwort gegen ihn gebrauchen mußten«, sagte Milly am Abend, als ich ihr von den Ereignissen des Tages berichtete.

»Ich kann nichts dafür. Manchmal kommen die Worte einfach heraus, und ich kann nichts dagegen tun. Es ist ein Gefühl, wie wenn ich das Evangelium predigen müßte.«

»Dann tun Sie völlig recht, Mrs. Hawkins. Sie tun völlig recht, wenn Sie frei und offen reden.«

Anderntags brachte Colin Shoe mir ein Monatsgehalt. Er sagte, ich könne gehen, wann immer es mir passe, »zu unserem großen Bedauern, Mrs. Hawkins«.

Ich quittierte für das Geld und sagte, ich ginge unverzüglich, nur ein paar Kleinigkeiten müsse ich vorher noch erledigen. »Und nicht vergessen«, fügte ich hinzu, »Hector Bartlett ist ein *Pisseur de copie*.«

»Ich vergesse es nicht, Mrs. Hawkins. Keiner hier wird es vergessen. Und wenn ich das sagen darf, Sie sehen dieser Tage richtig schick aus.«

Ich verabschiedete mich von meinen Kollegen; als Ann Clough mir Lebewohl sagte, glaubte ich so etwas wie Neid herauszuhören, als ob ich von etwas wegkäme, wovon sie nicht wegkonnte. Ich ging Abigail auf Wiedersehen sagen. Bevor ich aus ihrem Büro ging, sah ich, während wir uns noch unterhielten, quer auf ihrem Schreibtisch eine getippte Liste mit etwa zehn Namen liegen. Ich warf beim Reden einen Blick darauf, ohne sie eigentlich lesen zu wollen. Einer der Namen lautete Wanda Podolak.

Neuntes Kapitel

Dieser kalte März des Jahres 1955 war einer der denkwürdigsten meines Lebens. Milly Sanders war den ganzen Monat in Irland, weil dort ihre Tochter krank war. Ich lag des Nachts lange wach und lauschte mit den äußeren Ohren der Stille, während auf mein inneres Ohr die Stimmen eindrangen.

Da war Martin Yorks Stimme: »Glaubwürdigkeit, Mrs. Hawkins, Glaubwürdigkeit ist alles. Ich will die Ullswater Press wieder glaubwürdig machen«, und die von Ivy, der Stenotypistin bei der Ullswater Press, deren »n« wie »d« klang: »Mr. York ist id eider Besprechung. Es ist eidfach dicht möglich ...« Es kam Patricks Frau Mabel mit ihren schrillen kurzen Sätzen, die sie nach mir warf wie Steine: »Sie, Mrs. Hawkins. Sie, Mrs. Hawkins. Sie schlafen mit meinem Mann, Sie treiben es in Ihrem Bett mit ihm. Sie, zu Ihrem bloßen Vergnügen, Mrs. Hawkins ...« Und nun war Mabel tot, plötzlich lag sie im Grab. Wenn ihre Stimmung gelegentlich umschlug, klang ihre Stimme ganz sanft: »Mrs. Hawkins, Sie sind so gut zu uns. Sie waren so freundlich zu Patrick.«

Milly hatte gesagt: »Sie sollten wieder heiraten, Mrs. Hawkins. Sie sind eine junge Frau. Achtundzwanzig, neunundzwanzig, das ist zu jung, um sein Leben als Witwe zu beschließen.« Ich hatte ihr die Geschichte meiner kurzen Kriegsehe zum Teil erzählt. »Das war doch kaum Ehe zu nennen«, meinte sie. Objektiv war das richtig.

In diesem März nach meinem Hinauswurf bei Mackintosh & Tooley stand mir nicht der Sinn danach, mich nach einer neuen Stelle umzusehen. Da Milly fort war, verbrachte ich meine Tage mit langen Busfahrten kreuz und quer durch ganz London, immer auf dem Oberdeck und bis zu den fernsten Endstationen. Stanmore, Edgware, Bushey, Chingford, Romford, Harrow, Wanstead, Dagenham, Barking. Nur wenige Straßen waren heil, obwohl der Krieg schon zehn Jahre vorbei war. Zwischen viktorianischen Wohnhäusern, Geschäften und Kirchen klafften große zerbombte Lücken. Der Schutt war geräumt, aber seltsame Gräser und Wildkräuter waren gesprossen, wo die im Krieg zerstörten Häuser gestanden hatten. Solange es hell war, fuhr ich am Hafen entlang, den Schienensträngen, den dunklen, noch nicht geöffneten Pubs, bis es Zeit wurde, wieder nach Hause zu fahren. London war noch rußig von den Kohlefeuerungen jener Tage. Wembley, Hackney, Islington, Southall, Acton, Ealing. Und manchmal ging ich zu Fuß durch die City, die bald wiederaufgebaut sein würde mit beredten, protzigen Hochhäusern. Manchmal fuhr ich nach Richmond, nach Greenwich, nach Dulwich, Hampton und Kew, wo ich an trockenen Tagen in den großen, einsamen Parks spazierenging und mitunter von Männern in Regenmänteln angesprochen wurde, denen ich gehörig heimleuchtete. Surbiton, Ewell, Croydon und sogar bis Orpington. So verbrachte ich meine Tage auf Busdecks, sah aus dem Fenster und beobachtete diskret meine Mitreisenden, die meist abgerissen aussahen, und hörte, wenn sie nicht allein waren, mit halbem Ohr ihren Gesprächen zu, meist über Familie und Freunde, ihre Einkäufe, ihre Arbeit;

und auf all den langen Fahrten hörte ich nicht ein einziges Mal Gespräche über Allgemeines.

Manches Mal fühlte ich Gesichter auf mich eindringen. Der Schaffner, die Fahrgäste beim Ein- oder Aussteigen, laute Schulkinder und beleibte Mütter, die unten keinen Platz mehr gefunden hatten. Ich kam mir vor wie Lucy Snowe in Charlotte Brontës *Villette*, wie sie in einer Sommernacht einsam durch das Festgedränge von Brüssel ging und Gesichter auf sie einstürmten, für die Feier lächerlich herausgeputzte Menschen, noch grotesker gemacht durch die Halluzinationen, die das Laudanum in ihr hervorrief.

Hier im nüchternen London gab es solch hektische Feiern nicht, dennoch spürte ich die vibrierende, halberstickte Hysterie in den Londoner Stimmen ringsum, den leeren und teigigen, den langen und verdrießlichen, den hübschen und bemalten Gesichtern der Leute. Barnet, Loughton, Hendon, Northolt, Willesden, Camberwell, Plumstead, Kingston, Bromley. Ich aß zu Mittag in lauten Pubs und ließ immer die Hälfte auf dem Teller, sehr zum Unverständnis der Bedienungen, deren Augen mir zu feurig, deren Lippen mir zu rot erschienen, um echt zu sein. In Teestuben, wo es keine Bedienung kümmerte, was ich nicht aß, trank ich Tee und verzehrte ein halbes Hörnchen. Ich war nahe daran, mich zu fragen, ob meine Diät nicht die gleiche Wirkung habe wie eine Droge, doch ich schob den Gedanken von mir weg. Ich dachte über mein Leben als Mrs. Hawkins nach, kam aber zu keinerlei Ergebnis. »Guten Abend, Mrs. Hawkins«, sagte die neue Frau unseres Nachbarn, als ich im selben Moment in unser Törchen in Church End Villas einbog, als sie durch das ihre ging.

Ich hatte Tom Hawkins 1944 mit achtzehn Jahren geheiratet. Ich hatte ihn im Juli kennengelernt und am 28. August geheiratet, wofür er Sonderurlaub von der Armee bekam. Tom war Sergeant bei den Fallschirmjägern. Ich war noch nicht lange aus der Schule und hatte mich zur Landarbeit gemeldet. Als Landmädchen lernte ich dann Tom kennen. Er war ein baumlanger Bursche mit langem, schmalem Gesicht und sehr dunklem Teint; einer von diesen dunkelhäutigen Engländern, bei denen man sich fragt, woher ihr dunkler Teint wohl kommt – von den Römern? Oder schiffbrüchigen Matrosen der spanischen Armada? – vielleicht ein normannischer Import von den Überresten der gallischen Söldnerheere? Er war vierundzwanzig Jahre alt und besuchte gerade eine landwirtschaftliche Hochschule, als der Krieg ausbrach.

Toms Vater besaß in Hertfordshire etwas Land. Es war ausgemacht, daß Tom nach dem Krieg Bauer und ich die Bäuerin sein würde. Was hätte ich wohl für eine Bäuerin abgegeben, wenn Tom am Leben geblieben wäre? Ich hatte mich zur Landarbeit gemeldet, weil ich groß und stark war und mir nach den vielen Schuljahren der Gedanke, bei jedem Wetter draußen zu sein, als die große Freiheit erschien, im Gegensatz zu der Büroarbeit, zu der man mich in diesen Kriegsjahren, den Jahren der totalen Rekrutierung aller unter Fünfundvierzigjährigen, geschickt hätte. Aber ich hatte einen Bücherwurm in mir, den Tom nicht mehr erlebte.

Ich hatte Tom Hawkins beim Tanz kennengelernt, dann hatten wir uns wieder getroffen. Als er zu seiner Einheit zurück mußte, schrieben wir uns, zuerst jede Woche, dann zweimal die Woche, dann täglich. Er rief mich an, wann immer er konnte. Ich hatte keine Ahnung, wo er stationiert war; das war, wie alles Interessante damals, geheim; die Briefe an ihn mußten an eine Feldpostnummer adressiert werden, eine Division mit einer ellenlangen Bezeichnung dahinter, die immer mit »Seiner Majestät Streitkräfte« endete. Tom kam erneut auf Wochenendurlaub und fragte mich, ob ich ihn heiraten wolle. Ich dachte zwei Wochen darüber nach, aber die Bedenkzeit war nur Formsache. In diesem Stadium war ich nämlich bis über beide Ohren verliebt, genauso verliebt wie Tom. Meine Eltern, Toms Vater und Schwester und zwei meiner Schulfreundinnen, die mit mir im Landeinsatz waren, kamen zu meiner Hochzeit am 28. August. Ich trug mein Schulkonzertkleid, lang und weiß, das seinen Zweck erfüllte und Kleidermarken sparte. Tom hatte seine Uniform an. Wir hatten für vier Tage in London eine Wohnung geliehen. Ins Theater hatten wir gehen wollen, kamen aber nie dazu. Wir wurden nur durch ein paar Brandbomben und V1 gestört, für die es Luftalarm gab. Die V2, für die es keinen Alarm gab, hatten noch nicht angefangen. Wir fuhren nach Hampton Court und Kew. Wir spazierten fast täglich durch den Hyde Park, um die Serpentine herum und weiter in die Kensington Gardens, dann zu Gunter's in der Curzon Street, wo wir für extravagante zweieinhalb Shilling pro Nase plus Trinkgeld Tee und Schokoladenkuchen zu uns nahmen.

Danach war ich wieder Landmädchen und wartete auf Briefe an Mrs. Hawkins. Ich wußte, daß Tom bald an die Westfront sollte, wo die Deutschen verbissen die Stellung hielten. Um auf das Schlimmste vorbereitet und gefaßt zu sein, probte ich in diesen Wochen seit unserer Heirat insgeheim das Eintreffen eines Telegramms vom Kriegsministerium, in dem man mir mitteilte, daß mein Mann gefallen sei. »Telegramm für Sie, Mrs. Hawkins«, würde unsere Vorgesetzte sagen. Und das wär's dann. »Haben Sie einen Wunsch, möchten Sie sich vielleicht etwas hinlegen? Sie müssen jetzt tapfer sein, Mrs. Hawkins. Sie sind nicht die einzige...«

Tom kam ganz unerwartet am Montagabend, dem 11. September. Am nächsten Tag mußte er zurück. Wir nahmen uns ein winziges Zimmerchen im örtlichen Pub. Obwohl Tom nichts dergleichen sagte, hatte ich das Gefühl, daß er sich unerlaubt von der Truppe entfernt hatte, wie das hieß, also ohne Urlaubsschein gekommen war. Wir waren Mr. und Mrs. Hawkins. Ich nahm an, daß er sehr bald an die Front mußte. Wie dumm von ihm, dachte ich, sich zu den Fallschirmjägern zu melden.

Nach dem Abendessen unten ließ er mich allein, und ich ging zu Bett; er könne noch einen Drink vertragen, hatte er gesagt. Dabei hatte er schon drei doppelte Whisky getrunken. In dem Pub gab es an diesem Abend zufällig Whisky. Eine Sonderzuteilung. Whisky war damals knapp. Ich lag um neun im Bett und las ein Buch, während ich auf Tom wartete. Unten in der Bar ging es recht laut zu, trotzdem war ich schon eingeschlafen, als der Ausschank geschlossen wurde und Tom mich aufweckte, indem er sinnlos betrunken ins Zimmer platzte.

Nun möchte ich allen, die heiraten wollen, den Rat geben, daß sie ihren Partner zuerst einmal betrunken erleben sollten. Einen Mann vor allem. Alkohol kann sanft und freundlich machen. Zuviel Alkohol kann albern machen. Oder er kann wütend machen, und so war es bei Tom. Ich hatte ihn noch nie betrunken erlebt. Er demolierte das Zimmer, angefangen mit der Kanne und der Schüssel auf dem Waschständer und endend mit dem Wandspiegel. Ich war aufgesprungen und hatte ihm in den Arm zu fallen versucht, als er die Matratze aus dem Bett riß und zum Fenster hinauswerfen wollte. Ich erreichte aber nur, daß er zuerst mich durchs Zimmer schleuderte, bevor die Matratze aus dem Fenster flog. Und die ganze Zeit brüllte und fluchte er, während die Wirtsleute zuerst in der Tür standen, dann ihrem Sohn zuriefen, er solle die Polizei holen.

Tom machte sich aus dem Staub, bevor der Polizist kam, kehrte in seine Garnison zurück, ohne mich noch einmal anzusehen; wie er dorthin kam, weiß ich nicht; wahrscheinlich hat ihn jemand mitgenommen. Ich half der schnaubenden, zeternden Wirtin, das Zimmer wieder in Ordnung zu bringen; ich bezahlte den Schaden und kehrte in das große alte Haus zurück, in dem wir unser Quartier hatten. Der Polizist war freundlich unter den Umständen.

Ob meine Ehe gehalten hätte? In meiner Unerfahrenheit dachte ich selbst damals noch, dies könne nicht Tom Hawkins' normales Verhalten gewesen sein. Es mußte die Angst vor dem Krieg sein, irgend so etwas. Andererseits war Tom einer von Tausenden, dachte ich, er war nicht der einzige. Jetzt denke ich, Tom wäre nicht derart aus der Rolle gefallen, wenn ich mich ihm von vornherein von meiner starken Seite gezeigt hätte. Ich hatte eine dicke Beule an der Stirn, mit der ich gegen die Wand geschlagen war, blaue Flecken an den Armen und einen Schnitt am Hals. Jeder Frau, die heiraten will, rate ich, sich nicht von vornherein so zu geben, wie sie auf Dauer sein möchte, sondern böser, härter, als sie auf Dauer sein will. Wenn sie dann allmählich lockerläßt, ist es eine angenehme Überraschung. Ich hatte mich Tom nicht von meiner starken Seite gezeigt, zu der vielleicht auch der Bücherwurm in mir gehörte; ich war in diesen kurzen Tagen ganz die liebende Ehefrau gewesen, sanftmütig und verliebt, und Tom kannte mich gar nicht.

Elf Tage lang bekam ich keinen Brief von Tom. Er war aber schon am sechsten Tag bei Arnhem in Holland gefallen, wo die alliierten Luftlandetruppen abgesprungen und gleich umzingelt worden waren. Ich habe nie erfahren, ob Tom noch in der Luft erschossen wurde, beim Absprung, oder ob er bis unten kam und noch kämpfen konnte. Toms Brief kam nach elf Tagen, einen Tag nach dem Telegramm. Bei der Übergabe seiner Kennmarke durch die Deutschen an das Rote Kreuz hatte es irgendwelche Verzögerungen gegeben.

Wir hatten gerade in der großen Halle Unterricht über Viehzucht. Ich wurde herausgerufen. »Also, meine Liebe, hier ist ein Telegramm für Sie...« Und einen Tag später Toms Brief in der normalen Post, ein kurzer Brief, geschrieben vor dem Verlassen Englands. Seinen wüsten Ausbruch erwähnte er darin mit keiner Silbe. Hatte er sich überhaupt noch daran erinnert? Oder gemeint, so etwas sei in einer Ehe normal und keiner weiteren Erwähnung wert? Ich werde es nie erfahren. Sein Brief gab keinen Hinweis. Es war ein Liebesbrief.

Zehntes Kapitel

Die Druckerei in Notting Hill Gate, wo Cathy, die Buchhalterin, nach dem Ende der Ullswater Press zu arbeiten angefangen hatte, lag eines Nachmittags an meiner Busstrecke. Also beschloß ich, einmal bei Cathy vorbeizusehen. Mr. Wells bot mir einen Stuhl in der lauten Werkstatt an, während er Cathy Bescheid sagen ging. »Ich will nicht stören ...«, sagte ich.

»Sie stören nicht, Madam. Sind Sie nicht die Dame, die mir Cathy empfohlen hat? Ich glaube mich zu erinnern ...«

»Ja, ich war zum Vorstellungsgespräch mit ihr hier.«

»Dann müssen Sie Mrs. Hawkins sein, von der Ullswater Press.«

»Der ehemaligen Ullswater Press«, sagte ich.

»Ja, eine traurige Geschichte. Aber ich muß sagen, Mrs. Hawkins, Sie sehen sehr gut aus.«

»Danke, Mr. Wells. Und bei Ihnen läuft hoffentlich alles?«

»Alles bestens. Aber wenn Sie gestatten, Mrs. Hawkins, ich muß Ihnen sagen, Sie sehen zehn Jahre jünger aus als das letztemal, als Sie hier waren.«

Ich war neunundzwanzig. Das hieß, ich mußte das erstemal zehn Jahre älter ausgesehen haben.

Mr. Wells war grauhaarig und bebrillt; er hatte eine lange Nase im runzligen Gesicht und hätte eine Figur von Dickens sein können. Trotzdem machten seine Worte mich so froh, daß mir in diesem Moment bewußt wurde, wie deprimiert ich fast einen Monat lang gewesen war, wenn ich mit dem Bus kreuz und quer durch die gesichtslosen Straßen der schäbigen Londoner Vororte fuhr.

»Danke, Mr. Wells.«

Cathy kam strahlend herein, wieder mit diesem Lächeln der Dankbarkeit im Gesicht, das weit über den Anlaß hinausging. Cathy gackerte durch den Lärm, wie sie sich über meinen Besuch freue; ihre Augen fixierten mich durch die extrastarken Brillengläser. Eine Unterhaltung war bei dem Krach unmöglich, aber es war kurz vor Feierabend, und so wartete ich, bis sie sich fertig gemacht hatte, und führte sie zum Abendessen in ein neu eröffnetes französisches Restaurant an der Bayswater Road. Wir wurden in eine diskrete Ecke geführt, aus dem Blickfeld der vornehmeren Gäste. Ich nahm das keineswegs übel, und Cathy war so aufgeregt über unser Wiedersehen, daß sie es gar nicht merkte. Und überhaupt war ich, während Cathy mit ihrer entsetzlichen Stimme und dem oft schwer verständlichen Akzent drauflos gackerte, mit den Gedanken zum Teil bei meinem schon den ganzen März verspürten Bedürfnis nach einem glanzvolleren Dasein; ich brauchte dringend ein Sesam-öffne-dich.

Ich vergaß allen Glanz wieder und hörte mit ungeteilter Aufmerksamkeit Cathy zu, als sie jetzt sagte: »Sie erinnern sich doch an diesen Rothaarigen, der Sie immer im Park aufgehalten hat, der immer wollte, daß Mr. York seine Bücher verlegt, daß er Ihnen soviel Ärger gemacht hat?«

»Hector Bartlett«, sagte ich.

»So heißt er«, sagte Cathy. »Er war neulich hier bei

Mr. Wells, um etwas drucken zu lassen, und ich habe zu Mr. Wells gesagt, passen Sie auf, der Mann bezahlt nicht.«

Ich malte mir aus, wie der *Pisseur* jetzt schon seine Werke auf eigene Kosten drucken ließ, nachdem er keinen Verleger fand. Aber nachdem ich Cathy während des ganzen Essens eingehend verhört hatte, konnte ich mir zusammenreimen, daß sein Druckauftrag etwas ganz Spezielles war, fast eine Herausforderung für Mr. Wells. Er bestand in »Spaltendruck, wie in einer Zeitung« und auf zeitungsähnlichem Papier, so daß es am Ende aussah wie ein Ausschnitt aus einer echten Zeitung.

Ich wunderte mich sehr. »Läßt er den Text denn aus einer richtigen Zeitung kopieren?« fragte ich einmal dazwischen.

»Nein, nein, er kommt mit einem getippten Blatt. Es soll dann so gedruckt werden wie in der Zeitung.«

»Wozu braucht er das? Haben Sie eine Ahnung?«

»Zu Mr. Wells sagt er, das ist die neue Form von Literatur. Mr. Wells meint, er ist verrückt, aber bitte. Keine unanständigen Wörter, ich drucke, und er zahlt.«

Das war alles, was ich aus Cathy herausbekam. Daß ich meine Arbeit verloren hatte, weil ich den *Pisseur* nicht betreuen wollte, glaubte ich besser für mich behalten zu sollen.

»Warum essen Sie nicht, Mrs. Hawkins? Sie lassen ja die Hälfte auf Ihrem Teller«, sagte Cathy.

Jung Isobel Lederer wohnte noch immer in Church End Villas Nr. 14 und war im dritten Monat schwanger. Zuerst hatte sie sich Kate anvertraut, weil diese Krankenschwester war, dann William, weil er Medizin studierte, dann den

Carlins, weil sie verheiratet waren, und etwa um die Zeit, da sie ihren Daddy informierte, vertraute sie sich auch mir an, weil ich Mrs. Hawkins war.

Wir fanden alle, daß man Milly, die sowieso noch in Irland war, im Moment noch nicht mit der Neuigkeit behelligen müsse. Auch Wanda mit ihrer Panikmoral und ihren hysterischen Nöten wurde nicht eingeweiht. Isobel, die nun fünf Leuten von ihrer Schwangerschaft erzählt hatte, lebte so unbekümmert dahin, als wäre das Ganze nicht ihr Problem, sondern unseres. Und auf eine Art hatte sie recht, denn sie selbst hatte zunächst an Abtreibung gedacht. In der damaligen Zeit war das noch kein leichtes, legales Unterfangen, aber das hätte ihr Vater mit seinem Geld schon regeln können. Isobel war mit dieser Idee im Sinn zu Kate und William gegangen. Sie hatten ihr strikt abgeraten. Isobel hatte andere zu Rate gezogen. Basil Carlin hatte geschwankt, aber Eva, seine Frau, hatte nichts davon hören wollen. Schließlich sprach Hugh Lederer sich entschieden dagegen aus, und ich opponierte aus Gründen der Gefahr, Unmoral und Anstößigkeit so heftig dagegen, daß sie die Idee aufgab und ihre Schwangerschaft jetzt unser Problem war. Hugh Lederer versuchte sogar, es zu seinem und meinem allein zu machen. Zu diesem Zweck machte er mir einen Heiratsantrag. »Es wäre gut, wenn Isobel eine Mutter hätte«, sagte dieser Prachtmensch.

Ich hätte antworten können, es wäre gut für sie, einen Mann zu haben; und ich hätte hinzufügen können, daß mir mit meinen neunundzwanzig Jahren nicht der Sinn danach stand, mir eine zweiundzwanzigjährige Tochter zuzulegen und gleich auch noch Großmutter zu werden; ich hätte sagen können, daß ich weit davon entfernt war, in ihn verliebt zu sein; aber ich sagte nur nein. Und ich gebe Ihnen den Rat, wenn Sie je in die Lage kommen, ein Ansinnen ablehnen zu müssen, über das es nichts zu diskutieren gibt, nennen Sie nie Ihre Gründe, und behalten Sie Ihre Einwände für sich, denn sonst kommen nur Gegengründe und Gegeneinwände. Also sagte ich zu Hugh Lederer nur nein.

Ob es wirklich gut für Isobel gewesen wäre, einen Mann zu haben, vermutlich den Vater des Kindes, hätte niemand sagen können, denn als ihr der Gedanke nahegelegt wurde, den Vater zu heiraten, wich sie aus.

»Lieben Sie den Mann?« fragte Eva Carlin.

»Weiß ich nicht.«

Sie wußte ja nicht einmal genau, wer der Vater war. Und nachdem sie im dritten Monat ihrer Schwangerschaft unsere Aufmerksamkeit gewonnen hatte, rückte sie, wenn sie wegen morgendlicher Übelkeit nicht zur Arbeit ging und abends keine Verabredung zu einem Dinner und auch sonst kein Ventil für ihren Tatendrang hatte, nach und nach damit heraus, daß es drei Anwärter auf die Vaterschaft gab, von denen ihr keiner gut genug zum Heiraten war.

Hugh Lederer bat Kate, eine Hausversammlung einzuberufen. Er ging so schweren, müden Schrittes die Treppe hinauf, als wäre er es, der das Kind trug. Die Versammlung fand im Zimmer der Carlins statt, einfach weil es das größte war.

Aber das war ein Fehler, denn es lag neben Wandas Zimmer. Da sie nicht eingeweiht war, machte die abendliche Party bei den Carlins, die sonst immer so für sich blieben, sie natürlich neugierig. William kam polternd nach mir;

Wanda war an ihrer Tür und sah zu. Kate kam mit einem Notizbuch in der Hand; Wanda ergriff die Gelegenheit, ins Bad zu gehen. Ich selbst machte wohl alles noch schlimmer, indem ich auf den Treppenabsatz hinausging, während Wanda zugange war, und zu Isobel hinaufrief, wir seien soweit, und sie solle noch drei Gläser mitbringen. Wanda zog sich zurück und knallte ihre Tür zu, zutiefst beleidigt, daß sie ausgeschlossen war. Ich bekam das nur halb mit, weil der Zweck unserer Zusammenkunft im Vordergrund stand, und dann ging es noch um Kaffeetassen, den Sherry, den Portwein, die Gläser; und hatten wir genug Stühle, oder sollten wir uns auf die Betten setzen? Und es war so ein komisches Gefühl, zum erstenmal das Zimmer der Carlins mit der angrenzenden kleinen Küche von innen zu sehen, daß niemand weiter an Wanda dachte. Mit Isobel, die unter Gläserklimpern ankam und noch eine Flasche mit irgend etwas Trinkbarem mitbrachte, waren wir zusammen sieben. Dabei machten wir aber einen Lärm wie zwanzig. Hugh, William und Basil Carlin waren am lautesten und füllten mit ihren Stimmen das ganze Zimmer, aber Kate redete mit ihrem Expertenwissen über Einrichtungen und Leistungen des staatlichen Gesundheitswesens, die Isobel zur Verfügung standen, immer wieder dazwischen.

»Isobel«, sagte der Vater, »hat das staatliche Gesundheitssystem mit seinen Heimen für gefallene Mädchen nicht nötig. Ich kann ihr eine kleine Wohnung kaufen, und wenn sie eine ordentliche Stelle bekäme, etwa in einem Verlag –«

»Warum kann sie eigentlich nicht bei Ihnen zu Hause wohnen?« fragte Eva Carlin, die gerade mit einem Tablett voll phantasievoller Häppchen aus der Küche kam, wie immer beim Gehen die Ellbogen nach außen gestemmt, als hätte sie etwas vor.

Wir hatten alle Platz genommen, und Basil Carlin half seiner Frau, die Gläser und Häppchen herumzureichen.

»Bei Daddy wohnen?« meinte Isobel. »Nein, mir gefällt es in Sussex nicht. Mir gefällt es in London.«

»Isobel liebt Künstler und so«, sagte Hugh. »Sie liebt Kultur.«

»Welch ein Leben für ein Baby!« sagte Kate. »Diese kulturellen Grüppchen wissen ja nicht, was Hygiene ist, sie wissen nicht einmal, was Sauberkeit ist. Ich weiß noch, wie ich mal in Holland Park in so einem Künstlerhaushalt war –«

»Vielleicht sollten wir zur Sache kommen«, meinte William. Isobel, hübsch anzusehen mit ihrem geröteten Gesicht und dem kurzen, schimmernden blonden Haar, saß neben ihm.

»Ich weiß es sehr zu schätzen, daß Sie alle hier sind«, sagte Hugh. »Ich weiß es zu schätzen, daß Sie alle so zu Isobel halten und sich nicht prüde geben.«

»Haben Sie *The Teahouse of the August Moon* gesehen?« wollte Isobel von William wissen.

»Nein, ich gehe nicht ins Theater. Was hat das mit allem zu tun?«

»Nichts. Ich dachte nur, wenn Sie es gesehen hätten, was Sie wohl davon halten. Sie sollten sich *Antonio's Spanish Ballet* ansehen, das läuft im –«

»Und wenn ich ihr eine Wohnung besorge, kann sie sich jemanden nehmen, der nach dem Kind sieht –«

»Möchten Sie nicht, daß sie den Vater des Kindes heiratet?« fragte Basil Carlin.

»Das sage ich ja auch«, meinte Eva. »Das Schwein soll sie gefälligst heiraten, egal wer's ist.«

»*Salad Days*«, vertraute Isobel soeben William an, »war recht gut. Ich war noch nicht in *Wonderful Town*, die Vorbestellungen –«

»Also los, Isobel«, sagte William. »Sagen Sie uns, wer der Vater ist. Das wollen wir alle wissen.«

»Ja, sag es uns«, verlangte nun auch Hugh. Warum er sie nicht schon unter vier Augen danach gefragt hatte, verstand ich nicht. Aber ich habe schon öfter die Beobachtung gemacht, daß Menschen, die sich sehr nahestehen, über ihre Privatangelegenheiten besser vor Dritten reden können als unter sich. Hugh Lederer nahm offensichtlich an, daß da nur einer in Frage kam. »Es würde uns weiterhelfen«, meinte er, »wenn du uns mal sagtest, wer es ist.«

Isobel behandelte die Frage wie ein Gesellschaftsspiel und erging sich in Andeutungen: »Also, es ist einer von den Jungs aus Fleet Street oder einem Verlag. Ihr wißt ja, erst versprechen sie einem eine Stelle in einem Verlag, damit man mit ihnen schläft, und dann wissen sie nichts von einer Stelle in einem Verlag, und um nicht ungerecht zu sein, es ist ja auch nicht einfach, Stellen in einem Verlag zu bekommen. Das ist Daddy nicht klar.«

»Soll das heißen, diese Männer sehen sich überhaupt nicht vor?« fragte Basil Carlin schockiert.

»Verlangen Sie von meiner Tochter keine Einzelheiten«, sagte Hugh.

Jetzt fiel mir ein, was Hugh Lederer mir seinerzeit im

›Savoy‹ gesagt hatte: Hector Bartlett war auch einer von den Freunden, die Isobel eine Stelle in einem Verlag verschaffen wollten. Der Gedanke, er könne der Vater von Isobels Kind sein, entsetzte mich so, daß ich meinen Sherry ganz hinunterkippte, statt die Hälfte übrig zu lassen. »Sagen Sie nicht«, rief ich, »es ist Hector Bartlett!«

»Nein«, antwortete Isobel, »er kann's nicht sein, er wäre es nur gern. Ich habe bloß einmal mit ihm geschlafen, weil er mir eine Stelle in einem Verlag versprochen hatte. Aber das ist so lange her, daß er nicht der Vater sein kann. Er würde mich aber heiraten und sich als Vater ausgeben; seit Monaten lungert er hier herum.«

Ich hörte diese letzten Worte, aber sie blieben nicht hängen. Es ist ja häufig so, daß wir von dem, was Leute sagen, das Wichtigste nicht mitbekommen, weil wir uns in erster Linie für das andere interessieren. Ich hörte damals nur, daß der *Pisseur* Isobel gern geheiratet hätte, und überhörte, daß er »seit Monaten hier herumlungerte«.

»Sie können diesen Mann unmöglich heiraten!« sagte ich.

»Ich möchte gar keinen von ihnen heiraten«, antwortete Isobel.

»Ein deutliches Wort«, sagte Hugh.

»Welch ein Leben für ein Baby!« rief Kate. »Sie sollten es zur Adoption freigeben. Es braucht eine ordentliche Familie.«

Ich sagte, ein Kind wegzugeben, sei allzu traurig, daran solle man gar nicht erst denken, zumal wenn keine materielle Not vorliege. Isobel meinte das auch: »Ich weiß nicht, wieso ich diese ganzen Scherereien durchmachen und dann nichts davon haben soll.«

Kate erbot sich, nach einer Wohnung für Isobel zu suchen. William schrieb ihr die Adresse eines Gynäkologen auf. Eva Carlin erklärte sich nach nochmaligem Nachdenken damit einverstanden, daß Isobel keinen Mann heiraten solle, den sie nicht liebe. Ich willigte in die Patenschaft ein. Isobel sagte, sie habe *Ein neuer Stern am Himmel* noch nicht gesehen, ob es gut sei? Hugh Lederer wußte unsere Solidarität mit Isobel zu schätzen und hoffte, sie werde bestehen bleiben. Die Konferenz war beendet. Wir gingen freundschaftlich auseinander. »Sie werden eine großartige Patin sein, Mrs. Hawkins«, sagte Hugh.

Wanda erwischte mich auf dem Treppenabsatz, als ich in mein Zimmer hinaufgehen wollte.

»Mrs. Hawkins. Mrs. Hawkins.«

Meine Gedanken waren noch beim Hin und Her der Hausversammlung, dem Sherry und den Snacks, Isobel mit ihrem Problem und ihrem liebevollen Erzeuger. Als ich jetzt Wanda vor ihrem Zimmer auf dem Treppenabsatz stehen sah und meinen Namen wiederholen hörte, rechnete ich schon halb damit, daß sie mich bitten würde, ihr eine Stelle in einem Verlag zu besorgen.

»Ja, Wanda, was möchten Sie?«

»Mrs. Hawkins, Sie müssen mit mir sprechen. Müssen in mein Zimmer kommen.« Vor lauter Ernst wippte sie bei jedem zweiten Wort mit dem Oberkörper nach vorn. Sie sah nach rechts, nach links, dann trat sie hastig rückwärts in ihr Zimmer und winkte mich hinter sich her.

»Sie machen Ränke, Mrs. Hawkins«, sagte Wanda. »Sie sind ganzen Tag weg von Haus. Sagen Sie nicht, Sie haben Arbeit, denn ich weiß, Sie haben Arbeit verloren. Sie gehen aus Haus und laufen zu diesen Leuten, und jetzt kommen Sie am Abend hier mit anderen Mietern und ruinieren meinen Namen. Sie machen Ränke gegen mich. Meine Box – ich verdiene nicht Geld damit. Ich tue es zum Gefallen. Ich helfe Kranken.«

Die Box stand draußen und war offen. Wanda hatte einen kleinen Stapel Karten und ein Büchlein daliegen, das bei irgendeiner Tabelle oder Ähnlichem aufgeschlagen war. Aber mehr konnte ich auf einen Blick nicht sehen. Ich hatte nicht vor, auf Wandas Intrigenvorwurf zu antworten. Ich stand nur da und sah sie an. Je mehr ich über die Box hörte, desto überzeugter war ich und bin ich noch, daß sie nichts als Humbug war. Aber war sie wirklich verrückter als meine zwanghaften Ave-Marias um zwölf Uhr mittags? Ich blieb weiter stehen und sah die arme Wanda an, die in so einer schlimmen Verfassung war. Im selben Moment beschloß ich, die Ave-Marias aufzugeben; meine Religion ging ja auch wirklich über diese Ave-Marias hinaus, die zu einem bloßen Aberglauben für mich geworden waren.

»Mrs. Hawkins, Sie machen Ränke gegen mich im Haus. Bin ich schuld, daß Sie krank sind? Sie werden mager. Sie werden mager, Sie schwinden und siechen und werden sterben.«

»Ich fühle mich sehr wohl, Wanda. Warum unterhalten Sie sich nicht mal mit einem Priester? Sie sollten mit einem Priester reden«, sagte ich. »Ich werde morgen früh Pfarrer Stanislas anrufen –«

Sie unterbrach mich mit einem wilden Aufheulen, einem ihrer langgezogenen Schreie, als ob die Erwähnung des polnischen Priesters ihr eine körperliche Wunde zugefügt hätte. Pfarrer Stanislas war ein sanftmütiger, bebrillter, weißhaariger kleiner Mann, den man im Haus kannte, weil er Wanda vor etwa einem Jahr, als sie krank im Bett lag, ein paarmal besucht hatte. Jetzt setzte sich Wanda aufs Bett und kreischte. Ich zog mich eilig zurück. Plötzlich sah ich mich nicht mehr imstande, ohne Milly im Haus mit so etwas fertig zu werden. Die Carlins öffneten ihre Tür.

»Sie hat wieder einen ihrer Anfälle«, sagte ich.

»Wieder ein Brief?«

»Nein, ich glaube nicht. Ich glaube, sie hat einen Nervenzusammenbruch, und ich werde aus dem, was sie sagt, einfach nicht schlau.«

In Wandas Zimmer war es jetzt still. Eva Carlin klopfte an die Tür. »Wanda«, rief sie, »möchten Sie eine Tasse Tee?«

Wanda öffnete ihre Tür. »Geht«, sagte sie. »Geht doch und macht Ränke, daß ich verrückt bin. Daß ihr mich beim Pfarrer meldet. Daß ihr meine Freunde und meine Schwester gegen mich aufhetzen wollt. Bin ich schuld, daß Mrs. Hawkins sterben muß?«

»Ich bringe Ihnen eine Tasse Tee«, sagte Eva Carlin.

Ich ging nach oben. Kate und William schauten übers Treppengeländer. »Was ist los?«

»Ich weiß es nicht. Sie braucht ein Beruhigungsmittel – haben Sie so etwas im Haus, Kate?«

»Ja, aber ich gebe es niemandem ohne ärztliche Verordnung.«

»Dann gebe ich es ihr«, sagte William.

Aber Wanda öffnete jetzt niemandem mehr die Tür.

William kam, nachdem er sich bemüht hatte, sie zu überreden, herauf und klopfte an meine Tür. »Darf ich reinkommen?«

Wir setzten uns und sprachen eine Weile über Wanda. Ich erzählte ihm das mit ihren geheimnisvollen Weissagungen über mein Siechtum und Sterben. »Mir ist ein bißchen gruslig«, sagte ich.

»Sie muß in ärztliche Behandlung«, sagte William. »Und daß Ihnen gruslig ist, Mrs. Hawkins, kommt nur daher, daß Sie kein Liebesleben haben. In Ihrem Alter ohne Sex, da kann einem ja nur gruslig werden.«

Ich erholte mich gerade von dieser ersten Schockbehandlung, da fuhr er schon fort: »Wurden Sie eigentlich schon ›Mrs. Hawkins‹ getauft, Mrs. Hawkins?«

»Nein«, sagte ich. »Getauft hat man mich Agnes. Aber ich heiße Nancy.«

So verbrachte ich die Nacht mit William in meinem überbreiten Bett und hatte im Kopf nichts anderes mehr als uns.

Elftes Kapitel

Ich kann jeder Frau, die im verdienten Ruf der Tüchtigkeit steht, nur den Rat geben, ihre Tüchtigkeit nicht allzusehr zu demonstrieren. Sie raten; Sie sagen: Tu dies, tu das, ich glaube, ich habe eine Stelle für dich, mach dir keine Sorgen, überlaß das nur mir. Dergleichen mehr, und am Ende fühlen Sie sich ausgelaugt, leer, von Gespenstern verfolgt. Und wenn Sie dann versuchen, sich aus der vielen Verantwortung herauszuwinden, sind die Leute um Sie herum empört. Sie sind aus Ihrer Rolle gefallen. Das macht sie wütend. Ich frage mich oft, wie mein Leben wohl weitergegangen wäre, hätte nicht William in South Kensington, Church End Villas Nr. 14, im obersten Stock gewohnt, dieser ärmlichen, aber sauberen Pension, jetzt ausgeweidet und umgebaut zu vornehmen, teuren Wohnungen und für Medizinstudenten, Krankenschwestern und was unsereiner sonst noch alles war, schon längst nicht mehr erschwinglich.

Andern Morgens zum halb zehn, nachdem William zu seinen Vorlesungen gegangen war, klingelte unten das Telefon. Ich ging im Morgenmantel die beiden Treppen hinunter und nahm ab. Normalerweise war ich um acht Uhr auf und angezogen, aber an diesem Morgen war das anders. Am Apparat war Emma Loy mit ihrem ganzen Zauber und der üblichen Vergeßlichkeit für die eigenen Missetaten der Vergangenheit. »Mrs. Hawkins, ich brauche Ihre Hilfe«, sagte sie, als ob sie überhaupt nichts damit zu tun hätte, daß ich zwei Arbeitsstellen verloren hatte.

»Bedaure, Mrs. Loy –«

»Nennen Sie mich doch um Himmels willen Emma.«

»Ich kann im Moment niemandem eine große Hilfe sein.«

»Aber Mrs. Hawkins, Sie sind doch ein Turm der Stärke, das sage ich natürlich in Anführungszeichen.«

»Worum geht es denn, Emma?« fragte ich.

»Also, könnten wir uns treffen und miteinander reden?«

»Wissen Sie eine Stelle für mich?« fragte ich. »Eine Stelle in einem Verlag?«

»Mrs. Hawkins, Sie sehen das falsch, glaube ich. Es war ehrlich nicht meine Absicht, daß Sie Mac'n'Tooley verlassen mußten. Andererseits, und ganz unter uns, meine Liebe, können Sie froh sein, daß Sie da weg sind, glauben Sie mir. Gehen Sie mit mir ins ›Ivy‹ zum Lunch?«

»Heute?«

»Heute.«

»Da kann ich leider nicht.«

»Oh, Sie können nicht?«

»Nein, ich gehe schon mit meinem Freund zum Lunch.«

Das stimmte. Ich war mit William im ›ABC‹ verabredet, in der Old Brompton Road.

»Mrs. Hawkins«, sagte Emma, »ich verstehe, wie Ihnen zumute ist. Ich bin nicht umsonst Schriftstellerin. Wenn Sie es mich doch nur erklären ließen. Ich habe selbst großen Ärger. Und ich wäre Ihnen persönlich sehr dankbar, wenn Sie mir eine Stunde, eine halbe Stunde Ihrer Zeit opfern könnten, wobei mir wirklich klar ist, wie sehr...«

Ich ließ mich bereden, mich mit ihr um sechs im ›Grosvenor House‹ am Park Lane zu treffen. Ich brauche nicht zu verhehlen, daß ich mich auf das Treffen freute, wie sich jeder auf ein Treffen mit Emma einfach freuen mußte. Viele schimpften zwar auf sie, aber ich habe nie einen getroffen, der eine Verabredung mit ihr freiwillig verpaßt hätte.

Ich hatte kaum den Hörer aufgelegt, als Wanda herunterkam. »Wer war das, Mrs. Hawkins?«

»Eine Freundin von mir.« Ich glaube, meine Stimme klang barsch. Sicher hatte ich Angst vor psychischer Ansteckung. Wanda war nicht mehr die alte Wanda, die so liebenswürdig ihre Damen empfing, Kundinnen, die zur Anprobe kamen oder etwas geändert haben wollten. Ich hatte den Eindruck, daß Wanda dieser Tage sehr wenig Kundschaft hatte.

»Sie haben mit Pfarrer Stanislas gesprochen. Ich habe gehört.«

Meine Angst war irrational, aber groß. Ich muß schuldbewußt ausgesehen haben; wahrscheinlich war ich auch ein Stück vor ihr zurückgewichen.

»Nein, Wanda. Sie sollten zum Arzt gehen.«

»Was! Sie haben mit meinen Feinden gesprochen, die sagen, ich bin verrückt. Sie machen Ränke. Das ganze Haus macht Ränke, nur damit ein Arzt kommt und mich wegholt.«

»Warum sprechen Sie nicht zuerst einmal mit Pfarrer Stanislas?«

Sie rannte heulend auf ihr Zimmer.

Ich saß mit William im ›ABC‹, während er sein Sandwich und mein übriges halbes aß. Ich fühlte mich in Williams Gegenwart ausgesprochen wohl, und so ist es seither geblieben.

»Wanda war heute morgen wieder schlimm dran«, sagte ich. »Sie bildet sich ein, wir intrigierten alle miteinander gegen sie.«

»Mit dem Ergebnis«, sagte William, »daß wir wirklich sozusagen gegen sie intrigieren müssen. Sie sollte wenigstens mal zum Arzt gehen.«

»Oder einem Priester. Zum Beispiel Pfarrer Stanislas, dem von der polnischen Gemeinde.«

»Ruf ihn doch einfach zu ihr«, sagte William, »und dann denk nicht mehr an sie. Du übernimmst dich. Laß doch den Spezialisten auch noch etwas Arbeit.«

»Ich würde für Wanda gern eine Lösung finden, bevor Milly wiederkommt. Ich denke an Milly«, sagte ich.

»Wir sollten für uns selbst eine Lösung finden, bevor Milly wiederkommt«, sagte William.

»Was sollen wir denn tun?«

»Uns eine Wohnung suchen. Eine kleine Wohnung, und die Miete teilen.«

Das erschien mir so naheliegend, so selbstverständlich, daß mich das Ausbleiben jeglicher Komplikationen richtig wunderte. Ich war Komplikationen gewöhnt. »Sind wir nicht ein bißchen voreilig?« fragte ich.

»Empfindest du es so, Nancy?«

»Nicht, wenn ich Arbeit finde.«

»Dann sieh dich mal nach einer Wohnung um. Möglichst ruhig, wegen meines Studiums. Du bist so eine tüchtige Frau, Mrs. Hawkins.«

»Ich bin das Tüchtigsein ziemlich leid.«

»Ich weiß«, sagte er. »Übernimm keine unnötigen Verpflichtungen und laß alle, die du schon übernommen hast, einfach sausen, außer mir. Das ist mein guter Rat. Du siehst prima aus.«

»Ich war beim Friseur«, sagte ich.

Am Nachmittag ging ich zum Brompton Oratory und erhielt, nachdem ich viele Fragen gestellt und gewartet hatte und von Hand zu Hand, von Priester zu Priester weitergereicht worden war, endlich eine Telefonnummer, unter der ich Pfarrer Stanislas erreichen sollte. Diese Fragen und Erkundigungen nahmen mich aus irgendeinem Grunde derart mit, daß ich für den letzten Schritt, den Anruf, nicht mehr die Kraft aufbrachte. Mir fiel eine Geschichte ein, die mir einmal ein Mann erzählt hatte, der in einer Provinzstadt von den Eltern des Mädchens, das er liebte, zum Abendessen eingeladen worden war, für ihn eine sehr wichtige und aufregende Angelegenheit. Es war ein regnerischer Abend. Er fand das Haus nicht, nachdem er zuerst Aldington Way mit Aldington Gardens verwechselt und es dann mit Aldington Street, Avenue, Crescent und Terrace versucht hatte, jeweils auf beiden Straßenseiten; schließlich hatte er Leute auf der Straße gefragt, die ihn in die Irre schickten, war mit seinem Problem in Obst- und Tabakläden gegangen, und nachdem er durch die halbe Stadt gerannt war, näherte er sich endlich Aldington Way Nr. 110 A, der richtigen Adresse, wie er genau wußte, mit dem Namen an der Tür und Licht hinter den Vorhängen. Aber er klingelte nicht. Er ging einfach weiter, ging an dem Haus vorbei und sah das Mädchen nie mehr wieder.

So war auch für mich der letzte Schritt ganz einfach zuviel. Mit dem Zettel in der Handtasche, auf der Pfarrer Stanislas' Telefonnummer stand, ging ich viel zu früh zum

›Grosvenor House‹. Ich ging auf die Damentoilette, wo ich einige Zeit damit verbrachte, mich präsentabel zu machen, dann wartete ich auf Emma Loy.

Das ›Grosvenor House‹ war für meinen Geschmack nicht der beste Ort für ein ernsthaftes Gespräch. Zu viele aufgedonnerte, parfümierte Leute verkehrten hier, Mädchen und Frauen im Pelz, A-Linie oder Hängerkostüm, Männer, die allzuviel Wert auf ihre Kleidung legten, manche mit dick wattierten Schultern, deutlich erkennbar als Schieber, wie man in der Nachkriegszeit jeden Taugenichts nannte. Ein älteres Ehepaar, frisch vom Lande, mit abgeschabten Lederkoffern, schlichter ländlicher Kleidung, die Regenmäntel über die Arme gehängt, sah sich schüchtern in diesem Ambiente der Schieber und Flittchen um, völlig verwirrt von der schönen neuen Welt. Es wurde vom Personal rasch außer Sicht komplimentiert, als Emma Loy erschien, schön in ihrem weiten Pelzmantel, dem schicken grauen Kleid, den Perlen.

»Mrs. Hawkins, wie hübsch Sie mit dieser Frisur sind. Und abgenommen haben Sie auch, das steht Ihnen.«

»Sie sehen auch gut aus.«

Wir bestellten Gin und Tonic. »Was für wundersame Leute«, meinte Emma mit einem Blick in die Runde. Sie hatte schnell erfaßt, daß der Treffpunkt schlecht gewählt war. »Vielleicht hätten wir uns doch irgendwo treffen sollen, wo es ruhiger ist.«

»Aber eine amüsante Kulisse«, sagte ich. »Für mich ganz neu.«

»Für mich auch«, sagte sie. »Als Schriftstellerin müßte ich mich ja wohl über jede neue Erfahrung freuen. Aber auch als Schriftstellerin muß man ja nicht jede neue Erfahrung gleich selbst durchmachen; ein Blick darauf genügt.«

Ich kam mir fast vor, als hätte ich, nicht sie, das Lokal ausgesucht. Aber sie las meine Gedanken und fügte rasch hinzu: »Ich hätte etwas Geeigneteres wählen sollen. Nun ja, machen wir das beste daraus.«

Unsere Getränke kamen, und Emma knabberte eine Erdnuß. Dann fragte sie: »Mrs. Hawkins, warum hassen Sie Hector Bartlett?«

»Oh, machen Sie sich keine Gedanken«, sagte ich. »Er hat nichts mit mir zu tun. Ich habe nichts mit ihm zu tun. Ich bin gar nicht mehr im Verlagsgewerbe. Er will alle Leute nur benutzen.«

»Wissen Sie, wenn Sie Arbeit in einem Verlag suchen, können Sie auf mich zählen, denke ich. Natürlich nicht sofort, aber mit der Zeit. Nun möchte ich über Hector reden. Er fühlt sich von Ihnen sehr, sehr gekränkt, Mrs. Hawkins. Ich glaube, es fing eines Morgens im vorigen Sommer an ...«, sagte die Schriftstellerin, »als er Sie im Park traf, im Green Park, glaube ich, oder St. James's Park, einem von beiden ... Er verehrte Sie so, weil Sie sich für jeden so einsetzten. Und dann sind Sie plötzlich ohne Warnung auf ihn losgegangen und haben ihm dieses tödliche Wort an den Kopf geworden.« Emma ließ die Stimme sinken. »*Pisseur de copie*. Wissen Sie, was das für einen Schriftsteller bedeutet, wie ihn das trifft? Betrachten Sie es doch einmal aus menschlicher Sicht.«

Ich war von ihrer Redekunst fasziniert. Das war etwas völlig Neues an Emma Loy. Sie sagte Dinge, die sie im Traum nicht geschrieben oder unterschrieben hätte. Auch den Ton war man an Emma Loy nicht gewöhnt. Diese Leerformel: »Betrachten Sie es doch einmal aus menschlicher Sicht«, als ob ich eine andere Spezies wäre; entweder schlug sie mir zuliebe solche Töne an, dann hätte sie meine Intelligenz unterschätzt; oder sie selbst stand unter irgendeiner emotionalen Anspannung; ich hatte in meinem Beruf ja schon das eine oder andere Mal erlebt, daß die intelligentesten und feinsinnigsten Schriftsteller unter dem emotionalen Druck der Wirklichkeit oft ganz banal und unlogisch daherredeten. Ich beschloß, ganz langsam meinen Gin Tonic zu trinken und sie weiterreden zu lassen.

»Sehen Sie«, sagte sie, »ich reise nächste Woche in die Vereinigten Staaten ab und werde eine Weile dort bleiben, denke ich. Meine Bücher gehen drüben recht gut. Und bevor ich abreise, möchte ich das zwischen Hector und Ihnen so gern ins Lot bringen. Wie kann ich beruhigt abreisen, wenn ich weiß, daß Sie, sobald Sie irgendwo in einem Verlag arbeiten, allen sagen, er sei ein (leise) *Pisseur de copie*? Das ist ein sehr kränkendes Wort. Und es paßt doch gar nicht zu Ihnen, Mrs. Hawkins.«

Auch ich setzte jetzt, während Emma Loy redete, eine Pose auf; sie sollte zeigen, daß ich ihr nur mit halbem Ohr zuhörte. Dabei kam mir zu Hilfe, daß jetzt ein besseres Publikum die zwielichtige Sechsuhrgesellschaft abzulösen begann. Es kamen Leute in Abendkleidern, kleine Grüppchen, jung und mittelalt, meist gutaussehend und alle in guter Laune.

Ich blickte von der flüchtigen Szene zu Emma Loy zurück und sagte: »Wenn Sie mir ehrlichen Gewissens einen besseren Ausdruck empfehlen können, der zutrifft, bin ich gern bereit, darüber nachzudenken.«

»Sind Sie nicht ein bißchen hart?«

»Sie müssen recht froh sein, ihn loszuwerden, Miss Loy.«

»Bitte, nennen Sie mich Emma. Ich weiß, daß Sie lieber Mrs. Hawkins genannt werden, und das steht Ihnen ja auch. Sie müssen selbst wissen, was Ihnen lieber ist. Nein, ich will Hector überhaupt nicht loswerden. Ich werde ihn sogar sehr vermissen, wenn ich drüben bin. Ist Ihnen klar, wie sehr er sich für meine Arbeit engagiert? Er kennt alle meine Bücher auswendig. Er kann aus jedem meiner Romane jede beliebige Stelle zitieren. Es ist erstaunlich.«

»Zitiert er richtig?«

»Nein, zugegeben, meist bringt er's durcheinander. Aber sein Engagement für mich ist echt. Das nur nebenbei. Ich hatte gehofft, auf einer persönlichen Ebene an Sie appellieren zu können.«

»Herrlich, dieses orangefarbene Chiffonkleid, sehen Sie mal, das Mädchen da drüben«, sagte ich.

Emma mußte zugeben, daß es eine herrliche Farbe war. Sie ließ es eine kleine Weile still zwischen uns werden.

Dann sagte sie: »Aus Haß kann Liebe werden.«

Darüber dachte ich kurz nach. »Auf dem Kontinent vielleicht«, sagte ich, »oder in Lateinamerika. Aber Sie wissen sehr gut, Miss Loy, daß hier in England Liebe und Haß zwei völlig verschiedene Dinge sind. Nicht einmal Gegensätze. In meinen Augen kommt Liebe vor allem aus dem Herzen, Haß erwächst im wesentlichen aus Prinzipien.«

»Sehr insulanisch gedacht«, meinte sie. Aber aus ihrem

Ton schloß ich, daß sie jetzt begriff, wie schlecht ihre Argumentation gewählt war. Es sei ja auch kein Wunder, sagte ich, wenn ich insulanisch dächte, schließlich sei ich auf einer Insel geboren und aufgewachsen. Dann sah ich mich wieder in der Abendkleidkulisse um. »Mich verwirrt das alles etwas, muß ich sagen.« Damit nahm ich meine Tasche und Handschuhe, als wollte ich gehen.

»Wir kommen vom Wesentlichen ab«, sagte Emma. »Wissen Sie, Mrs. Hawkins, die Zeit vergeht, und Sie müssen an Ihre Zukunft denken. Sie wollen doch nicht bis ans Ende Ihres Lebens einsam bleiben.«

Ich setzte mich wieder richtig hin und sagte ihr, sie brauche sich keine Hoffnung zu machen, Hector Bartlett an mich abzuschieben. »Und sollte ich noch einmal als Lektorin arbeiten und er mir wieder über den Weg laufen, würde ich ihn nach wie vor einen *Pisseur de copie* nennen.«

»Es ist eine Beleidigung. Er könnte Sie verklagen«, sagte Emma.

»Soll er doch. Es ist eine freie Meinungsäußerung.«

»Früher oder später wird er Ihnen wieder über den Weg laufen, wenn auch nicht unbedingt in einem Verlag. Sehen Sie, ich möchte Hector doch nur in guten Händen wissen, bevor ich nach Amerika abreise. Und ich wundere mich, daß Sie meinen, Sie hätten ihn in letzter Zeit nicht mehr gesehen. Er verbringt soviel Zeit bei dieser Frau in Ihrem Haus in Church End Villas. Sie müssen ihn doch kommen und gehen sehen und wissen, was vorgeht.«

Nun war ich ja selbst nicht allzuviel zu Hause. Ich war den ganzen Tag fort, und wenn ich abends nicht fort war, saß ich meist ganz oben in meinem Zimmer oder unten bei

Milly in der Küche. Ich glaubte, Emma rede von Isobels verflossener Beziehung zu Hector Bartlett, aber ich glaubte nicht, daß sie ihn in ihrem Zimmer empfangen hatte. Wenn im Haus Leute kamen und gingen, war es immer Besuch für Wanda gewesen, allerdings hatte Wanda in letzter Zeit weniger Besuch; es drängte sich keiner mehr auf dem Treppenabsatz vor ihrem Zimmer und wartete, bis sie eine Anprobe fertig hatte. Bei Isobel hatte ich kein Kommen und Gehen beobachtet. Sie machte ihre Geschichten offenbar woanders.

»Nein«, sagte ich zu Emma. »Das Mädchen kennt ihn nur flüchtig.«

»Welches Mädchen?« fragte Emma in einem Ton, der mich aufhorchen ließ.

»Ein Mädchen, das bei uns im Haus wohnt. Sie kennt Hector Bartlett, aber es ist nur eine flüchtige Bekanntschaft.«

»Ach, Sie meinen die, die ein Kind erwartet und es Hector anhängen möchte?«

»Meines Wissens will sie es überhaupt niemandem anhängen, ihm schon gar nicht.«

»Das habe ich wirklich anders gehört, Mrs. Hawkins.«

»Weiß der Himmel, was Sie gehört haben, Miss Loy. Und ich finde, das geht uns sowieso nichts an.«

»Ich sprach ja auch gar nicht von dem Mädchen«, sagte Emma.

»Ich dachte es.«

»Nein«, sagte Emma. »Von einer Frau, die er letztes Frühjahr kennengelernt hat. Allerdings hat er sie über das Mädchen kennengelernt, das ist richtig. Er hatte sich aus irgendwelchem Anlaß einen Abendanzug aus zweiter Hand besorgt, der Ärmste, und mußte ihn ändern lassen. Die Frau ist Schneiderin, und erzählen Sie mir nicht, das wüßten Sie nicht. Als Schriftstellerin finde ich die Geschichte natürlich richtig entzückend, Mrs. Hawkins. Was darin alles für Finessen und Interpretationen liegen!«

Ich sah, daß Emma Loy sich an dem romanhaften Element aufrichtig begeisterte. Und ich selbst kam nie umhin, mich geschmeichelt zu fühlen, wenn sie »als Schriftstellerin« zu mir sprach, denn diese Seite ihrer Persönlichkeit reservierte sie normalerweise für andere, ihr ebenbürtige Autoren oder ein handverlesenes Grüppchen von Journalisten, denen sie gelegentlich ein Interview gewährte.

»Die Möglichkeiten sind zahlreich und überaus faszinierend«, dachte Emma laut. »Das geht schon seit letztem Frühjahr.«

»Sie müssen Wanda Podolak meinen«, sagte ich. »Daß sie Hector Bartlett kannte, habe ich nicht geahnt.« Ich raffte wieder meine Handschuhe an mich. »Da kann ich ihr nur viel Glück wünschen, mit allen Finessen. Ich glaube kaum, daß er mit Wanda viel im Sinn hat. Sie ist eine arme Frau und nicht sehr stark. Und ich glaube nicht, daß er sich mit einer Frau einlassen würde, schon gar nicht mit einer armen Schneiderin, die ihm nicht vom allerkleinsten Nutzen sein kann.«

Inzwischen stand für mich fest, daß Emma versuchte, mich irgendwie eifersüchtig zu machen, und mir deshalb hintenherum beibringen wollte, wie begehrt Hector Bartlett sei. Sie wollte ihn loswerden.

»Müssen Sie wirklich gehen? Wir könnten doch noch

irgendwo einen Imbiß einnehmen, wo es nett ist«, sagte Emma.

Ich bedankte mich, sagte aber, ich müsse gehen. Auf dem Weg zur Tür sagte Emma: »Ich habe die ganze Situation noch gar nicht richtig erklärt. Sie müssen meinen, ich täte sehr geheimnisvoll.«

»Sie wollen Hector Bartlett loswerden und auf mich abschieben«, sagte ich.

»Nicht unbedingt auf Sie. Aber es wäre eine Lösung«, meinte sie. »Sie müssen diese Terminologie ablegen.«

»So ein Unsinn«, sagte ich.

»Kann ich Sie mit dem Taxi irgendwo absetzen?«

»Danke, ich gehe zu Fuß.«

Draußen auf der Straße sagte Emma: »Hector hat schon die verrücktesten Sachen gemacht, nur damit Sie ihn nicht mehr so nennen und um sich bei Ihnen Anerkennung zu verschaffen. Wenn Sie wieder einmal in einem Verlag arbeiten wollen, Mrs. Hawkins, und vor allem die Stelle auch behalten –«

»Hector Bartlett«, sagte ich, »ist ein *Pisseur de copie*.« Es tat mir wohl, den Ausdruck zu wiederholen; ich genoß es. Emma sah mich an, und ihr Lächeln hieß, daß sie mich durchschaute.

Gerade fuhr ein vollbesetztes Taxi vor. Ehe Emma hingehen und es in Beschlag nehmen konnte, fragte ich: »Warum geben Sie ihm nicht einfach Geld, damit er Sie in Ruhe läßt?«

»Dann würde er mir nur nach Amerika nachreisen. Das ist immer so, wenn man Leuten Geld gibt, damit sie einen in Ruhe lassen. Sie tun genau das Gegenteil«, sagte Emma Loy.

Es war schon lange sieben Uhr vorbei. Im Park Lane herrschte viel Verkehr und Gedränge. Es hatte zu regnen begonnen, aber an den Bushaltestellen standen lange Schlangen, und ich fand es besser, zu Fuß zu gehen und naß zu werden, als herumzustehen und auf einen Bus zu warten, in dem es dampfig und stickig war. Auf dem Heimweg über Park Lane, Knightsbridge und Brompton Road beschäftigte mich am meisten die Frage, wieso ich Hector Bartlett nie im Haus, an der Tür, auf der Treppe, auf dem Treppenabsatz begegnet war und ob es überhaupt stimmte, daß er viel Zeit mit Wanda zubrachte. Sicher hatte Emma übertrieben; wahrscheinlich kannte er die arme Wanda flüchtig, und Emmas kryptische Andeutungen und Warnungen dienten alle nur der verzweifelten Idee, Hector das Leben leichter zu machen, damit sie ihn besser loswerden konnte, ihn mit seinen Ansprüchen, der Zitiererei aus ihren auswendig gelernten Büchern und seiner mit Sicherheit peinlichen Neigung, sich zu ihrem literarischen Sprecher aufzuwerfen.

Erst über zwanzig Jahre später begann der *Pisseur*, seine gehässigen Stückchen über Emma zu schreiben, und erst dreißig Jahre später veröffentlichte er seine Erinnerungen, in denen Emma in einem geradezu sensationellen Licht erschienen wäre, hätte sein Buch auch nur irgendwen interessiert. Seine Fiktionen über sein Leben mit Emma waren da längst bekannt; und Emma ignorierte das alles einfach, wie sie den *Pisseur* die ganzen Jahre bis zu seiner Weißglut ignoriert hatte, angefangen spätestens zu dem Zeitpunkt, als sie mit mir im ›Grosvenor House‹ saß und ihn loszuwerden versuchte. Sicher erscheint mir, daß sie da schon ihre Befürchtungen hatte, daß sie bereits ahnte, wie gefährlich es war, ihn zu kennen.

Während ich pudelnaß durch den Regen heimwärts patschte, hielt ich es für möglich, daß Hector Bartlett überhaupt nur einmal mit Wanda zusammengekommen war, nämlich um einen Anzug ändern zu lassen. Ebensogut konnte es aber auch sein, dachte ich, daß er mehrmals ins Haus gekommen war. Wenn Milly wiederkäme, würde ich sie fragen, ob sie sich erinnern könne, daß jemand, der so aussah wie er, je bei ihr geklingelt hatte.

Ich habe im Laufe meines Lebens überhaupt schon oft festgestellt, daß wir die Neigung haben, zu sehen, was wir zu sehen erwarten. Ich hatte mir kaum die Mühe gemacht, mir Wandas Kunden zu merken, und meist war ich ja selbst an allen Wochentagen viele Stunden außer Haus gewesen. Wandas momentane Verfassung beunruhigte mich; ich sah Aufregung und Ärger voraus, und als ich meine Handtasche öffnete, um den Hausschlüssel zu suchen, fand ich den Zettel mit Pfarrer Stanislas' Telefonnummer. Ich bedauerte, ihn nicht angerufen zu haben. Ich war völlig durchnäßt.

Als ich ins Haus trat, wußte ich sofort, daß etwas nicht stimmte. Als ich die Treppe hinaufging, sah ich Wandas Tür offen stehen. Von drinnen kamen Stimmen. Nicht Stimmen, die nach Aufregung und Ärger klangen, sondern nach etwas Ernstem. Wanda mußte krank sein.

William kam heraus, gefolgt von Kate, als ich den ersten Treppenabsatz erreichte.

»Was ist los?« fragte ich.

»Kannst du einen Moment hereinkommen?« sagte William. Ich glaube, die Carlins waren auch da. Ein Mann im losen Trenchcoat stand in Wandas Zimmer, außerdem noch eine junge Frau, die amtlich aussah, obwohl sie keine Uniform trug, nur ein schlichtes braunes Kostüm. Keine Wanda.

»Ist was passiert?« fragte ich.

»Ja«, antwortete der Mann im Trenchcoat. »Leider.«

»Die Leute sind von der Polizei«, sagte William. »Wanda ist ertrunken.«

Es war kurz vor acht.

Gegen sieben, erklärte der Mann, ein Polizeiinspektor, war Wanda Podolak in den Regent's Canal gesprungen und zu spät herausgefischt worden.

»Gegen so was kann man nichts machen«, sagte der Polizist. »Wenn einer das will, tut er es.« Sie hatten Wandas Handtasche gefunden und den Papieren, die sie darin hatte, ihre Adresse entnommen. Jetzt waren sie hier, um zu sehen, ob Wanda einen Brief hinterlassen hatte und wo ihre nächsten Angehörigen wohnten. Und er fragte mich, ob man Wanda etwas angemerkt habe, ob sie irgendwie komisch gewesen sei? Hatte sie von Selbstmord gesprochen?

Ich sagte, Wanda sei tatsächlich in letzter Zeit recht merkwürdig gewesen. Von Selbstmord habe sie nicht gesprochen. Offenbar hatten die anderen sich schon ähnlich über Wanda geäußert. »Und die anonymen Briefe?« fragte der Polizist. »Haben Sie eine Ahnung, wer der Absender war?«

»Keine Ahnung. Es war ein Mann«, sagte ich, »denn einmal hat er sie abends angerufen, und da hat sie seine Stimme gehört.« Ich konnte nicht glauben, was passiert war, und sagte das auch.

»Solche Fälle ...«, sagte der Polizist.

Seine Kollegin meinte: »Das ist immer ein Schock für alle.«

»Sie war katholisch. Ich habe ihr gesagt, sie soll mit einem Priester sprechen, aber sie wollte nicht. Eine fromme Katholikin; es ist so unwahrscheinlich, daß sie Selbstmord begangen haben soll. Jedenfalls wollte ich einen polnischen Priester anrufen und um einen Besuch bei ihr bitten.«

»Katholischsein hilft auch nichts gegen ein krankes Gemüt«, sagte der Polizist. Er sprach mit irischem Akzent und wußte wahrscheinlich, wovon er redete.

Ich dachte an den Zettel in meiner Handtasche. Vielleicht wäre es noch zur rechten Zeit gewesen.

»Man sieht schon an der Unordnung in ihrem Zimmer, daß sie gemütskrank war«, meinte Kate. »Die arme Frau.«

»Schneiderinnen sind immer unordentlich«, sagte Eva Carlin. »Gott sei Dank hat sie es nicht im Haus gemacht. Die arme Seele!«

Basil Carlin sagte: »Die anonymen Briefe kamen, soviel ich weiß, nicht mehr, nachdem sie ihre Steuern geregelt hatte. Die Briefe können demnach nicht das Motiv gewesen sein. Armes Ding!«

»Kann jemand von Ihnen sich ein Motiv vorstellen?« fragte der Inspektor.

»Die Motive für Selbstmord«, sagte William, »sind oft trivial, sofern überhaupt vorhanden. Einmal haben wir im Seminar von einem gehört, der hatte Krach mit seiner

Wäscherei, weil dort eine Unterhose von ihm weggekommen war, und er hat sich vergast.«

Der Polizist gab ihm recht. »Die Motive für jedes Verbrechen können ganz nichtig sein«, sagte er.

Wir erschraken alle über das Wort »Verbrechen«; in unserem Schock hatten wir nur an Wandas Tragödie gedacht.

Ich spekulierte verzweifelt, ob sie vielleicht hineingestoßen worden sein könnte. »Sind Sie sicher, daß es Selbstmord war?« fragte ich.

»Zeugen haben sie springen sehen. Sie hat irgendwie aufgeheult, ihre Handtasche weggeworfen und ist gesprungen. Jemand hat sie herausgefischt, aber es war zu spät.«

Ich sagte ihnen alles, was ich über Wandas Familie wußte. Drei Schwestern in Polen, eine in Schottland verheiratet. Nein, die Adresse in Schottland wisse ich nicht. Vielleicht irgendwelche Vettern in London ...

Die anderen Mieter flüsterten furchtsam und setzten hinter ihre traurigen Kommentare bestürzte Ausrufungszeichen. Ich hatte das Gefühl, mich mit den beiden Fremden unbefugt in Wandas Zimmer aufzuhalten. Meine Kleider waren sehr naß.

Die Polizei schickte noch am selben Abend andere Beamte vorbei, die Wandas Zimmer durchsuchten. Sie fanden die Adresse ihrer Schwester, aber keine Spur von den anonymen Briefen. Urteil: Selbstmord in geistiger Umnachtung.

Zwölftes Kapitel

Ich erinnerte mich an den wilden Schrei, den Wanda am Abend zuvor ausgestoßen hatte, als ich ihr sagte, ich wolle Pfarrer Stanislas anrufen. Ich erinnerte mich jetzt auch detaillierter an die wirre Szene in Wandas Zimmer, nachdem wir uns bei den Carlins getroffen hatten, um über Isobel zu sprechen. Vieles davon war damals zu dem allgemeinen Eindruck verschmolzen, daß sie völlig von der Rolle war. »Sie muß in eine Therapie«, hatte William gesagt. »Sie braucht einen Spezialisten.« Und am nächsten Morgen, als ich mit Emma Loy telefonierte, Wandas Angst, ich könnte ihretwegen mit Pfarrer Stanislas sprechen; wieder dieses Heulen, als sie dann die Treppe hinauflief: dies war das letzte, was ich von Wanda gehört und gesehen hatte. Sie hatte offenkundig Angst vor dem sanften Pfarrer Stanislas oder irgend etwas, wofür er stand; sie hatte Angst, es könnte etwas ans Licht kommen.

»Die Motive für Selbstmord sind oft trivial«, hatte William gesagt. Trivial für uns übrige, aber nicht für die Betroffenen, offensichtlich nicht für sie. Ich erkannte, wie überaus wenig ich von Wanda wußte, wieviel weniger über ihren Gemütszustand. Seltsam, daß Emma Loy noch mit mir über sie gesprochen hatte, wahrscheinlich genau in dem Moment, als sie ihren letzten Schrei ausstieß und in den dunklen, kalten Kanal sprang. »Die Motive sind gänzlich trivial...« Ja, aber nicht für Wanda, nicht für Wanda.

Ich weiß kaum noch etwas von dem, was ich tat oder

sagte, nachdem die Polizei fort war, an diesem Abend nach Wandas Tod.

Jemand aus dem Haus rief Millys Tochter in Cork an, um sie vorzuwarnen. Milly selbst rief zurück und verlangte nach mir.

»Bleiben Sie doch einfach da, Milly, bis alles überstanden ist.«

Milly wollte davon nichts wissen. Und sie hatte für Wanda kein Mitleid übrig. »Was diese Frau sich denkt«, sagte Milly, »sich umzubringen. Aus meinem Haus!«

Mir war aus unerfindlichen Gründen daraufhin wohler. In Millys Ansichten steckte immer so ein bißchen trotzige Courage. Ich freute mich auf ihre Rückkehr.

Nach der gerichtlichen Untersuchung und dem Begräbnis kam Wandas Schwester aus Schottland, um Wandas Habseligkeiten zu holen. Die anderen waren alle zur Arbeit fort. Ich ließ sie in Wandas Zimmer und fragte, ob ich ihr helfen könne. Sie sagte, sie werde schon allein fertig, aber ich sah, daß sie ganz verstört war und planlos Dinge in die Hand nahm und wieder an denselben Platz zurücklegte. Sie war eine dunklere Ausgabe Wandas. Ihr Name war Greta, sie sprach ein leicht gebrochenes Englisch mit schottischem Akzent.

Jedenfalls mußte ich sie nun darauf aufmerksam machen, daß nicht alle Sachen, die im Zimmer aufgestapelt lagen, unbedingt Wanda gehörten. Manche gehörten ihrer Kundschaft, sagte ich, und alles in allem sollten wir sicherheitshalber annehmen, daß nur die Kleidungsstücke in Wandas Koffern, in ihren Schubladen oder im Schrank, Wandas Eigentum seien. Und selbst in den Schrank, sagte ich, habe Wanda bestimmte Sachen gehängt, die sie für ihre Damen angefertigt hatte; man müsse nach der Größe gehen. Bei den übrigen Sachen, redete ich weiter, müßten wir warten, bis die Kunden kämen, um sie abzuholen.

»Es sind nicht alles Damensachen«, sagte Greta, die gerade einen Stapel befingerte.

»Nein«, sagte ich, »Wanda konnte auch sehr geschickt Männersachen abändern. Die Eigentümer werden sie schon holen kommen.«

»Diese Fotos auf dem Kamin«, sagte Greta. Sie setzte sich hin und begann zu weinen. »Das Bett ist noch nicht einmal gemacht«, sagte sie, während sie ein Paar von Wandas durchgetretenen Schuhen aufhob.

»Die Fotos gehören ganz gewiß Wanda«, sagte ich. »Suchen Sie sich einen leeren Koffer, und sammeln Sie schon mal die Fotos ein. Ich hole Ihnen Zeitungspapier zum Einwickeln und bringe Ihnen eine Tasse Tee.«

Dieses Einsammeln persönlicher Habseligkeiten, das Durchsuchen und Sortieren, ist unsagbar trauriger als ein Begräbnis, wo es wenigstens feste Rituale gibt; da werden Worte gesprochen, der Sarg hat eine bestimmte Form und das Grab eine bestimmte Tiefe, und selbst das Leid der Trauernden hat eine stumme Beredtsamkeit, auch wenn es nur durch Stillstehen mitgeteilt und formal verstanden wird. Aber die Traurigkeit, die den Hinterlassenschaften innewohnt, etwa wie Wandas durchgetretenen Schuhen, hat nicht ihresgleichen.

Als ich mit dem Tee wiederkam, blätterte Greta gerade in Wandas Sparbuch. »Sechshundertdreißig Pfund«, sagte Greta. »Ich hatte keine Ahnung, daß sie so wohlhabend war.« Mich rief gerade in dem Moment ein Klingeln an die Haustür. Es war Abigail, Ian Tooleys Sekretärin. In erster Linie sei sie gekommen, um mich zu besuchen, sagte sie, aber auch um irgendwelches radionische Gerät abzuholen, das Wanda leihweise hier habe.

Ich glaubte nicht, daß sie hauptsächlich meinetwegen gekommen war, aber ich erkannte Abigails Höflichkeit dankbar an. Ich führte sie in Wandas Zimmer und machte, um mir Abigails ellenlangen Namen zu ersparen, die beiden Frauen einfach als »Abigail« und »Mrs. Podolaks Schwester Greta« miteinander bekannt. Abigail sagte leise, wie nahe ihr die Tragödie gegangen sei.

»Abigail möchte einen Apparat holen, der jemand anderem gehört«, sagte ich. »Meines Wissens ist das der schwarze Kasten da drüben. Und vielleicht der Stapel Bücher und Anleitungen daneben.«

»Ja«, sagte Abigail. »Die Literatur gehört ebenfalls Mr. Tooley.«

»Haben Sie eine Quittung dafür, Miss?« fragte Greta, überraschend aus ihrer Benommenheit erwacht. Ebenso überraschend hörte ich Abigail sagen, ja, sie habe alle Unterlagen bei sich, nebst einem Brief von Mr. Tooley, der sie ermächtige, sein Eigentum mitzunehmen. Greta verstand und kramte sogleich ihre Brille hervor, um die Angelegenheit zu prüfen, während ich dabeistand und mich über beider Geschäftssinn wunderte. Ich hatte schon Erfahrung mit Sterbefällen in meiner Familie, und auch da hatte es mich erstaunt, mit welch rascher Auffassungsgabe die vom Leid geschlagenen Menschen sich um alles zu kümmern vermochten, was eventuell wertvoll sein konnte; und daß anscheinend alle, die auf irgendwelche Dinge im Besitz des Verstorbenen einen Anspruch anzumelden hatten, oder auch Gläubiger, immer alle Dokumente und Quittungen bei sich hatten und vorlegen konnten. Wenn man zusah, wie Abigail jetzt Greta die Papiere genau erklärte und Greta sie ernst begutachtete, konnte man meinen, beide hätten Wandas Tod vorausgesehen und sich präpariert.

Ich ging noch einen Tee für Abigail holen und überließ die beiden ihren Geschäften.

»Aber Wanda war eine gute Katholikin!« sagte Greta gerade zu Abigail, als ich mit dem Tee wiederkam. Sie wandte sich hilfesuchend an mich: »Wanda war fromm, ja?«

»Das glaube ich sicher«, sagte ich.

»Ein paar alte Katholiken, ihre Freunde, sagen zu mir, sie hätte nicht katholisch begraben werden dürfen, weil sie Selbstmord begangen hat. Aber ich sage, sie war fromm, und der Pfarrer hätte sie nicht katholisch begraben, wenn sie nicht gut gestanden hätte mit der Kirche.«

»Das Urteil des Untersuchungsgerichts lautete auf geistige Umnachtung«, sagte ich. »Das ist eine Krankheit wie jede andere. Dafür konnte sie nichts.«

»Aber jetzt sehe ich, daß sie Magie getrieben hat«, sagte Greta. »Mit dem schwarzen Teufelskasten da.«

»Er soll dazu da sein, den Menschen Gutes zu tun«, sagte Abigail. »Und wie ich sagte, ist das keine Magie, sondern Radionik. Sie soll Menschen heilen können, die tausende Meilen weit weg sind.«

»Nehmen Sie den Kasten, Mädchen«, sagte Greta, »und alle die Bücher dazu. Ich muß das dem Priester sagen. Ja. Es liegt mir auf dem Gewissen.«

Ich hatte noch Wandas Schrei im Ohr, als ich ihr anbot, mit Pfarrer Stanislas zu reden. Dieser Schrei, dieser Schrei. Wanda mußte in ihrer Verrücktheit Todesängste gelitten haben. Und ihr angstvoller Verdacht an diesem Morgen, als ich mit Emma telefonierte: »Sie haben mit Pfarrer Stanislas gesprochen. Ich habe gehört...« Ihr Heulen, als sie die Treppe hinaufrannte. »Bin ich schuld, daß Sie krank sind? Sie magern ab. Sie sterben«, hatte sie am Tag davor gesagt.

Ich wollte auf jeden Fall aus Abigail herausbekommen, was Wanda mit diesem radionischen Instrument gemacht oder vielmehr zu machen geglaubt hatte. Hätte Wanda es sich nicht offenbar in ihren kranken Kopf gesetzt, sie schade mir damit, es hätte mich nicht weiter interessiert. Wanda war tot. Leute begehen Selbstmord aus gänzlich trivialen Gründen, hatte William gesagt. Aber was für Gründe Wanda auch gehabt haben mochte, mir ließen die Worte, die mich in ihrer Vorstellung da hineinzogen, keine Ruhe: »Sie magern ab. Sie sterben« – und ich hatte doch bis dahin nicht geahnt, daß ich in ihrem Denken überhaupt eine besondere Rolle spielte.

»Gehen Sie noch nicht gleich«, sagte ich zu Abigail.

Abigail blieb also noch und half uns, Wandas Kisten zu packen und die Kleider, die offensichtlich Wanda gehörten beziehungsweise wahrscheinlich ihren Kunden, zu sortieren und auf getrennte Stapel zu legen. Im Kleiderschrank hing ein Herrenanzug, ein gewöhnlicher Anzug, dunkelblau. Ich riß ihn an mich und sagte: »Der muß einem Kunden gehören.« Mir schoß es nämlich sofort in den Kopf, daß er Hector Bartlett gehören könnte. Ich erinnerte mich, wie Emma zu mir gesagt hatte: »Hector hat die verrücktesten Sachen gemacht, nur damit Sie ihn nicht mehr so nennen...«

Jetzt, als ich diesen Herrenanzug in der Hand hielt, war ich überzeugt, daß Hector auf irgendeine Weise Wanda benutzt hatte, um gegen mich zu arbeiten. Isobel hatte ihn zu Wanda gebracht, weil er seinen Abendanzug geändert haben wollte. »Ich glaube, es fing alles im vorigen Sommer an, als er Sie im Park traf...«, hörte ich Emma Loys Worte. Aber da war Wanda schon von Hector Bartlett erpreßt und wahrscheinlich verführt worden, die dumme Frau. Und er hatte sie immer weiter benutzt, weit über das hinaus, was sie ertragen konnte. Weil ich ihn im Park beleidigt hatte... Die Theorie, so verrückt sie war, nahm in meinem Kopf Gestalt an, verschiedene Gestalten. Ich füllte sie mit Details.

Abigail wartete, bis Greta mit ihrer ersten Ladung in einem Taxi abgefahren war. Greta sollte anderntags wiederkommen, um Wandas Briefe und Papiere durchzugehen und zu sehen, was sie davon wegwerfen konnte. Wir hatten schon mit der Polizei zusammen alles auf Hinweise zu Wandas Tod durchgesehen, aber wie es schien, handelte es sich nur um lauter alte Quittungen und noch ältere, polnisch geschriebene Briefe mit ein paar alten Fotos dazwischen.

Ich habe Abigail de Mordell Staines-Knight, wie sie damals hieß, Abigail Wilson, wie sie jetzt heißt, immer gerngehabt. Es stimmte tatsächlich, daß sie an dem Tag vor allem nach Church End Villas Nr. 14 gekommen war, um mich zu besuchen, und nur nebenbei, um die Box abzuholen. Sie sagte mir, sie werde Mackintosh & Tooley verlassen und zu einer interessanten neuen Zeitschrift gehen, der ›Highgate Review‹, die sich so nannte, weil ihre Herausgeber, eine Gruppe amerikanischer Flüchtlinge vor Senator McCarthys politischen Verfolgungen, sich in Highgate niedergelassen hatten. Die ›Highgate Review‹ wolle sich mit Kultur und Politik befassen. Sie brauche einen tüchtigen Chefredakteur. »Da habe ich an Sie gedacht, Mrs. Hawkins. Die Leute zahlen nicht viel, aber es wäre eine wundervolle Arbeit. Sind Sie interessiert?«

Meine Ersparnisse schmolzen zusammen, und ich fühlte mich reif für eine neue Aufgabe. Abigail versprach, ein Vorstellungsgespräch für mich zu arrangieren. Meine Begeisterung in diesem Augenblick wäre größer gewesen, hätten nicht Wandas geheimnisvoller Selbstmord und mein Verdacht, daß Hector Bartlett damit zu tun haben könnte, worüber ich abends noch mit William reden wollte, so schwer auf meiner Seele gelegen. Wenn Wanda ernsthaft der Meinung gewesen war, ich magerte ab, weil sie einen Fluch auf mich gelegt hatte, war das ein gehöriger Irrtum. Aber allein daß jemand mir derart Böses wollte, entsetzte mich, zumal mich Wandas Tod so deprimierte.

Ich saß mit Abigail in Millys Küche und dachte an den, wie ich meinte, Anzug des *Pisseurs* oben in Wandas Kleiderschrank. Nur halb hörte ich Abigails naivem Geplapper zu, das ich sonst so unterhaltsam fand. Daß ich mir Hector Bartlett an jenem Morgen im Green Park, als ich ihm mein *Pisseur de copie* ins Gesicht schleuderte, zum Feind gemacht hatte, wußte ich schon, bevor Emma Loy es mir sagte. Seitdem hatte ich wegen dieses wiederholt begangenen Verbrechens schon zwei Arbeitsstellen verloren, und ich dachte nicht an Reue. Im Gegenteil, ich hatte eine der vornehmsten Aufgaben meines Berufs darin erblickt.

»Der Name dieses Herrn«, sagte Abigail, die mir gerade einen der Gründer der ›Highgate Review‹ beschrieb, »ist Howard Send. Zum Brüllen. Als ich *Auf der Suche nach Indien* zu ihm sagte, war er ganz verdutzt. Natürlich ist er so einer, aber oft sind das die besseren Freunde.«

Ich erklärte mich zu einem Vorstellungsgespräch bei Howard Send bereit. »So, Abigail«, sagte ich, »und nun erzählen Sie mir mal was von Ihrer Box.«

»Es ist nicht meine Box, sie gehört Ian Tooley. Er ist Spiritualist, wie Sie wissen, und Psychoforscher und so was. Mir tut seine Frau richtig leid, denn trotz allem ist er ja eigentlich ganz nett.«

»Wie ist er an Wanda Podolak gekommen?«

»Sie steht auf seiner Liste; eingeführt hat sie ein Organisateur, der die Gabe selbst nicht hat, aber dafür einen Riecher für begabte Leute, dieser Hector Bartlett, Sie wissen ja, das Anhängsel von Emma Loy. Er ist der Organisateur, Himmel, ist er nicht schrecklich? Sich auszumalen, wie er mit einer Blutprobe oder Haarsträhne von Ihnen herumläuft und jemanden zu finden versucht, der feststellen kann, was Ihnen fehlt!«

»Er wird doch selbst nicht daran glauben?« fragte ich.

»Felsenfest«, sagte Abigail. »Unerschütterlich.«

»Ich kann mir bei dem Mann nicht vorstellen, daß es ihm mit irgend etwas ernst ist«, sagte ich.

»Aber seine Operateure haben Erfolg. Ganz erstaunlichen Erfolg, wie es scheint. Ian Tooley bekommt Briefe von dankbaren Patienten, ich habe sie gelesen.«

»Über Hector Bartlett?«

»Ja, ihn. Sie sagen, er ist ein Genie mit der Box. Die wissen nicht, daß er sie gar nicht selbst bedient, aber er unterweist natürlich seine Operateure, also ist es irgendwie schon sein Verdienst. Ich persönlich kann den Mann nicht ausstehen, diesen entsetzlichen Schleimer.«

»Warum bleibt er nicht bei der Radionik als Beruf? Warum will er unbedingt schreiben?«

»Er möchte wohl gern seinen Namen gedruckt sehen und berühmt sein. Das ist doch bei denen allen so. Ian Tooley hat versucht, vernünftig mit ihm zu reden, aber er sieht sich nun mal als großen Kritiker, als Denker sozusagen.«

»Er ist ein *Pisseur de copie*«, sagte ich.

Abigail war entzückt. »Die Franzosen«, meinte sie, »haben doch immer das richtige Wort, nicht? Sie sehen neuerdings so jung aus, Mrs. Hawkins.«

»Gar so alt bin ich ja auch noch nicht«, sagte ich.

Viel später, als ich William am Abend meine Theorie über den Einfluß des *Pisseurs* auf Wanda in ihren verschiedenen Stadien der Logik darlegte, mußte ich sie gleich wieder fallenlassen. »Erstens«, sagte William, »gehört der blaue Anzug in Wandas Kleiderschrank mir, und ich würde dich bitten, ihn mir wieder zu übereignen. Es ist mein einziger brauchbarer Anzug.«

William sagte noch andere Dinge, die sehr vernünftig klangen. Ich weiß nicht mehr was. Aber daß ich von dem Anzug in Wandas Kleiderschrank so voreilig auf dessen vermeintlichen Eigentümer geschlossen hatte, ließ mich nun auch gleich meinen Verdacht, der sich auf Hector Bartletts Beziehungen zu Wanda bezog, in Frage stellen. Ich wollte William so gern mit meiner Vernunft und Intelligenz beeindrucken. In Wahrheit war aber William im Irrtum und ich der Wahrheit recht nahe gewesen.

Mitte der Fünfziger stand die Radionik in England bereits in hoher Blüte. Es waren pseudowissenschaftliche Umtriebe, die zu Beginn des zwanzigsten Jahrhunderts in Amerika angefangen hatten. Angeblich wurden damit Krankheiten und Leiden bei Mensch, Tier und Pflanze auf jede Entfernung diagnostiziert und geheilt. Sie fand Anhänger und erfreut sich heute noch einer erklecklichen Schar von Jüngern. Daß sie ein völlig irrationales Heilverfahren ist, widerlegt sie noch nicht, und sicherlich sind die Anmaßungen der »Radionik« (das Wort steht nicht im Lexikon) auch nicht lächerlicher als die Anmaßungen aller unserer Religionen. Ich persönlich halte sie für reinen Mumpitz und wehre mich gegen die unermüdlichen Versuche ihrer Verfechter über die Jahre, die Wirksamkeit der Box mit ihren bunten Flüssigkeiten, den Stückchen Haar auf einem Metallplättchen, den vielen Knöpfen, an denen die Operateure herumspielen, dem Geschwätz von Meßwerten, kodierten Befehlen, elektromagnetischen Feldern, Chabras (Strahlen), L-Feldern (Leben), G-Feldern (Gedanken), O-Feldern (Organisation) und deren Abstrahlungen wissenschaftlich zu untermauern. O Gott! – diese Box hat mit irgendwelchen wissenschaftlichen Instrumenten nichts gemein; sie ist nicht elektronisch, sie ist nicht elektrisch, sie hat keine Strahlung. In den USA fiel sie in Ungnade, nicht aber in England, wo heute noch Bauern ihre Ernte und Pferdetrainer ihre kranken Gäule der Box anheimgeben.

1955 wußte ich über die Anmaßungen der Box noch viel weniger als heute. Damals hatte ich nur zwei klare Meinungen, die ich heute noch vertrete. Erstens, daß sie ein fauler Zauber war, nicht unbedingt ein bewußter Schwindel, denn ihre Jünger waren offensichtlich guten Glaubens. Zweitens stellte ich die rein akademische Überlegung an, daß die Box, wenn sie Gutes tun könne, logischerweise auch Böses tun können müsse. Wenn man zum Beispiel glaubt, sie könne die Ernte segnen, dann kann sie eben Unkräuter verfluchen. Nimmt man an, daß sie die Gesundheit zum Guten beeinflussen kann, muß man auch glauben, daß sie die Gesundheit zum Bösen beeinflussen kann. Allen, die es einmal mit der Box versuchen möchten, gebe ich den Rat, es als ein Experiment zu sehen, aber nichts zu glauben. Und werfen Sie vor allem nicht Ihr gutes Geld dafür hinaus.

Ehe Abigail ging, fragte ich sie, ob ich mir etwas von der Literatur über das Thema, die sie aus Wandas Zimmer geholt hatte, ausleihen dürfe. Sie lieh mir ein Buch und eine Broschüre. Ich wollte daraus ersehen, wie Wanda auf die Idee gekommen war, daß mein Abmagern eine Folge ihrer Bemühungen sei. Aber ich wurde aus diesem Hokuspokus nicht schlau und bemühte mich im übrigen auch nicht sehr, zu verstehen, was es mit der Radionik auf sich hatte.

In späteren Veröffentlichungen las ich die Behauptung, man könne mit Hilfe einer Blut- oder Haarprobe jemanden ohne dessen Wissen radionisch behandeln. Die 1960 gegründete Gesellschaft für Radionik »verbietet derlei Praktiken«. Da sich solche Verbote jedoch in keiner Weise durchsetzen lassen, sind sie sinnlos. Manche Publikationen, mit deren Hilfe ich meine Ansichten über die Geschehnisse des Jahres 1955 auffrischte, bestätigten meinen Unglauben an die Wirksamkeit des Verfahrens. Das Thema wurde in einem berühmten Fall von 1960 vor dem Obersten Gerichtshof erörtert, wobei dann verbindlich festgestellt wurde, daß es zwar keinerlei wissenschaftliche Grundlagen für die angeblichen diagnostischen Fähigkeiten der Box gebe, ihre Jünger und Anhänger aber dennoch guten Glaubens sein könnten. Etliche medizinische Sachverständige erklärten, die Box sei reiner Humbug, und etliche ehrbare Leute sagten, sie sei keiner. Und ich behaupte, daß aus der Sicht eines Besuchers aus dem Weltraum die Box nicht lächerlicher wäre als ein katholischer Katechismus oder die Messe.

Als ich später abends in mein wahres junges Leben zurückkehrte, machte William sich über mein »Dahinsiechen« lustig. Ich fand ihn ungebührlich herzlos gegenüber Wandas Verrücktheit, sah aber zugleich, daß er mich aus meinen trüben Gedanken herauszureißen versuchte, und das gelang ihm. Er hatte eine gute Schallplattensammlung.

Ich fuhr am nächsten Morgen mit der U-Bahn, Northern Line, zu meinem Vorstellungsgespräch nach Highgate. Von Bussen hatte ich nach dem langen, trübsinnigen Umherreisen des vergangenen Monats genug.

Abigail erwartete mich und stellte mich vor.

»Guten Tag, Mr. Send.«

»Sehr erfreut, Mrs. Hawkins.«

Abigail ging in ein anderes Zimmer, um ihre Nägel zu

feilen und auf mich zu warten. Ich bekam die Stelle, vorerst für einen Monat auf Probe ab Anfang April, also nächster Woche. »Wenn Sie einen Text redigieren, Mrs. Hawkins, worauf achten Sie da?« fragte Howard Send. »Auf Unterstreichungen und Ausrufungszeichen«, sagte ich. »Und die mache ich dann weg.« Die Antwort war so gut wie jede andere. »Und wenn der Autor Aldous Huxley oder Somerset Maugham hieße?« fragte er. Ich antwortete, wenn er solche Autoren habe, brauche er niemanden zum Redigieren. »Wie wahr«, sagte er. Dann zeigte er auf ein paar Stapel Manuskripte auf einem anderen Schreibtisch. »Die müssen wir alle durcharbeiten. Sie sind aber nicht von Maugham oder Huxley.«

Das Haus, das sie sich in Highgate gemietet hatten, war ein hohes viktorianisches Gebäude, Millys Haus in South Kensington nicht unähnlich, nur breiter. Meine Arbeit war die interessanteste und unterhaltsamste meines Lebens. Aufregungen gab es einzig um Ereignisse und Personen. Aber wenn ich in meinen Stunden nächtlichen Wachens auf »Highgate« als Erfahrung zurückblicke, sehe ich sie perlrosa. Das läßt sich zum Teil erklären. Erstens hatte Howard Send die Angewohnheit, Blumen über Blumen ins Haus zu schleppen, lange Zweige blasser Apfel-, Birnen-, Pfirsich- und Pflaumenblüten, weiß und rosa, und der Effekt war rundum rosa. Auch Tulpen und Schalen mit Hyazinthen, aber was ich hier schildere, ist mehr ein Eindruck meiner Erinnerung als eine eigentliche Erinnerung. Ich glaube, daß Howards Freund und Mitherausgeber Fred Tucher (gesprochen »Tuhtscher«) eines der ersten rosa Herrenhemden trug, die ich je gesehen hatte. Wie auch immer, jedenfalls sehe ich alles perlrosa. Den Salon bildete ein großes Zimmer nach vorn hinaus, und er lag einem ebensolchen Raum gegenüber, der als Büro diente. Beide Räume hatten Erkerfenster. Im Salon standen sehr tiefe, sehr bequeme beigefarbene Sofas und Sessel; das Büro hatte einen hellen Teppichboden, blasse Wände und leichte Holzschreibtische und Regale.

Und Perlrosa kam als allgemeiner Eindruck dabei heraus. Wenn ich diesen Eindruck vielleicht näher untersuchte, könnte herauskommen, daß meine Erinnerung durch die lauen politischen Ansichten des Flüchtlingsvölkchens von Highgate perlrosa gefärbt ist. Ich hatte in ihnen die knallroten Linksextremisten zu sehen erwartet, als die sie von ihren Feinden in den USA hingestellt wurden, und schon immer hatte ich mir linke Kreuzritter mit grimmigen Gesichtern und freudloser Rechtschaffenheit vorgestellt, voller Pläne und Statistiken und den Mund voll saurer Drops, wenn sie von ihrem Abendkurs an der London School of Economics im Regen nach Hause gingen. Aber diese Highgate-Leutchen besaßen Geld und Bildung. Ihre politischen Ansichten waren mehr oder weniger liberal. Ihre Vorlieben und Meinungen waren denen des durchschnittlichen gebildeten Engländers so ähnlich, daß man sich fragte, wie man sie, was ja geschehen war, jemals des Einvernehmens mit den starren Sowjets bezichtigen konnte. Sie waren in Wirklichkeit nichts anderes als typische Amerikaner außer Landes, reich mit Geld gesegnet beim damaligen Wechselkurs, kulturell wohlinformiert und in England sehr zu Hause. Ich war damals noch nicht viel gereist, sonst hätte ich gewußt, daß viele andere Amerikaner sich in Frankreich und Italien ebenfalls sehr zu Hause zu fühlen begannen.

Am Tag meines Vorstellungsgesprächs sagte Howard Send: »Gut, danke, Mrs. Hawkins, Sie sind für einen Monat auf Probe eingestellt. Wir nennen uns hier alle beim Vornamen. Ich heiße Howard. Sie heißen Agnes, wenn ich richtig gehört habe?« Ich sagte: »Nancy.«

»Schön, Nancy, dann sehen wir uns nächste Woche. Sie werden reichlich Arbeit vorfinden.«

Abigail und ich gingen irgendwohin zum Lunch. Wir fanden, daß wir mit unserer Arbeit mehr oder weniger machen konnten, was wir wollten, und kamen auf wichtigere Themen zu sprechen, zum Beispiel Abigails große Liebe zu Giles Wilson, der bei Lloyd's arbeitete und jeden Wochentag morgens mit einem Bowler auf dem Kopf dorthin ging und abends eine kleine avantgardistische Rock-and-Roll-Gruppe managte. Er bezog Abigail in diese Tätigkeit ein, was ihr großen Spaß machte, und fuhr an Wochenenden mit ihr aufs Land zu allen Freunden, die sie bei sich aufnahmen, vorzugsweise solchen, die samstagabends keine großen Dinnerpartys gaben und erwarteten, »daß man ihnen sonntags beim Abwasch hilft«. Abigails Eltern waren geschieden. Ihr Vater lebte mit ein paar Schwestern und Vettern in einem großen alten Haus, erzählte sie mir, »wo man sich, kaum daß man den Fuß über die Schwelle gesetzt hat, schon nützlich machen muß. Da sind Sie das ganze Wochenende draußen und ernten Tomaten und Gemüse, sammeln Eier ein und pflücken Erdbeeren, oder Sie putzen drinnen das Silber, das man extra für Sie hat liegen lassen. Alles nur, damit dann alle um den Tisch sitzen und ein Rosenköhlchen auf die Gabel spießen und für Anthony Eden schwärmen können.« Abigail fuhr zum Wochenende auch nicht gern zu Giles' Familie, die in einer bezaubernden umgebauten Scheune wohnte, aber die Familie war zu klein, als daß sie mit Giles hätte schlafen können: »In so einem Haus fällt das auf.« Sie wollten heiraten, sobald sie das Geld für die Hochzeitsreise beisammen hätten, und das war vielleicht nächstes Jahr.

Ich hatte meinen Spaß daran, wie Abigail ihre Welt mit solch belanglosen Sätzen zu schildern verstand, ohne Bosheit und unter Verzicht auf Erklärungen oder viele Details.

Ich sagte ihr, daß ich eine kleine Wohnung suchte.

»Mir gefällt Ihre Bude in Kensington«, sagte sie.

Da erzählte ich ihr von William und daß wir uns zusammentun und heiraten wollten, sowie er sein Abschlußexamen habe. Sie versprach, sich nach einer preiswerten Wohnung umzuhören. Wir gingen noch zusammen bis Knightsbridge, wo Abigail mir kurz mit ihrem roten Halstuch nachwinkte und mich dann verließ. Ich fühlte mich ins Leben zurückgerufen und konnte im Moment an meine neue Stelle und an William denken statt an diesen Tod, Wandas Tod.

Es war kurz nach drei, als ich nach Hause kam und Millys Koffer in der Diele vorfand. Sie war soeben aus Irland zurückgekommen, fast gleichzeitig mit Wandas Schwester, die gekommen war, um den Rest von Wandas Eigentum durchzusehen. Ich fand Milly mit Greta oben in Wandas Zimmer.

»O Milly, Milly«, rief ich von der Tür her.

»Wie dünn Sie geworden sind, Mrs. Hawkins. Fehlt Ihnen was?« fragte Milly.

»Sagen Sie doch Nancy zu mir«, sagte ich.

»Fehlt Ihnen auch nichts?«

Ich hatte ja schon vor Millys Abreise abzunehmen begonnen, aber so allmählich, daß sie es nicht bemerkt hatte. Ich versicherte ihr, daß es mir gut gehe. Aber nichts konnte Milly damals oder später ausreden, daß es der Schock über Wandas Tod gewesen sei, der mich so von heute auf morgen die Hälfte meines Umfangs habe verlieren lassen.

»Da sehen Sie, was passiert«, sagte sie zu Greta, die am Fenster saß und ein Bündel Fotos durchblätterte – »Da sehen Sie, was durch solche Geschichten passiert. Da kriegen Leute über Nacht weiße Haare und magern ab. Selbstmord, und jemand aus meinem Haus.«

Greta beachtete Millys Erregung kaum; sie schien sich über die Fotos zu wundern.

Ich ging ins Zimmer und versuchte Milly zu beruhigen.

»Die meisten von ihren Sachen, ihren Kleidern, sind gestern schon weggegangen«, sagte ich. »Gehen wir schnell noch den Rest durch. Möchten Sie eine Tasse Tee?«

»Später«, sagte Milly. »Hier gibt's noch zu tun.« Ich hatte sie noch nie so erregt gesehen. Sie hatte eine Schublade herausgezogen, die voller alt aussehender Papiere, Briefe und unbedeutender, fünf Jahre alter Rechnungen war. Wanda hatte offenbar zu denen gehört, die nichts wegwerfen können. »Wonach ich suche«, sagte Milly, »ist einer von diesen anonymen Briefen. Jemand hat Wanda in den Selbstmord getrieben.«

»Das steht fest«, sagte Greta.

Die Schublade mit den Papieren lag auf Wandas Bett. Milly und ich setzten uns rechts und links davon, und Milly begann wahllos darin herumzublättern. Greta legte ihren Packen Fotos weg und nahm einen neuen aus der Frisierkommode. Wenn ich die beiden so sah, überkam mich einen Moment das Gefühl, sie versuchten Wanda wieder zusammenzusetzen, und ich dachte an eine Stelle in *Frankenstein*, wo der Wissenschaftler-Erzähler im Grab nach Material für den Bau seines Monsters sucht. Ich habe die Stelle nachgeschlagen. Sie lautet wörtlich:

»Wer kann das Grauen meiner verschwiegenen Arbeit ermessen, wenn ich in ungeweihter Grabesfeuchte wühlte oder lebendige Kreaturen marterte, um den unbeseelten Lehm zu beleben?«

Das ist im wahrsten Sinne des Wortes drastisch ausgedrückt, aber es gab meinen Eindruck dort in Wandas Zimmer wieder, als wir Wandas armselige Papiere durchwühlten.

Ich ging daran, den Inhalt der Schublade in eine vorläufige Ordnung zu bringen – Briefe hier, Postkarten dort, alte Rechnungen woanders. Mit meiner Büroerfahrung ging das schnell. Zum Schluß waren es fünf, sechs kleine Stapel. Dann begann ich die einzelnen Stapel nach dem Datum zu ordnen. »Das meiste von dem Zeug ist unnütz«, sagte ich.

»Keine Spur von den anonymen Briefen?« fragte Milly. »Suchen Sie genau.«

»Nein, Wanda muß sie vernichtet haben.«

Ich hielt es für angebracht, auch einmal etwas über Wandas Verdienste zu sagen.

»Sie war eine sehr gute Schneiderin«, sagte ich, angeregt von einer alten Quittung über drei Viertel Meter moiriertes Band, »und sehr maßvoll mit den Preisen.«

»Eine fleißige Frau«, sagte Milly.

»Sie hat das nicht verdient«, meinte Greta.

Ich sah, daß Milly sich dieser Aussage gern angeschlossen hätte, aber ihr Katholizismus erlaubte ihr nicht, so weit zu gehen und Wanda den Status eines Opfers zukommen zu lassen. Sie machte den Mund auf, sprach dann aber nicht.

Greta sah mich um Bestätigung bittend an. »Man hat sie katholisch begraben«, sagte sie. »Geistige Umnachtung ist eine Krankheit wie jede andere.«

Bei dieser Neuigkeit lebte Milly auf. »Ist das wahr?« fragte sie.

»Irgendwer oder irgendwas hat sie um den Verstand gebracht«, sagte ich.

»Das glaube ich gern«, meinte Milly.

»Wie dumm von ihr«, sagte Greta.

»Sie hat anscheinend bei niemandem Schulden«, sagte ich. »Hier sind keine unbezahlten Rechnungen dabei.«

»Die Miete«, sagte Greta. »Sicher hat sie für die letzte Woche keine Miete bezahlt, oder? – Ich bezahle sie.«

»Nichts da«, sagte Milly. »Ich würde ihre letzte Miete nicht anrühren. Das wäre Blutgeld.«

Ich suchte in Wandas Korrespondenz nur nach der Handschrift, die ich von dem ersten anonymen Brief noch in Erinnerung hatte, fand aber keine, die ihr ähnlich sah. Die meisten Briefe waren aus Polen und in polnischer Sprache;

die Postkarten hatten offensichtlich Freunde aus dem Urlaub geschickt. Eine von Kate war dabei, eine von mir. Ich überreichte den Packen Greta. »Nehmen Sie die am besten mit, dann können Sie zu Hause vernichten, was Sie davon nicht behalten wollen«, sagte ich.

»Und die Fotos?« fragte Greta, als müsse sie um Erlaubnis bitten.

»Die gehören alle Ihnen«, sagte ich. »Und diese alten Rechnungen und so weiter können wir ja vernichten.«

»Die Fotos weiß ich mir nicht zu erklären«, sagte Greta. »Es sind Schnappschüsse von der Familie, unseren Schwestern in Polen, mir und unseren Kindern. Der Onkel und unsere zwei Tanten. Gut. Aber ein paar von den Fotos, da weiß ich nicht.« Sie gab mir ein postkartengroßes Foto. »Das ist Wandas Gesicht, aber es ist nicht Wanda. Und wer ist dieser Kerl?«

Ich sah es sofort, der Kerl war Hector Bartlett, *Pisseur de copie*. Er stand neben einem Mädchen, jedenfalls war es Wandas Gesicht auf der Figur eines Mädchens, das nicht Wanda war. Es war die Figur eines Mannequins in schickem Hemd und hautenger Hose. Den Hintergrund bildete eine Meerlandschaft, irgendwas wie Margate oder Ramsgate. Offensichtlich war das Bild eine Fälschung, aber eine harmlose. Ich zeigte es Milly, und um sie nicht mit dem zu erschrecken, was mir langsam wirklich in den Sinn kam, sagte ich: »Das ist eine Fälschung, ein Witz, Wandas Kopf auf dem Körper einer anderen Frau. Erkennen Sie den Mann neben ihr?«

»Das ist einer von ihren Vettern«, sagte Milly sofort.

»Was für ein Vetter?« fragte Greta.

»Der Vetter, der aufs Priesterseminar geht, ein Spätberufener«, sagte Milly.

»So einen Vetter haben wir nicht«, sagte Greta. »Ich habe diesen Menschen noch nie gesehen.«

Milly war entsetzt. Ich hatte das Gefühl, sie wollte Greta nicht glauben.

»Hat er sie hier besucht?« fragte ich.

»Oft«, sagte Milly. »Er war oft nachmittags hier und hat Wanda Gesellschaft geleistet, nach diesem Schock, den sie durch die Briefe hatte.«

»Das ist kein Vetter«, sagte Greta.

Ich sagte: »Ich habe ihn nie hier gesehen.«

»Sie waren dann ja auch zur Arbeit. Er mußte doch um fünf wieder im Seminar sein. Er hat sicher nichts Böses an sich«, meinte Milly.

»So einen Vetter gibt es nicht«, sagte Greta.

»Sie hat mir gesagt, er ist ihr Vetter, ein Priesterschüler.« Milly war ganz aufgeregt.

»Das war wohl ein Scherz«, sagte ich. »Wie das Foto. Ein harmloser Scherz.«

»Schöner Scherz!« rief Greta. »Sehen Sie sich mal die anderen Bilder an.«

Die anderen Bilder waren ebenso harmlos: Wanda und Hector auf der Straße, Wanda mit ihrem gewohnt verdrießlichen Aussehen, aber Hectors Gesicht auf dem Körper eines anderen, kleinwüchsigen Mannes. Ein Foto zeigte Wanda und Hector Bartlett beim Picknick, beide in einer eleganten Pose, die sie im wirklichen Leben nie hätten einnehmen können. Ich nahm Greta die Fotos aus der Hand und sah sie durch. Ich fand fünf von diesen offensichtlichen

Fälschungen. Dann fand ich eines ohne Wanda. Es zeigte Hector und einen kleinwüchsigen Mann im Profil. Sie fütterten Enten auf einem See, den ich nicht identifizieren konnte. Den Mann im Profil glaubte ich zwar irgendwoher zu kennen, wußte ihn aber im Moment nirgends unterzubringen.

Ich drehte die Fotos alle um, ob hinten etwas darauf stand, fand aber nichts und gab sie Greta zurück. »Nehmen Sie sie mit«, sagte ich.

»Sie sind mir ein Rätsel«, sagte Greta.

»Wie der mich an der Nase herumgeführt hat!« sagte Milly. »Ich hatte ihn für einen Seminaristen gehalten.«

Ich mühte mich, einen Koffer vom Kleiderschrank zu holen, um den Rest von Wandas Sachen einzupacken. Ich wollte Greta jetzt loswerden, wußte aber auch, daß meine Gedanken sich später ordnen würden, vielleicht in meinen Stunden nächtlichen Wachens. Wir packten Wandas Korrespondenz separat ein; die Sachen, die Wandas Kunden gehörten, taten wir in einen Koffer, den Greta bei Freunden in London lassen wollte, deren Adresse sie Milly gab. Wir legten die alten Rechnungen auf einen Stapel zum Wegwerfen. In einigen Schubladen fanden wir noch allerlei unnützen Krimskrams und alte Papierfetzen. »Die können Sie mir überlassen«, sagte Milly. »Ich räume sie morgen auf.«

Sie nahm Greta noch auf eine Tasse Tee mit nach unten. Dann riefen wir ein Taxi und schickten Greta weg. Milly war müde von der Reise und litt sehr unter dem Unglück, das da über ihr Leben gekommen war. »Warum hat dieser Kerl sich nur als ihr Vetter ausgegeben? Priesterschüler...«

»Denken Sie jetzt mal bitte nicht mehr daran, Milly«,

sagte ich. »Morgen fühlen Sie sich wieder besser. Und ich auch.« Ich war von diesen letzten Ungereimheiten um Wandas Tod noch so durcheinander, daß ich für den Rest des Nachmittags gar nicht mehr daran denken konnte, welche Freude mir meine neue Arbeit wahrscheinlich machen würde, oder an die Geschichte von Abigail und Giles, die ich so schön fand – wie er morgens mit Bowler zu seiner Arbeit bei Lloyd's ging und abends seine Rock-'n'-Roll-Gruppe managte. Ich wünschte mir eine Wohnung zusammen mit William. Und ich war es überhaupt leid, Mrs. Hawkins zu sein. Ich wollte Nancy sein mit meiner neuen, guten Figur.

Kurz nachdem Gretas Taxi abgefahren war, klingelte das Telefon. Wir hatten ihr eine gute Heimreise gewünscht. Wir hatten ihr gesagt, sie solle sich keine Sorgen machen. Ich wollte, daß Milly sich jetzt hinsetzte, und dann wollte ich ihr einen Drink einschenken.

Ich nahm ab. »Mrs. Hawkins, ob Sie diese Woche wohl einen Abend Zeit für ein Dinner hätten, vielleicht Freitag oder Samstag? Ich hätte gern Ihren Rat, wegen Isobel. Sie kann sich in ihrer neuen Wohnung so schwer einleben. Vorhänge und so weiter. Und außerdem könnten wir uns einen richtig fidelen Abend machen, Sie und ich, wenn Sie ...«

»Nein, es geht nicht, Mr. Lederer.«

Ihren Rat, Mrs. Hawkins ... War ich immer noch Mrs. Hawkins, mein Gesicht auf die Figur einer anderen Frau montiert, wie Wandas Gesicht auf dem Foto?

Am Abend hielten wir eine Art Totenwache für Wanda; die Hausbewohner versammelten sich in der Küche um Milly, um sie daheim willkommen zu heißen und ihr bei dem befremdlichen Gang der Dinge zur Seite zu stehen; in ihrer Abwesenheit hatte Isobel schwanger das Haus verlassen, und Wanda war in den Kanal gesprungen. Ein Zeichen der Solidarität war angebracht.

Die Sache mit Isobel erschütterte Milly nicht sehr, zumal sie ja schon aus dem Haus war.

»Ihr Vater hat sie zu sehr verwöhnt. Was soll man da erwarten?« meinte Milly. »Aber von Wanda Podolak hätte ich das nicht gedacht«, sagte sie mehr als einmal, als ob Selbstmord und ein uneheliches Kind gleichrangige Katastrophen wären. Doch ich wußte, daß Wandas Tod sie im Innersten viel mehr erschütterte, als sie sagen konnte. »Das hätte ich nie von Wanda gedacht ...«, klang in meinen Ohren wie jener legendäre Verweis der Edinburgher Vermieterin aus dem neunzehnten Jahrhundert an James Simpson, den Pionier des Chloroforms, den man nach einem Selbstversuch bewußtlos auf dem Boden seines Zimmers fand und für betrunken hielt: »Das hätte ich nie von Ihnen gedacht, Mr. Simpson.«

Da wir alle berufstätig waren, konnte sich niemand erinnern, jemals Hector Bartlett gesehen zu haben, der, wie ich vermutete, seine Besuche als Wandas Vetter zeitlich so gelegt hatte, daß er uns nicht begegnete. »Ich hatte ihn für einen jungen Gentleman gehalten. Das hätte ich bei Wanda nie vermutet«, sagte Milly. Und ich verstand, daß sie jetzt annahm, er sei Wandas Liebhaber gewesen. Vielleicht war er es. Ich für meinen Teil äußerte mich gar nicht über ihn. Kein Wort über seinen Namen, wer er war, und daß ich ihn auf den Fotos erkannt hatte. Da saß ich neben William, mit Kate und den Carlins. Mr. Twinny, unser Mann fürs

Grobe, kam ebenfalls mit seiner Frau kurz vorbei, um Milly zu begrüßen und Wandas Schicksal zu beklagen. Seltsam, wie sich alle noch genau erinnern konnten, was sie gerade getan hatten, als sie von Wandas Tod hörten, und Milly den Augenblick schilderten. Kate hatte der Polizei die Tür geöffnet: »Wohnt hier eine Mrs. W. Podolak...?« Und Kate schilderte ihre Gefühle, als sie die Leute nach oben führte und bei den Carlins anklopfte. Die Carlins erinnerten sich an ihr schieres Entsetzen, und Basil hatte William zu Hilfe gerufen, weil seine Frau so blaß geworden war. Mr. Twinny hatte es von jemandem auf der Straße erfahren, »und ich bin sofort nach Hause gegangen und hab zu meiner Frau gesagt, sie soll sich erst mal hinsetzen und sich festhalten, dann hab ich es ihr beigebracht«. William sagte, er sei natürlich entsetzt gewesen, »aber man gewöhnt sich an solche Situationen, wenn Menschen nach Unfällen ins Krankenhaus gebracht werden, das nimmt man sich dann nicht mehr allzusehr zu Herzen«. Alle diese Zeugnisse halfen Milly. Ich konnte nicht viel dazu beitragen. Ich war mit den Gedanken weniger bei dem, was ich gerade getan hatte, als ich es erfuhr. »Ich kam völlig durchnäßt nach Hause«, sagte ich, »und traf oben in Wandas Zimmer die Polizei an.« Ich dachte mehr an das, was ich gerade getan hatte, als sie sprang; da hatte ich mit Emma Loy im ›Grosvenor House‹ gesessen und über Hector Bartlett gesprochen, mit Pfarrer Stanislas' Telefonnummer in der Handtasche.

Während wir zusammensaßen, wurde ich noch einmal ans Telefon gerufen. Es war Isobel Lederer. Sie wollte irgendeine Gefälligkeit von mir, aber ich habe völlig vergessen, was es war. Ich höre nur noch immer zwei Sätze voll fröhlicher Zuversicht: »Ich weiß, daß ich mich auf Sie verlassen kann, Mrs. Hawkins« (So, kannst du das? dachte ich), und »Sie werden mich nicht im Stich lassen, das weiß ich, Mrs. Hawkins« (ach, wirklich nicht?). Welchen Dienst, welche Gefälligkeit sie von mir wünschte, und ob ich sie ihr zu tun versprach oder nicht, ich tat es nicht.

Nachts, als ich wach im Bett lag, sah ich wieder diese grotesken Fotos von Hector Bartlett und Wanda vor mir. Jetzt fiel mir auch ganz von selbst wieder ein, wer dieser kleine Mann war, der neben Hector im Profil zu sehen war: es war der elende Vladimir, der bei Mackintosh & Tooley immer in den Büros herumgeisterte. Der falsche Weißrusse mit seiner gehässigen Kamera; ihm war es ohne weiteres zuzutrauen, daß er diese Fotomontagen von Wanda zusammengekleistert hatte. Warum hatte sie die nur aufgehoben, fragte ich mich, und ich hielt es für wahrscheinlich, daß es noch andere gab, vielleicht Wandas Gesicht auf einen Körper in pornographischer Pose montiert, und die hatte sie angstvoll vernichtet, oder man hatte sie ihr nur in erpresserischer Absicht gezeigt. Die Richtigkeit dieser Vermutung konnte ich nie nachprüfen. Beim Zusammensetzen des Puzzles, in welcher Weise Hector Bartlett mit Wandas Selbstmord zu tun hatte, konnte ich nicht mit Sicherheit erklären, welche Bedeutung diese jämmerlichen Fotos hatten, und so bleibt mir nur die Erinnerung an Gretas Bestürzung und Millys verständnislosen Schrecken an dem Tag, als ich von Highgate zurückkam und wir in Wandas Zimmer diese Fotos betrachteten. Ich begann Wanda in einem neuen Licht zu sehen. Emma Loys Erzählung in Kombination mit meiner eigenen

Liebesgeschichte mit William hatte mir die Augen geöffnet. Mir ist schon aufgefallen, daß Verliebte und Liebende einen schärferen Blick für das Begehrenswerte auch bei anderen haben. In den ganzen Jahren seit dem Tod meines ersten Mannes, in denen ich nie verliebt gewesen war, wäre es mir gar nicht eingefallen, daß Leute, die ich kannte, ein Liebesleben haben könnten, solange sie sich nicht gerade verlobten oder es mir ausdrücklich sagten. Was wußte ich eigentlich wirklich von all den Menschen, denen ich an meinen jeweiligen Arbeitsstellen begegnet war, Tag für Tag? Was wußte ich von Kate? Oder von Isobel, die vielleicht in jemanden verliebt war, nicht aber in den Vater ihres Kindes? Was hatte ich je von Wanda gewußt?

Ich dachte wieder an den Tag, an dem Milly und ich nach einem von Wandas langen, schrecklichen Schreien in ihr Zimmer hinaufgeeilt waren und sie im Bett vorgefunden hatten; da hatte ich flüchtig, vielleicht zu flüchtig, bemerkt, wie attraktiv sie aussah, wie verführerisch mit dem blonden, gelösten Haar um die Schultern. Da ich selbst damals keinen Geliebten hatte, sah ich und sah doch nicht. Ich hatte in Wanda nur die pummelige polnische Schneiderin gesehen, deren Leben ausgefüllt war mit Kirche und Freunden und Feinden, mit Madonnen und Novenen sowie ihren zur Anprobe kommenden Damen. Daß sie einen Geliebten haben könnte, war das letzte, woran ich gedacht hätte.

Jetzt dachte ich daran, und ich sah jetzt Hector Bartlett als einen Fall für die Psychologie, einen gefährlichen. Hier eine einsame, nicht mehr ganz junge Witwe, und da kommt Hector Bartlett und schmeichelt sich in ihr Leben, ihre Gefühle, blendet und erpreßt die törichte Frau dazu, für ihn mit dieser idiotischen Box zu arbeiten. War solches Schmierentheater denkbar? Ich fand, ja. Alternde Frauen wurden tagtäglich von skrupellosen Männern verführt. Seit damals habe ich es Frauen von hohem Intellekt widerfahren sehen. Ich kannte eine Ärztin, die in Italien Urlaub machte und sich von einem Mann, der sich ihr an der Fontana di Trevi als Mitarbeiter einer Fluggesellschaft vorgestellt hatte, verführen und ausrauben ließ; es wäre nicht weiter wichtig gewesen, aber sie nahm es sich zu Herzen. Ich hörte von einer Gefängnisleiterin, die sich in einen Häftling verliebte, der wegen Mordes an seiner Frau einsaß; es wäre nicht weiter wichtig gewesen, aber sie verlor ihren Posten. Welche Chance hatte Wanda gehabt, welchen Schutz vor sich selbst?

Am nächsten Morgen, als ich gerade dachte, daß meine in der Stille der Nacht gefaßten Vorstellungen vielleicht doch etwas zu weit gingen, kam Milly zu mir herauf.

»Ich habe in Wandas Zimmer aufgeräumt und dieses Zeug hier unter ihrer Matratze gefunden«, sagte Milly.

Es waren zwei Zeitungsausschnitte, ein kurzer, ein längerer, sowie drei kleine zerknitterte Umschläge. Ich besah mir zuerst die Umschläge, denn auf einem stand »Haukens«, was ich als Wandas Schreibweise für meinen Namen deutete. Auf den beiden anderen Umschlägen stand jeweils »Stokes« und »Asherbi«. Auf wen die beiden letzten Namen sich bezogen, sollte ich nie herausbekommen. In allen drei Umschlägen lagen kleine Haarbüschel, säuberlich mit einem Faden umwickelt. Die Haare von »Haukens« konnten durchaus von mir sein, ich konnte mir nur im Moment nicht vorstellen, wie Wanda darangekommen war.

»Sie hat Haare für irgendeine alberne Box gebraucht, mit der man Leute heilen können soll«, sagte ich zu Milly.

»Mir ist ganz elend«, sagte Milly. Sie setzte sich und gab mir die Zeitungsausschnitte. »Lesen Sie mal«, sagte Milly.

Mit meiner beruflichen Übung schaute ich automatisch zuerst nach, aus welcher Zeitung die Ausschnitte stammten. Sie trugen keinen Hinweis. Kein Name oder Datum stand darauf gedruckt oder geschrieben. Die Rückseiten waren mit irgendwelchen Meldungen bedruckt, verstümmelt und unverständlich, wie eben auf der Rückseite von Zeitungsausschnitten. Aber es war keine fachmännische Arbeit.

Der kurze Ausschnitt war aus einer vorgeblichen Kleinanzeigenspalte und lautete: »Änderungsschneiderei Wanda Podolak, South Kensington, Anproben jederzeit nach telefonischer Verabredung.« Dahinter stand unsere Telefonnummer.

Der längere Ausschnitt sah nach einer Meldung aus und war überschrieben: »Ermittlungen gegen polnische Schneiderin.« Er lautete:

Die Polizei interessiert sich für das Treiben einer polnischen Bewohnerin unseres Landes, wohnhaft in Kensington, die regelmäßig in den Kleinanzeigen unserer Zeitung inseriert. Ihre Anzeigen haben jedesmal folgenden harmlos scheinenden Wortlaut: (Es folgte der Text der Kleinanzeige.)

Was aber steckt hinter dieser Botschaft? Die fragliche Dame, Mrs. Wanda Podolak, Church End Villas Nr. 14, South Kensington, erklärte in einem Interview: »Ich versuche nur Leuten zu helfen. Es ist nichts Böses an dem, was ich tue. Es ist nicht wahr, daß ich Hexerei betreibe oder durch Radionik die Persönlichkeit meiner Kunden verändere. Es ist nicht wahr, daß ich ihnen Haarproben abschneide, wenn sie zur Anprobe kommen. Ich bin eine ehrbare Schneiderin und praktizierende Katholikin.«

Die Polizei bestreitet, daß sie im Fall einer jungen Frau ermittle, die nach radionischer Behandlung im Etablissement der Mrs. Podolak in einem ehrbaren Haus in Church End Villas, wo die »Schneiderin« ihrem Geschäft nachgeht, auf geheimnisvolle Weise abzunehmen begann. »Sollte die betreffende junge Dame sich darüber beklagt haben, daß sie abnehme«, sagte der Sprecher der Polizei, »so ist uns davon nichts bekannt, und wenn es uns bekannt wäre, würden wir ihr raten, einen Arzt zu konsultieren.« Der Sprecher räumte indessen ein, daß man sich mit anderen Aspekten eines möglichen »Schwindels« befasse, der in Church End Villas Nr. 14 vor sich gehe.

»So eine Frechheit«, sagte Milly. »In der Zeitung! Wie finden Sie denn das?«

Ich sagte: »Das sind keine echten Zeitungsausschnitte. Es sind Fälschungen. Wirklich, Milly, das hat nie in einer Zeitung gestanden. Dieser Mann, der sich als Wandas Vetter ausgab, hat die Ausschnitte anfertigen lassen, um ihr einen Streich zu spielen. Ich weiß zufällig, wo er sie hat drucken lassen. Bei einem Mr. Wells in Notting Hill, einer ganz und gar seriösen Druckerei. Ich gehe mit Ihnen hin, der Mann wird es Ihnen gewiß bestätigen.«

Ich ging mit Milly und den Zeitungsausschnitten zu Mr. Wells, und er bestätigte, daß es Sonderanfertigungen für

Hector Bartlett waren. Aber auch wenn ich nicht schon gewußt hätte, daß Hector Bartlett sich falsche Zeitungsausschnitte drucken ließ, wäre ich auf diese Papierschnipsel ganz gewiß nicht hereingefallen. So ein Künstler war Mr. Wells nämlich nicht, daß er Zeitungsausschnitte hätte produzieren können, die irgend jemand, der mit so etwas umzugehen gewöhnt war, für echt gehalten hätte. Mr. Wells war bestürzt, daß seine Arbeit Milly Kummer bereitet hatte. Cathy wartete vor seinem Büro, während wir redeten.

»Gibt es davon noch Kopien?« fragte ich.

»Nein, ich habe jeweils nur ein Exemplar gedruckt. Sehr teuer, aber er hat bezahlt. Darf ich fragen, was er damit angestellt hat?«

»Es war nur ein Scherz«, sagte ich. »Zerreißen wir sie.« Und wir zerrissen sie an Ort und Stelle.

»Ein schlechter Scherz«, sagte Milly. »Mein Haus zu nennen.«

Wir gingen mit Cathy Tee trinken, und Milly lebte wieder auf, wie immer, wenn sie irgendwo neue Leute kennenlernte. Cathy ließ sich zu der Feststellung hinreißen, daß Hector Bartlett mit seinen Tricks gefährlich und Mr. Wells ein Dummkopf sei, obwohl er nichts Böses gewollt habe.

»Glauben Sie«, fragte Milly, »daß diese Zeitungsmeldung Wanda in den Tod getrieben hat?«

Ich sah das so. Aber wie hätte ich Milly eine solche Gemeinheit erklären können? Ich nahm an, daß Wanda von Hector Bartlett unter jeden erdenklichen Druck gesetzt worden war. Er hatte sie mit Terror, Sex, vorgespielter Liebe und angedrohter Bloßstellung zur Arbeit mit der Box verleitet, gegen mich und wen sonst noch alles vor mir? Mein Verbrechen war gewesen, ihn offen ins Gesicht einen *Pisseur de copie* zu nennen. Ich hatte die Absicht, es wieder zu tun.

»Gänzlich nichtige Motive...«, hatte William über Selbstmord im allgemeinen gesagt. »Oft etwas völlig Triviales...« Ich vermute, wenn wir mit unserer Geschichte und den Zeitungsausschnitten und Haarsträhnen zur Polizei gegangen wären, hätte sie der Form halber etwas unternommen, zum Beispiel Hector Bartlett verhört. Aber er hätte nur zu erklären brauchen, es sei ein Scherz gewesen. So oder so war ich nicht gewillt, Milly und ihr Church End Villas Nr. 14 noch tiefer in diesen Rummel hineinzuziehen. Wanda war tot. Und gestorben zweifellos in geistiger Umnachtung. Ich hatte ein schlechtes Gewissen, weil ich nicht rechtzeitig einen Priester zu ihr geschickt hatte.

Es war schon nach sechs, als mir auf der Heimfahrt im Bus wieder einfiel, wie Wanda mir den runden Ausschnitt an meinem Kleid abgeändert und modisch tiefer gesetzt hatte. Schnipp, schnipp, war die Schere um meinen Hals herumgefahren und hatte geschickt, wie Schneider eben sind, eine v-Form hineingeschnitten. So mußte sie an die Haarsträhne gekommen sein.

Als mir das klar wurde, fühlte ich mich plötzlich wie eingeschnürt. Ich sagte zu Milly: »Ich habe eine neue Stelle und fange nächste Woche an. Damit bleiben uns drei freie Tage. Fahren wir morgen zusammen nach Paris.«

Milly war noch nie »außer Landes« gewesen. Aber als hätte ich nur gesagt: »Gehen wir morgen ins Kino«, sah sie mich mit ihren blauen Augen an und sagte: »Gut.«

Dreizehntes Kapitel

Es ist eine gute Idee, ein paar Tage nach Paris zu fahren, wenn man viel Ärger hinter sich hat, und ich kann es jedem nur empfehlen, der nicht selbst in Paris wohnt.

Milly, die sich überall zu Hause fühlte, war in Paris gleich so zu Hause, daß sie sich unmittelbar nach unserer Ankunft im Hotel schon unentbehrlich machte, indem sie sich eines Mädchens annahm, das genau in diesem Augenblick im Hotelfoyer eine Fehlgeburt hatte. Obwohl sie gar kein Französisch konnte, kommandierte Milly das ganze Hotelpersonal, Gepäckträger, Pagen, Stubenmädchen und sogar mich herum und schickte uns nach Decken, Handtüchern, Wasser, Aufnehmern und Eimern, nach dem Arzt und einem Glas Kognak. Milly zog ihren Mantel aus. Sie krempelte die Ärmel ihrer Bluse hoch. Sie schob zwei Sessel zu einer Couch zusammen und befahl, das Mädchen darauf zu legen. Sie scheuchte alle aus dem Foyer, die nicht benötigt wurden. Der Arzt kam, der Krankenwagen kam. Nach etwa zwanzig Minuten war alles vorbei. Milly rollte ihre Ärmel wieder herunter und trug sich ins Hotelregister ein.

Ich habe diese Dreitagereise als Millys Paris in Erinnerung, denn alles war so völlig anders als bei jeder anderen Parisreise, an die ich mich erinnere; die Tage waren ausgefüllt mit dem Arc de Triomphe, der vergoldeten Jeanne d'Arc, dem Eiffelturm, den Tuilerien und der Mona Lisa. Milly stellte dabei fest, daß die Mona Lisa »Mrs. Twinny wie aus dem Gesicht geschnitten« sei, eine Beobachtung, die mich zuerst verdutzte, dann beeindruckte, denn Mrs. Twinny, die Frau unseres Nachbarn fürs Grobe, hatte tatsächlich eine deutliche Ähnlichkeit mit der Mona Lisa; ich wunderte mich, daß ich darauf nie gekommen war, und sagte mir, daß unsere intellektuelle Gepflogenheit, Ideen zu assoziieren, wohl unsere spontane Gestalterkennung überlagert und verschüttet. Seitdem habe ich mir angewöhnt, genauer hinzuschauen, und manchmal sehe ich Leute, die ich kenne oder denen ich einmal begegnet bin, in einem Porträt wieder, das sonst gar nichts mit den Menschen aus meinem Bekanntenkreis zu tun hat. Einer von Picassos Akrobaten sieht im Gesicht der sechzigjährigen Milly verblüffend ähnlich. Viele Zeichnungen von Matisse gleichen Abigail. Einer der heiligen drei Könige auf Mostaerts *Anbetung* spukte mir tagelang im Kopf herum, bis ich darauf kam, daß er das Ebenbild des Mannes im Regenmantel war, den ein Gläubiger der Ullswater Press engagiert hatte, damit er sich draußen hinstellte und immer zu den Fenstern des Verlages emporstarrte, um den Verlag so in Verlegenheit zu bringen, daß er zahlte. Cathy spiegelte sich in einem Familienporträt von Degas. Ein Selbstbildnis Dürers im Prado, obwohl bärtig, ähnelte in Mienenspiel und Ausdruck jener Direktorin bei Mackintosh & Tooley, deren Leben von ihrer Familientragödie überschattet war. Und das Gesicht jener guten Frau, Rembrandts als »Flora« verkleideter Frau in der Londoner National Gallery, hat eine starke Ähnlichkeit mit Hector Bartlett, dem *Pisseur de copie*, wie er in den fünfziger Jahren aussah. An der Wand eines Speisesaals habe ich das Porträt eines gelassenen, stolzen und edlen Ahnen hängen sehen, der ein männlicher

Verwandter der armen Mabel hätte sein können, der verrückten Frau Patricks, des Packers. Ich kann jeden, der Menschen nach ihren Gesichtern einordnen möchte, nur ermahnen, daß die Physiognomie ein sehr unzuverlässiger Hinweis auf Charakter, Intelligenz oder Stellung des Betreffenden in Zeit und Gesellschaft ist.

Milly kaufte sich in Paris eine geblümte blaue Toque, in deren hoher Krone sie auf der Heimreise ein paar Fläschchen Duftwasser erfolgreich durch den Zoll brachte.

William sollte in ein paar Monaten sein Abschlußexamen machen und hatte gute Aussichten, eine Stelle für ein Jahr in einem großen Londoner Allgemeinkrankenhaus zu bekommen. Wir beschlossen, uns eine Wohnung zu suchen, aber noch nicht zu heiraten, bevor er wirklich seinen Doktor und die Stelle hatte. Aber wir hatten sehr wenig Zeit für eine ernsthafte Wohnungssuche. Meine neue Arbeit in Highgate bedeutete lange Stunden für Hin- und Rückweg und die noch längeren Arbeitsstunden, die einem in so einem legeren, freundschaftlichen Betrieb viel öfter von den Arbeitgebern zugemutet werden als in großen, straff organisierten Häusern, wo die Mitarbeiter zu festgesetzten Zeiten kommen und gehen.

Es stimmte, daß Abigail und ich, wie wir schon gemeint hatten, aus unserer Arbeit machen konnten, was wir wollten. Wir taten beide von allem etwas, ich mehr auf redaktionellem Gebiet, Abigail mehr im Büro. Ich las Manuskripte und reichte sie mit Annahme- oder Ablehnungsempfehlungen an Howard Send oder Fred Tucher weiter. Wenn sie angenommen wurden, sah ich sie noch einmal durch und machte Vorschläge aller Art, von der Interpunktion über den Stil bis hin zur völligen Überarbeitung. Die ›Highgate Review‹ war durchaus eine bekannte Zeitschrift und wird noch heute zitiert, aber für die Leser, vor deren Zeit sie ihre Blüte hatte, und die noch nie von ihr gehört haben, nenne ich hier ein paar Themen, die mir von den Beiträgen über die Monate wieder einfallen: die Wasserstoffbombe und der weltweite Friedensappell der Wissenschaftler, die Frage der Kernkraftwerke und die Einstellung der Atombombentests, ein Bericht über eine afro-asiatische Konferenz, ein weltweites Urheberrecht, das Bedürfnis nach rauchfreien Zonen in größeren Städten, Deutschlands Eintritt in die NATO, die Wiedereröffnung der Wiener Staatsoper, ein Plädoyer für Anglo-Katholizismus gegenüber römischem Katholizismus, außersinnliche Wahrnehmung. Dann gab es einen Literaturteil mit Essays über Pablo Neruda, Jean-Paul Sartre, Thomas Mann, Ernest Hemingway. Es gab einen Kunst- und einen Musikteil. Jede Ausgabe brachte zwei bis drei Gedichte.

Howard und Fred waren die meiste Zeit des Tages damit beschäftigt, die Artikel durchzudiskutieren, die Politik abzusprechen und zwischen ihren Blumen im großen Salon mit den häufigen Besuchern zu reden, meist Autoren der jeweiligen Essays. Zu Abigails Aufgaben gehörte neben dem Aufsetzen und Tippen von Briefen, was sie gut machte, das Kofferpacken für Howard und Fred, wenn sie zum Wochenende verreisten, sich um ihre Wäsche zu kümmern und Kaffee zu kochen. Meine Aufgabe war neben dem Redigieren die Zubereitung von Omelettes und Salaten an Tagen, an denen wenig Zeit für einen Lunch war.

Abigail und ich unterhielten uns oft über »die Boys«, wie wir sie unter uns nannten. Sie sagte, ihr falle es jedenfalls leichter, für Homosexuelle zu arbeiten als für normale Männer. »Keine persönlichen Komplikationen«, meinte sie.

Es beeindruckte uns, daß die Boys meist aufstanden, wenn wir ins Zimmer kamen, sofern sie nicht durch Arbeit oder Telefongespräche wirklich überfordert waren. »Ist das amerikanisch oder homosexuell?« überlegte Abigail. Wie auch immer, sagte ich, wir sollten ihnen vielleicht doch einmal sagen, daß sie das nicht brauchten.

»Nein, bitte nicht«, sagte Abigail. »Ich genieße es. Das tut so wohl nach den Manieren, die ich von zu Hause gewöhnt bin.« Ich sollte bald darauf ein Wochenende in Sanky Place verbringen, dem erhabenen Steinhaufen, der Abigails früheres Zuhause war. Es stimmte; dort grunzten die Männer nur, wenn man ins Zimmer kam, vom ersten bis zum letzten, und lasen weiter Zeitung, rutschten zum Zeichen, daß sie einen bemerkt hatten, höchstens mal ein bißchen mit dem Hintern auf dem Stuhl. Laut Abigail grunzten sie auch nur, als sie hinging und bekanntgab, daß sie und Giles Wilson heiraten würden.

Abigail kam in einem kleinen Austin zur Arbeit, den sie sich zugelegt hatte. Ich aber mußte jeden Morgen um Viertel vor acht in Church End Villas aufbrechen und kam abends selten vor halb neun wieder nach Hause. Dennoch veränderte sich mein Leben zum Besseren, noch mehr zum Besseren in der dritten Woche nach meinem Eintreten bei der ›Highgate Review‹, als Howard Send mich bat, ein Inserat in die Zeitung zu setzen, daß eine Souterrainwohnung zu vermieten sei.

»Heißt das«, fragte ich, »daß in diesem Haus eine Souterrainwohnung frei ist?«

Es war eine Souterrainwohnung frei und für uns erschwinglich. »Ich suche nämlich eine Wohnung für meinen Freund William und mich«, sagte ich.

Ich rief William an, und er kam am Abend, um sich die Wohnung anzusehen. Sie war nicht zu düster, denn die Fenster lagen teilweise über Straßenniveau. Es gab noch eine Mitbewohnerin, Mrs. Thomas, die das Haus putzte und das Einkaufen besorgte. »Sie benutzt die Einrichtungen mit«, erklärte Howard, womit das Bad gemeint war. »Das Dumme an englischen Häusern sind die wenigen Einrichtungen«, sagte er. Aber diese Mitbenutzung bedeutete, daß unsere drei Zimmer außerordentlich billig waren; wir hatten ein Wohnzimmer, ein Schlafzimmer und eine Küche. Für William kamen die Strapazen weiter Wege hinzu, aber keine mehr für mich. Ich fand das nur richtig, denn ich wollte ja härter anfangen, als ich auf Dauer sein wollte. William schien sich an dieser Haltung nicht zu stören. Er war sogar glücklich darüber.

Wir gingen mit Howard und Fred zum Dinner, um den Vertrag zu besiegeln. Die Boys waren entzückt, als sie hörten, daß William fast Arzt war, und verloren keine Zeit, ihn beim Dinner wegen ihrer diversen Wehwehchen zu konsultieren. William verlor keine Zeit, das Thema zu wechseln und über Musik zu reden, namentlich die Musikbeiträge, die er in den ersten beiden Nummern der ›Highgate Review‹ gelesen hatte.

Milly wußte, warum ich von South Kensington wegzog. Aber sie tat, als wisse sie nichts. Sie freute sich über mein

Versprechen, sie jeden Sonntag zu besuchen. Sie sagte: »Das wird Ihrer Gesundheit besser tun, Nancy. Diese ganze U-Bahn-Fahrerei. Und wenn William bei Ihnen ist, um so besser. Es ist schon schlimm, wie Isobel immer hierherkommt und sich wegen ihrer Mutterschaft bei ihm Rat holt, dann sitzt sie in seinem Zimmer herum und hält ihn vom Studieren ab.«

Isobels neue Wohnung lag in der Nähe der Cromwell Road. In den vergangenen zwei Wochen hatte ich sie oft auf Williams Bett sitzend und redend angetroffen, wenn ich abends nach Hause kam. Ich wußte, daß er sie meist hinauswarf, denn er mußte hart fürs Examen arbeiten. Mich machte nur wütend, daß sie nicht eine Sekunde lang glaubte, ich könne der Teil seines Lebens sein, der ich jetzt war, und wenn es ihr klar gewesen wäre, hätte es sie nicht gekümmert. Sie dachte immer noch und redete und handelte immer noch so, als ob ich ihre mütterliche Freundin wäre, und da war sie, was sie selbst betraf, wohl doch im Irrtum. Mutter zu sein war ihre Rolle, fand ich.

Eine der angenehmen Begleiterscheinungen meiner Arbeit, die William und mir das Leben verschönerten, waren die gelegentlichen Konzertkarten, die wir in diesem Frühjahr 1955 bekamen. William schrieb ein paar kurze Beiträge für die ›Highgate Review‹, wozu er seine stundenlangen U-Bahn-Fahrten nutzte. Ich bat Fred Tucher, der für dieses Ressort zuständig war, die Artikel nicht nur deswegen zu nehmen, weil William mein Freund war, aber er versicherte mir, William schreibe sowohl einen klaren Stil als auch mit Sachkunde. Fred sagte auch sonst noch viel Gutes über William, denn Fred redete, wie das Meer rauscht, mit Ebben und Fluten, bis am Ende eine große Welle das zutage spülte, was er eigentlich hatte sagen wollen. Man brauchte also eigentlich gar nicht zuzuhören, nur auf den großen Platscher zu warten. Und so konnte ich aus seiner langen, wogenden Lobrede an William weitergeben, daß seine Musikkritiken klar im Stil und sachkundig seien.

»Schön, daß es den Jessies gefällt«, meinte William. »Jessies« war sein Name für die Boys.

Wenn Sie im Frühjahr 1955 in Konzerte gegangen sind, in die Wigmore Hall, Festival Hall, Albert Hall und die kleineren Vortragsräume in Sadler's Wells und dem Royal Opera House, müssen Sie die dampfigen, knittrigen jungen Pärchen und Grüppchen eifriger junger Leute gesehen haben, die da um die billigen Plätze Schlange standen, in kalten Nächten manchmal mit Wollhandschuhen und in Schals gewickelt, oder sich um das Foyer herumtrieben. William und ich waren dabei. Wenn wir keine Karten von der ›Highgate Review‹ bekamen, kauften wir uns welche. *Don Giovanni* in Sadler's Wells; das New Philharmonia Orchestra unter Otto Klemperer mit Mozart und Bruckner; in der Conway Hall am Red Lion Square gab ein unbekanntes Streichquartett uns Tippett, Dvořák und Beethoven; *Daphnis und Chloe* in Sadler's Wells; Brittens *Three Canticles* im Wigmore; und ich erinnere mich an einen bezaubernden Klavier- und Gesangsabend im Arts Council, allerdings nicht mehr an die Künstler; *La Traviata* in Sadler's Wells.

»Hast du überhaupt eine Religion, William?«

»Nein, ich glaube an gar nichts.«

»Ich kann nicht an nichts glauben«, sagte ich.

»Dann glaub du eben für zwei, wie die Schwangeren essen.«

Ich zweifelte nicht, daß William die große Liebe meines Lebens war. Er seinerseits tat so, als sei unsere gemeinsame Zukunft gar keine Frage. Im Rückblick war es auch damals schon gut, diesen Bereich der Gewißheit zu haben, der dann auch nie erschüttert wurde.

Unsere Liebesgeschichte im Souterrain von Highgate wurde auf sonderbare Weise gesteigert durch das sterile Verhältnis oben zwischen den netten, gebildeten, wohlerzogenen Boys. Hin und wieder kamen sie auf einen Drink oder zum Supper zu uns herunter und ließen keine Gelegenheit aus, William in medizinischen Fragen zu konsultieren. »Ich bin natürlich noch kein fertiger Arzt«, sagte William. »Ich habe nie richtig praktiziert.«

William war als Junge arm gewesen. Er kam nicht einfach nur aus der Arbeiterschicht mit ihrem Stolz, ihren geschrubbten Sitten, ihrer Kirchenfrömmigkeit. William stammte von den Ärmsten der Armen. Er war ein Produkt von Stipendien und Beihilfen, ausgestattet mit einem so außergewöhnlichen Gehirn, daß er ohne Mühe und großes Drumherum aus der bitteren Not einer Kindheit in den Armenvierteln emporgestiegen war. Es war selbstverständlich, daß die guten Schulen und Hochschulen jener Tage ihn gern als Schüler bei sich aufnahmen; daß er später Stipendien an ausländischen Universitäten bekam und den Beruf seiner Wahl ergreifen konnte. Jetzt war er achtundzwanzig und bereits ein kultivierter Mann von gefälligem Humor. Am meisten erstaunte und rührte mich jedoch, daß er gar keine Kinderreime und Märchen kannte. Er kannte Dostojewski und Proust und hatte Aristoteles und Sophokles auf Griechisch gelesen. Er hatte Chaucer und Spenser gelesen. Er war musikalisch. Er konnte Schostakowitsch und Bartók analysieren. Er zitierte Schopenhauer. Aber Goggelmoggel, Die kleine Miss Muffet, Die drei Bären oder Rotkäppchen kannte er nicht. Die Geschichte vom Aschenputtel war ihm nur aus Rossinis Oper bekannt. Und alle die hübschen Reime unserer angelsächsischen Kindheit, eine ganze Kultur mit Ringen an den Fingern und Glöckchen an den Zehen war ihm vorenthalten geblieben, untergegangen in Slums und stinkender Kanalisation, zwischen Ratten und Pfandleihen, Straßendirnen und fluchenden Bettlern, zwischen bellendem Husten und kaltgefrorenen Füßen, dem Los der wahrhaft Armen in der Zeit zwischen dem Ersten und Zweiten Weltkrieg, und weit und breit kein Königssohn. Ich hatte mir noch nie klar gemacht, wie unausweichlich die Armen der Großstädte selbst noch um ein eigenes, schlichtes kindliches Brauchtum betrogen wurden. So sang ich William des Abends Kinderlieder vor. Ich erzählte ihm Märchen. Hin und wieder erinnerte eines ihn dunkel an etwas, wovon er schon einmal gehört hatte, irgendwann und irgendwo. Aber die meisten waren ihm völlig neu. Sie waren Teil unserer Liebesgeschichte.

Ich ahnte, daß irgendwann Hector Bartlett in Highgate in der Redaktion aufkreuzen würde, falls man dieses wolkige Dekor aus Perlrosa und Blumengebinden als Redaktion bezeichnen konnte. Obwohl wir so abgelegen hausten, war die Zeitschrift inzwischen so bedeutend, waren die Persönlichkeiten ihrer Herausgeber so magnetisch, daß auch unangemeldete Besucher kamen, meist mit einem Essay oder Gedichten unterm Arm. Wenn Howard und Fred beide nicht zu sprechen waren, spendierten Abigail und ich diesen Besuchern eine Tasse Kaffee und hörten ihnen eine halbe Stunde lang zu. Manchmal kamen Leute, die ich von meinen früheren Wirkungsstätten kannte, was mich dann zwang, die Arbeit beiseite zu schieben, die sich auf meinem Schreibtisch türmte, während wir über die gleichen Dinge redeten wir zuvor. Ich versprach, ihr Werk den Herausgebern vorzulegen, während Abigail eifrig an ihrer umfangreichen Korrespondenz herumtippte. Manchmal wurden wir richtig nett unterhalten. So pflegte eine interessante junge Frau fast jede Woche einmal zu erscheinen, jedesmal in einer anderen Verkleidung; einmal kam sie als Milchmädchen, die nächste Woche dann als eine Art Kavallerieoffizier. Aber sie redete immer ganz vernünftig und ruhig. Obwohl sie keines ihrer Gedichte in der ›Highgate Review‹ unterbrachte, überraschte es mich nicht, als sie viele Jahre später ein erfolgreiches Stück schrieb.

Andere kamen, um über Religion, ihre anglo-katholischen Exerzitien und die Neununddreißig Artikel zu diskutieren. In der anglo-katholischen Bewegung gärte es seinerzeit um ein ganz bestimmtes Thema: Sollte man, oder sollte man nicht, »nach Rom überlaufen«. Ich selbst ging in beide Kirchen, wie es mir gerade am besten paßte. Wenn ich das den religiösen Intellektuellen des Highgate-Völkchens gestand, führte es unweigerlich zu langen und faszinierenden Diskussionen, die für den christlichen Glauben keinerlei Bedeutung hatten.

So verging das Frühjahr. Auf meinem Schreibtisch stapelten sich die Manuskripte und auf Abigails Schreibtisch die Post, viel mehr als sie bewältigen konnte. Morgens half ich ihr beim Öffnen der Briefe. Was davon nicht dringlich aussah und auch nicht an Howard Send oder Fred Tucher persönlich gerichtet war, machte Abigail den meisten Kummer, nicht weil sie den Schreibern nichts zu antworten gewußt hätte, sondern weil es so viele waren. Fred hatte zu ihr gesagt, es wäre »nett«, jedem zu antworten, egal wie hoffnungslos oder dämlich er sei. Deshalb empfahl ich Abigail, sie jeweils in vierteljährlichem Rhythmus zu bearbeiten. Und es ist mein Rat an jeden, der mit viel belangloser Korrespondenz zu tun hat, es damit so zu halten wie manche Firmen mit den Dividendenzahlungen. Die Post, die bis Weihnachten eintrifft, sollte bis Mariä Verkündigung beantwortet sein, der nächste Stapel bis Johannistag, was bis dahin eingegangen ist, bis Michaeli, und das letzte Viertel bis Weihnachten. Es ist das einzige brauchbare System.

Eines Morgens brachte die Post ein Manuskript mit einem Begleitbrief von Hector Bartlett, dem ein Empfehlungsschreiben von Emma Loy beigelegt war. »Vom Prosapisser«, sagte Abigail.

»Ich sehe es mir später an«, sagte ich. Abigail ging hin und wollte den großen geöffneten Umschlag mit dem Manuskript und Emma Loys Brief zu dem Manuskriptstapel auf meinem Tisch legen. Doch als ob er ansteckend wäre, nahm ich ihn Abigail aus der Hand und legte ihn an einen Platz für sich. Ich verabscheute Hector Bartlett über jedes vernünftige Maß hinaus, aber auch vernünftige Überlegungen allein begannen jetzt meine Gefühle zu rechtfertigen.

Emma Loys Begleitbrief kam aus New York, und sie

dankte darin Fred Tucher für ein Exemplar der ›Highgate Review‹, das er ihr offenbar in der Hoffnung geschickt hatte, sie werde vielleicht etwas für ihn schreiben. »Ich finde sie hochinteressant, zumal sie in diesem Land nicht zu haben ist«, schrieb Emma. »Seien Sie versichert, sobald ich etwas habe, was sich zur Veröffentlichung eignet, werde ich es Ihnen schicken.«

Nun weiß ich den ganzen Inhalt dieses Briefes, der vor so langer Zeit geschrieben wurde, nicht mehr Wort für Wort. Aber sinngemäß fuhr Emma etwa so fort:

Ich ergreife diese Gelegenheit, Ihnen einen Beitrag des Essayisten Hector Bartlett zu empfehlen, der diesem Brief beiliegen wird. Er schildert darin ein authentisches Experiment auf dem Gebiet der ASW *und ähnlicher esoterischer Praktiken unter der spezifischen Bezeichnung Radionik. Ich selbst bin keine Anhängerin dieses Kultes, aber Mr. Bartlett, ein überzeugter Jünger der Radionik, beschreibt hier ein authentisches Experiment, dessen Ergebnisse man nicht einfach ignorieren kann.*

In mancher Hinsicht könnte man Hector Bartlett den »Kierkegaard des armen Mannes« nennen.

Der Aufsatz selbst bedarf vielleicht noch redaktioneller Eingriffe, aber seine Substanz verdient, wie ich meine, Ihre Aufmerksamkeit.

Mit freundlichen Grüßen
Emma Loy

Was ich in diesem Augenblick, im fernen Jahre 1955, für Emma Loy empfand, ist überlagert von späteren Überlegungen und meinem Wissen, wie sehr sie in den ganzen Jahren des Ruhms von Hector Bartletts Traktaten über sie verfolgt und belästigt wurde, seinen Berichten aus der Zeit, als er Emma Loy kannte, den Lügen und prahlerisch aufgeblähten Enthüllungen, den jämmerlichen Erfindungen. Als sie ihn nämlich endlich radikal aus ihrem Leben strich, war er wütend. Nun gab aber niemand viel um Hector Bartletts Äußerungen, und Emma tat recht daran, nicht auf Unterlassung zu klagen und ihre Zeit mit Anwälten zu vertun. »Ich glaube, das hätte er gern«, sagte Emma. »Es würde auf ihn aufmerksam machen.« Aber es ärgerte sie, wenn arglose Studenten Hector Bartlett als Autorität zum Thema Emma Loy zitierten. Und ich glaube, sie wußte auch, daß sie sich das selbst zuzuschreiben hatte, weil sie ihn in früheren Jahren so beharrlich ins Geschäft zu bringen und bei Laune zu halten versucht hatte. Sie hatte es schon damals mit dem Hintergedanken getan, ihn leichter loszuwerden, wenn sie ihn gewissermaßen als ebenbürtig hinstellte. Es war schon pervers. Sie wußte doch klarer denn je, daß er genau nichts anderes war als der *Pisseur de copie*, den ich ihn genannt hatte.

Deshalb war ich damals wütend auf Emma wegen ihres Empfehlungsbriefes. Doch der schreckliche Essay von zehn Seiten, nicht druckfähig allein schon aus literarischen Gründen, aber auch ganz allgemein für eine gute Zeitschrift kaum von Interesse, faszinierte mich dennoch und entsetzte mich so sehr, daß ich den ganzen Tag an nichts anderes mehr denken konnte. Auch Abigail wunderte sich.

Er war betitelt: *Radionik, eine Macht gegen das Böse*, und gab einen kurzen Abriß über die Geschichte und Arbeitsweise der Box und ihre heilende Wirkung. Dann kam die Fallstudie, das eigentliche Thema des Aufsatzes. Hector Bartlett ging von der Behauptung aus, daß die Wirksamkeit der Box von der Sensibilität und übersinnlichen Fähigkeit des Operateurs abhänge. Diese Operateure brächten die besten Leistungen unter der Anleitung eines Organisateurs (dieses Wort schon wieder). Er schilderte weiter, wie ein Organisateur, der von einer bösen Frau wußte, eine natürlich begabte Operateurin dazu angeleitet habe, mit den Mitteln der Radionik einen Fluch auf die Böse zu legen. Da es sich bei der so Verfluchten um eine böse Frau gehandelt habe, sei es seitens des Organisateurs eine gute Tat gewesen, die Operateurin, eine fromme Katholikin »mit der ganzen übersinnlichen Energie ihres Glaubens«, zur Ausführung dieses Fluchs zu veranlassen. Binnen weniger Behandlungsmonate habe das böse Opfer, eine außerordentlich dicke Frau, abzumagern begonnen und keine Arbeitsstelle mehr halten können.

Während der ganzen Dauer des Experiments, hieß es in dem Essay weiter, habe der Organisateur sehr eng und intim mit der Operateurin zusammenarbeiten müssen, was eine Beziehung einschloß, die man »als sexuell-psychisch« bezeichnen könne. Das Experiment sei jedoch ein Erfolg gewesen. Im geschilderten Fall habe die Operateurin, offenbar geschwächt von Ängsten vor dem Klerus sowie um ihren Ruf unter Katholiken, aus dem Programm genommen werden müssen und sei dann schließlich auch noch verrückt geworden und habe Selbstmord begangen. Dies beeinträchtige aber in keiner Weise den offenkundigen Erfolg des Experiments während der Monate, in denen die Operateurin nach und nach unter die vollständige Kontrolle des Organisateurs kam. Bei künftigen Experimenten sei es wahrscheinlich ratsam, Operateure zu wählen, die frei vom oppressiven Einfluß einer Massenreligion seien.

»Er muß Wanda Podolak meinen«, sagte Abigail. »Und wer ist die arme dicke Frau?«

»Ich«, sagte ich.

»Ich kann mich nicht erinnern, daß Sie so furchtbar dick waren.«

»War ich aber noch, als ich bei Mackintosh & Tooley anfing. Kurz darauf fing ich an, abzunehmen.«

»Ja, jetzt erinnere ich mich«, sagte Abigail. »Ich kannte sie ja damals nicht so gut.«

Sie wußte, daß ich immer kleine Portionen aß, hatte das aber nicht mit meiner jetzt normalen Figur in Verbindung gebracht.

»Aber wenn Sie das sind, wie kommt er darauf, Sie für böse zu halten?«

»Weil ich ihm voriges Jahr eines Morgens im Park begegnet bin und er mir in den Ohren lag, ich solle irgend etwas für seine Karriere tun, und ich ihn daraufhin laut einen *Pisseur de copie* genannt habe.«

»Der hat doch eine Meise«, fand Abigail.

»Ich weiß, aber Wanda ist tot«, sagte ich.

Abends nahm ich Emma Loys Brief und den Essay mit in unsere Souterrainwohnung hinunter, um beides William zu zeigen.

William hatte meinen Haß auf Hector Bartlett schon immer mit Vorbehalt betrachtet. Ich glaube, er hielt ihn für allzu persönlich. Möglich ist, daß William meine starken

Gefühle, welcher Art auch immer, alle für sich allein haben wollte. Vor noch nicht langer Zeit hatte ich ihm geduldig auseinandergesetzt, welcher Zusammenhang nach meiner festen Überzeugung zwischen Hector Bartlett und Wandas Tod bestand, wie eines logisch aus dem anderen folgte. »Er kam immer ins Haus, wenn ich zur Arbeit war. Ich nehme an, er hat mit ihr geschlafen. Er hat ihr beigebracht, unter seiner Anleitung mit der Box zu arbeiten, und sie dazu verleitet, sie gegen mich anzuwenden«, sagte ich.

»O Gott«, sagte William, »selbst wenn das alles stimmte, könntest du noch lange nicht behaupten, der Mann habe sie in den Selbstmord getrieben. Für eine solche Beziehung braucht es immer zwei. Es ist ein Pakt zwischen Unterdrücker und Unterdrücktem. Egal was sie getan hat, sie muß es selbst gewollt haben.«

Aber ich hatte nicht lockergelassen. Wanda hatte unter seinem Einfluß gestanden, und als sie aufhören wollte, hatte er ihr die gefälschten Zeitungsausschnitte und einige zweifellos obszöne Fotomontagen gezeigt. Und das war dann einfach zuviel gewesen. Sie hatte ihren langen, verzweifelten Schrei ausgestoßen und war in den Kanal gesprungen.

»Keine Chance vor Gericht«, sagte William. Er war unerbittlich; aber das war er auch gegen sich selbst.

Jetzt nahm ich also Hectors Essay mit, um ihn ihm zu zeigen. »Da steht es alles drin«, sagte ich.

Er las zuerst Emmas Brief. »... Kierkegaard des armen Mannes ...«, war sein Kommentar. »Der arme Mann braucht Arbeit, keinen Kierkegaard.«

»Lies den Essay«, befahl ich. »Den sogenannten.«

Er legte ihn beiseite. »Später«, sagte er. »Komm, Mrs.

Hawkins, ich führe dich zum Abendessen aus.« (William kommt immer mal wieder auf die »Mrs. Hawkins« zurück, zum Beispiel wenn er sagt: »Bitte nicht ganz so viele gute Ratschläge, Mrs. Hawkins.«)

Als wir zurückkamen, war oben ein großer Krach im Gange. Es war nicht das erstemal, seit wir in diesem Haus wohnten, daß die lauten Stimmen Howards und Freds, die tagsüber so sanft und nett zueinander und zu jedermann waren, unsere Nächte störten. Mrs. Thomas, unsere Reinemachefrau, kam aus ihrem Zimmer. »Die Boys haben sich wieder in der Wolle«, sagte sie. »Aber diesmal klingt's schlimm. Sollten wir vielleicht mal raufgehen?«

»Nein, nur nicht einmischen«, sagte William.

»Stört Sie das denn nicht beim Studieren?« fragte Mrs. Thomas, die in Wahrheit nur nicht allein sein wollte in der Krise, etwa wie sich im Krieg die Leute bei Bombenangriffen zusammenscharten.

»Ich habe schon bei größerem Lärm studiert«, meinte William und drückte energisch die Tür hinter uns zu.

Vielleicht lag es daran, daß Homosexualität noch strafbar war, wenn Homosexuelle damals viel hysterischer waren, als sie es heute sind. Was da an Gefühlsausbrüchen kreischend zu uns herunterdrang, war heute abend viel schlimmer als sonst, und es war unüberhörbar, daß im Salon wie im Büro über uns mit Sachen geschmissen wurde. Es war jetzt eine richtige Prügelei, man hörte Poltern und Schreien und Glas splittern.

»Sollten wir nicht doch mal dazwischengehen?« fragte ich.

»Im Moment wäre das gar nicht gut«, sagte William mit

seiner Gassenerfahrung. »Erst mal eine Flaute abwarten. Dann geht man hin und fängt selber an zu brüllen.«

»Die Polizei rufen?«

»Die Polizei kommt von allein, wenn die so weitermachen.«

Jemand kam jetzt die Kellertreppe heruntergesprungen und hämmerte an unsere Tür. Es war Fred, der jüngere Partner, das hübsche braune Gesicht ganz blutverschmiert. »Wir brauchen einen Arzt«, sagte er. »Howard ist zusammengebrochen. Er hat sich am Bein verletzt.«

Wir gingen nach oben, Mrs. Thomas hinter uns drein. Howard hatte sich nicht am Bein verletzt, er hatte ein paar Rippen gebrochen. Stöhnend lag er im Büro auf dem Teppichboden. »Keine Sorge«, sagte Fred zu ihm. »Wir haben ja einen Doktor im Haus.«

»Und wer soll das alles aufräumen?« fragte Mrs. Thomas.

Wir schafften Howard mit einer Ambulanz ins Krankenhaus und verpflasterten Freds Gesicht. Das Büro war ein einziger Trümmerhaufen, Manuskripte waren zerrissen und durchnäßt von umgekippten Blumenvasen. Die Schreibmaschinen waren irgendwie durchs Fenster geflogen und fanden sich auf der Straße wieder. Niemand verlangte eine Erklärung oder bot eine an.

Es dauerte eine Woche, bis wir das Büro wieder eingerichtet hatten. Die ›Highgate Review‹ konnte zwei Monate nicht erscheinen. Abigail und ich stückelten einige der Manuskripte und Fahnen wieder zusammen und schrieben Entschuldigungsbriefe an die Autoren, die wir identifizieren konnten; es sei ein Unglück passiert, erklärten wir ihnen, und baten um erneute Einsendung ihrer Arbeit.

Aber die meisten Papiere waren unwiederbringlich verloren, aufgeweicht, zerfetzt und zertrampelt. Wir fegten den Brei übers Wochenende zusammen und warfen alles weg. William ging uns zur Hand.

»Die Sache mit den Boys«, erinnere ich mich an einen Ausspruch Abigails, »ist einfach die, daß sie im Grunde so charmant sind. Wenn Homosexuelle charmant sind, versüßt das die Pille.«

Howard kam aus dem Krankenhaus und blieb in seinem Zimmer über dem Büro im Bett liegen, während Fred in seiner sanften Art die Arbeit weitermachte, liebenswürdig Besprechungen abhielt und Blumen anschleppte. William und ich blieben noch bis kurz vor Weihnachten, als wir heirateten, in der Souterrainwohnung, und es kam zu keinen weiteren Störungen. »Der Krieg zur Beendigung aller Kriege«, meinte William.

Aber in dieser ersten Woche, als Abigail und ich, unterstützt von Mrs. Thomas, dem Schreiner und dem Glaser, wieder Ordnung schufen und nach verlorenen Briefen und Manuskripten suchten, suchte ich am meisten in unserer eigenen Wohnung. Hector Bartletts Artikel und Emma Loys Brief waren unauffindbar.

»Ich habe sie hierher mitgebracht, was hast du damit gemacht, William?« fragte ich endlich, denn er mußte sie ja irgendwohin gelegt haben.

»Am Morgen nach dem Krach habe ich sie wieder nach oben getragen und zu dem übrigen Zeug geschmissen«, sagte William. »Wohin sie gehörten.«

»Warum hast du das getan?«

»Wir haben hier keinen Platz für solchen Schund.«

Ich ging an Howards Schmerzensbett zwischen Blumen, um ihn zu trösten. »Unten ist jetzt alles wieder in Ordnung«, sagte ich. »Aber nahezu alle Briefe und Manuskripte sind futsch.«

»Wir kriegen bestimmt neue«, meinte Howard.

»Hören Sie«, sagte ich, »es war auch ein Brief von Emma Loy dabei. Sie hatte selbst nichts anzubieten, dafür hat sie uns einen Essay über Radionik von einem Autor namens Hector Bartlett geschickt. Und der ist verschwunden, ebenso wie der Brief.«

»Was ist Radionik?«

»Eine Art Hexerei«, sagte ich. »Der Essay taugte nichts. Haben Sie je von Hector Bartlett gehört?«

»Nein«, sagte er.

»Er ist ein *Pisseur de copie*«, sagte ich.

»Jesses, bringen Sie mich bitte nicht zum Lachen«, rief der gute Howard und hielt sich die armen Rippen.

Vierzehntes Kapitel

Später im Jahr, als wir unsere Heirat planten, lag ich einmal eine Zeitlang wach im Bett, und als ich dann endlich einschlief, überlegte ich gerade, wie Wanda mein Kleid machen könne, bis mir wieder einfiel, daß sie ja tot war.

Über dreißig Jahre später sah ich Hector Bartlett wieder. Es war in der Toscana, in einem Restaurant in den Mauern eines wiederaufgebauten mittelalterlichen Schlosses, berühmt deshalb, weil Dante einmal dort geschlafen hatte. Es war gegen drei Uhr nachmittags. Wir waren gerade mit dem Lunch fertig. William mußte einmal fortgehen, weil er einen Anruf nach England versprochen hatte, wo es um diese Zeit erst zwei Uhr war. Wir fahren oft nach Italien. An diesem Nachmittag trällerten die italienischen Stimmen die Begebenheiten des Tages. Draußen ließ Sonnengott Apoll seine heißen Strahlen auf die wein- und ölgetränkten Leiber unserer Freunde und Gefährten brennen, die unter großem Hallo in ihre Alfas, Fiats und Lancias stiegen und davonfuhren. »Kannst du schon mal die Rechnung begleichen?« fragte William. »Ich rufe inzwischen an.«

Ich bezahlte die Rechnung, wartete auf Wechselgeld und ging auf die Tür zu. Am Empfang drängten sich Leute, meist englische Touristen. Eine Stimme sagte etwas über die herrliche Gegend hier. Eine andere Stimme antwortete: »Ja, dieser ungeheure Reichtum an Wildblumen und Schmetterlingen.« Der an Reiseprospekte erinnernde Satz ließ mich zu dem Sprecher sehen. Schmal, graues Gesicht, schütteres weißes Haar, so stand er da nach all den Jahren: Hector Bartlett. Er bemerkte meinen forschenden Blick, starrte zurück und erkannte mich. Ein paar von den Leuten um ihn herum müssen wohl Freunde oder Reisebekanntschaften aus seiner Gruppe gewesen sein. Er sah sie an, dann wieder mich, und begann nervös zu lachen.

»*Pisseur de copie*«, zischte ich.

Er machte einen Schritt rückwärts, so daß die Leute hinter ihm ausweichen mußten, und immer noch lachte er in diesem kurzen Stakkato, wie eine Schreibmaschine.

William wartete im Wagen auf mich.

»Hast du die Rechnung beglichen?« fragte er.

Ich sagte: »Ja.«

Es war ein weiter Weg von Kensington, ein weiter Weg.

Muriel Spark im Diogenes Verlag

»Ich bin Mrs. Hawkins«
Roman. Aus dem Englischen von Otto Bayer
Leinen

Memento Mori
Roman. Deutsch von Peter Naujack
detebe 20892

Junggesellen
Roman. Deutsch von Elisabeth Schnack
detebe 20893

Portobello Road
Erzählungen. Deutsch von Peter Naujack und Elisabeth Schnack. detebe 20894

Die Blütezeit der Miss Jean Brodie
Roman. Deutsch von Peter Naujack
detebe 21055

Die Tröster
Roman. Deutsch von Peter Naujack
detebe 21089

Robinson
Roman. Deutsch von Elizabeth Gilbert
detebe 21090

Die Ballade von Peckham Rye
Roman. Deutsch von Elisabeth Schnack
detebe 20119

Vorsätzlich Herumlungern
Roman. Deutsch von Hanna Neves
detebe 21195

Mädchen mit begrenzten Möglichkeiten
Roman. Deutsch von Kyra Stromberg
detebe 21399

Das Mandelbaumtor
Roman. Deutsch von Hans Wollschläger
detebe 21466

Päng päng, du bist tot
Erzählungen. Deutsch von Matthias Fienbork
detebe 21533

Hoheitsrechte
Roman. Deutsch von Mechtild Sandberg
detebe 21580

Das einzige Problem
Roman. Deutsch von Otto Bayer
detebe 21599

»Für mich ist Muriel Spark eine der interessantesten und eine der merkwürdigsten Figuren der ganzen neuesten Literatur.«
Axel Eggebrecht / NDR, Hamburg

Doris Dörrie

Liebe, Schmerz und das ganze verdammte Zeug

Vier Geschichten

Vier Geschichten von Doris Dörrie, großartige, liebevolle, traurige, grausame Geschichten: *Mitten ins Herz, Männer, Geld, Paradies.* Es sind Geschichten, aus denen Doris Dörrie ihre Filme entwickelt, von denen *Männer* der weltweit erfolgreichste deutsche Film seit Jahrzehnten wurde. Geschichten um eine Kindfrau, um Liebe und Langeweile, um Eifersucht, Geld und Erfolg. Geschichten von befreiender Frische.

»Ihre Filme entstehen aus ihren Geschichten.«
Village Voice, New York

»... ohne stilistische Bedenken, theoretische Skrupel oder methodische Zweifel. Doch lesen wir sie mit einer Begeisterung wie ein belletristisches Debüt schon lange nicht mehr.«
Jens Jessen / Frankfurter Allgemeine Zeitung

Barbara Vine
Die im Dunkeln sieht man doch
Roman

Der Fall der Vera Hillyard, die kurz nach dem Krieg wegen Mordes zum Tod durch den Strang verurteilt und hingerichtet wurde, wird wieder aufgerollt. Briefe, Interviews, Erinnerungen, alte Photographien fügen sich zu einem Psychogramm, einer Familiensaga des Wahnsinns. Schicht um Schicht entblättert Barbara Vine die Scheinidylle eines englischen Dorfes, löst zähe Knoten familiärer Verflechtungen und entblößt schließlich ein Moralkorsett, dessen psychischer Druck nur noch mit Mord gesprengt werden konnte.

»Hinter dem Pseudonym Barbara Vine verbirgt sich die beste Thriller-Autorin, die das an Krimi-Schriftstellern nicht eben arme England aufzuweisen hat: Ruth Rendell. Das Buch ist ein Psycho-Thriller der Super-Klasse geworden. Eine Reportage aus einer Zeit da die ›besseren Herren‹ bei Heirat noch eine Jungfrau erwarten durften – und die Frauen aus dem bürgerlichen Aufsteiger-Milieu eine Menge Tricks anwandten, um diesem Weltbild anscheinend zu entsprechen. Ruth Rendell alias Barbara Vine ist da ein einmaliges Zeit-Dokument geglückt, das sich als Psycho-Thriller tarnt.«
Martina I. Kischke/Frankfurter Rundschau

»Es gibt Bücher, die man eher zufällig und ohne große Erwartungen in die Hand nimmt, um mal einen Blick hineinzuwerfen, und dann passiert es, daß man sich festliest und das Buch gar nicht mehr aus der Hand legen möchte. Barbara Vines Roman, raffiniert aufgebaut und meisterhaft erzählt, gehört für mich in diese Kategorie.«
Christiane Zielinski/Süddeutscher Rundfunk